目次

LOVE GIFT
～不純愛誓約を謀られまして～

第一章

春の陽射しが心地よく、そよ風も柔らかい季節になってきた。

今年は春の訪れが遅かったのもあり、区立図書館の庭に植えられた桜はまだ八分咲きほど。それでもピンク色に染まる大樹は、とても綺麗だ。

ひらひらと舞う花びらは幻想的で、見ているだけで心が晴れやかになる。

閑静《かんせい》な住宅街にある区立図書館で司書として働く藤波香純《ふじなみかすみ》は、蔵書要望書をまとめた資料を取りに行く足を止め、しばらく外を眺めていた。

庭ではしゃぐ小学生がいる。真新しい紺色の制服や帽子から察するに、今年入学した新一年生だろう。

子どもたちが飛び跳ねる姿は、とても愛らしい。

香純がふっと頬を緩《ゆる》めた時、ポケットの中で携帯が振動した。

「えっ？　葵《あおい》……!?」

香純は慌てて職員用の休憩室に入った。

館内は広いので、司書の呼び出しはほぼ携帯で行《おこな》われる。そのため携帯に着信があっても別段隠す必要もないが、今回は相手が相手だった。香純はあたふたと通話ボタンを押す。

「葵、どうしたの⁉」

『ごめんね、仕事中なのに電話して。実は今夜なんだけど、その……あたしに代わってホテルへ行ってくれない？』

「葵の代役をわたしが？」

彼女は大河内《おおこうち》葵――香純の大学時代の親友であり、窮地《きゅうち》を助けてくれた大恩人でもある。

実は香純は、現在多額の借金を負っている。

それは、以前付き合っていた恋人によって負わされたものだ。元カレは料理人で、独立して自分の店を持とうと頑張っていた。そんな彼を応援したい一心で、香純はその独立資金の連帯保証人になったが、彼はその後、突然香純の前から姿を消した。

香純のもとに残ったのは、借金だけ。その返済にはどう軽く見積もっても、十年以上かかる。愕然《がくぜん》となっていた香純に、救いの手を差し伸べてくれたのが葵だった。彼女が、代役派遣サービス会社でのアルバイトを紹介してくれたのだ。

請け負う役は様々だが、結婚式に新婦の友人として出席するなど、依頼人の望みどおりの人物に扮《ふん》する仕事だ。

香純とて、早々に借金を完済するには、クラブなどで働いた方がいいとわかってはいる。

でも、現在の仕事を失う危険を冒してまで、夜の世界に飛び込む勇気はなかった。自己破産も考えていなかったので、葵の提案は本当に有り難かった。

そうして香純は、葵の紹介でその会社の世話になることを決めたが、仕事をするにあたって、一つだけ条件をつけさせてもらった。

それは、第三者を傷つける代役だけは絶対にしない、というものだ。

香純自身、将来の約束を交《か》わしていた元カレに裏切られて酷《ひど》く傷ついたその経験から、自分が人を傷つける仕事はやりたくなかった。

葵は、そんな香純の気持ちを知っている。だから、香純の意にそわない仕事を頼んでくることはないのだが……今回はどうも彼女の歯切れが悪い。

香純は訝《いぶか》しく思いながら、携帯の向こう側にいる葵に神経を集中させた。

「葵。代役の返事をする前に、まず訊いていい？　今夜の仕事の内容はどういうもの？　もし、わたしの嫌いな――」

『言いたいことはわかってる。だけど、今回だけはお願い。他の人たちは皆仕事が入っていて、頼めるのは香純しかいないの！』

葵ははっきりとは言わないが、言葉の端々から、香純が嫌う仕事なのだと見当がついた。

香純は小さく息を吐き、休憩室のソファに腰を下ろす。

「わたししか頼める人がいない、っていうのはわかった。でもどうして？　これまでの葵なら、そういう仕事をわたしに回さなかったのに」

『実は、彼氏のお母さんが田舎《いなか》からこっちに出てくるの。それで今夜……彼があたしをお母さんに会わせたいって言ってきて……』

言い淀《よど》む葵の口調から、香純に頼むのを申し訳なく思っているのが伝わってくる。

正直、断りたい。でも理由を聞いた今、それはもうできなかった。

だって、友達には幸せになってほしいから……

「……わかった。わたしが代わってあげる」

『本当⁉　ああ、ありがとう！　絶対にダメって言われると思ってたの。香純の事情を知ってるし。だからあたし、お願いしながらも彼氏にどうやって謝ろうか、そればかり考えて』

「いいのよ。でも、今回限りだからね」

『うん、うん。本当にごめんね。この借りは絶対に返すから。……じゃ、今夜の仕事に必要な情報は、あとでまとめてメールするね。会社の方は心配しないで。あたしから連絡を入れておく』

「了解。今夜は楽しんできてね。じゃ」

そう言って携帯を切った香純はしばらくソファに座っていたが、やがて意を決して立ち上がった。

「決めたのはわたしよ。笑顔で前を向いていたら、きっと乗り越えられる」

自分の言葉に力強く頷くと、香純は休憩室を出た。

蔵書要望書の資料を持って、一般カウンターへ戻る。そして、先輩司書の織田《おだ》に資料を渡した。それから、次々に溜《た》まっていく返却本を棚に返す作業に入る。午後も同じ仕事をし、同時に棚の整理も行《おこな》った。

閉館間際になった頃、葵から今夜の仕事についてのメールが届いた。周囲に誰もいないのを確認して、香純はこっそり目を通す。そこには依頼主の基本情報や、代役に伴う設定が書かれてあった。

依頼者は男性で、三十代のスポーツマンタイプ。会社帰りのためスーツ姿だがネクタイを外し、テーブルには携帯と腕時計、さらに白いハンカチを置いておくとある。

そんな依頼人が求めるのは、清楚《せいそ》でありながら好きな相手には情熱的に振る舞う女性らしい。

そう求める理由が、追記として書かれてあった。

今夜、女性を連れていくが、その彼女は恋人ではなく会社の後輩らしい。彼女とは付き合っていないのに、後輩は、周囲に自分たちが恋人同士だと思わせる振る舞いをするという。しかも、いくらやめてほしいと言っても聞き入れない。そんな積極的な後輩を納得させるには、熱烈に愛し合う恋人がいるのだと信じ込ませる必要があると考えたようだ。

「それで、情熱的な女性を……。相手の人は傷つくかもしれないけど、愛し合っているカップルの間を壊すんじゃないのね。良かった」

香純はホッと胸を撫で下ろしたものの、そのあとに続く文に目をぱちくりさせた。

そこには、ホテルのラウンジで依頼人を見つけるなり、愛しい人に会えて嬉しいとばかりに頬にキスしてほしい、とある。

「なっ、そんなことまで求めてるの!?」

思わず大きな声で言ってしまい、慌てて手で口を押さえる。

誰かに聞かれたかとひやひやしたが、こちらへ近づいてくる足音はない。

香純は力なくうな垂れて頭を振った。

「葵……、なんて依頼をまわしてくれたのよ」

しかし、引き受けた以上はきちんと務めなければならない。

見知らぬ人に口づけをするなんて嫌だが、場所は頬。外国人と挨拶《あいさつ》を交《か》わすのだと思えば、なんとかできるはず。

そう自分に言い聞かせるが、香純の頭の中では、キスという単語がずっとぐるぐる回っていた。


香純は閉館作業を終えた同僚たちと一緒に図書館を出た。

昼間はぽかぽか陽気で気持ちがよかったが、太陽が沈むと気温が下がる。思わず身震いしながら、春用のコートの前をしっかり掻き合わせた。

「今夜は特に冷えるわね」

「本当そうですね」

腕を擦《さす》る織田に、香純も同調する。

ここ数日は暖かかったのに、今夜は肌を刺すような冷たい風が吹いている。

予期せぬ何かを告げられている気がして、妙に心がざわついた。

香純は思わず織田と同じように腕を擦《さす》り、風で揺れる桜の木々を見回してから、彼女に視線を戻す。

「これは、早く帰るに限りますね」

「本当にそうだわ。じゃ、帰りましょう。お疲れさま!」

「お疲れさまでした」

他の司書と別れると、最寄り駅に小走りで向かう。

「急いで行かないと」

約束の時刻までは、あと一時間ぐらいしかない。

演じる場所は、汐留《しおどめ》にあるシティホテルのバー&ラウンジだ。移動だけなら問題ないが、その場に相応《ふさわ》しい服装に着替える必要がある。そうなると、残された時間は僅《わず》かしかない。

香純は大急ぎで電車に飛び乗った。

汐留駅に到着すると、香純はファッションビルに入った。そこで、ボウタイがアクセントになるシフォンのブラウスとパール風のアクセサリー、そして小さなバッグを買う。

目的の品を手に入れた香純はパウダールームに移動し、購入した服に素早く着替える。

そしてデート用のメイクをし、サイドの髪を三つ編みにして、ハーフアップにまとめた。

「うん、意外といいかも」

耳元で揺れるパール風のフックピアスもいい感じだ。きっと清楚《せいそ》な女性に見えるだろう。

準備を終えた香純は、着替えの入った袋と購入した小さなバッグを持って、パウダールームを出る。しかし、手にした荷物を見て途方にくれた。

いつもなら駅のコインロッカーを利用するが、今夜は引き返す時間がない。かといってファッションビルのロッカーだと、営業時間内に取りに戻れるかどうかわからない。

「ああ、どうしよう……。あっ！」

視線を彷徨《さまよ》わせていた時、コンビニエンスストアが目に入った。考える間もなく店内に飛び込み、宅配の手続きを取る。

無事に終えホッとして外に出ると、シティホテルに真っすぐ向かった。

シティホテルは、東京湾のウォーターフロントに位置する複合ビルの上階にある。初めて足を踏み入れたそのビルのエントランスには、和風モダンな空間が広がっていた。素人《しろうと》目にもわかる、漆器《しっき》や高級絹織物で整えられた豪華な内装。それを目にしただけで、香純の足ががくがくしてきた。

借金を背負ったこの二年間、不本意ながらも香純は、代役のバイトでいろいろな場所に行く機会があった。自分ではない人になりきり、普通に図書館司書として働いているだけでは得られなかった経験を積んだといえる。

でも今夜のホテルは、今まで行ったどこよりも格式が高い。これまでの知識など全然役に立たないかもしれない。

場の雰囲気にのまれながら、腕時計に視線を落とした。

「嘘……、約束の時刻を五分も過ぎてる！」

自分の失態に苛立ちを覚えながら、急いでホテルへ通じるエレベーターに乗り込んだ。

静かに上昇するエレベーターの中で、香純はこれからの仕事に集中すべく、何度も深呼吸をする。

エレベーターのスピードが緩《ゆる》むのを感じて目線を上げると、数秒後に扉が開いた。

さあ、仕事に集中するのよ！

香純は司書の自分から依頼人の恋人へと気持ちを切り換え、一歩踏み出した。

フロントデスクを通り過ぎ、正面にあるバー＆ラウンジに入る。

天井が高いそこは、きらびやかでありながら落ち着いた雰囲気もあり、とても素敵だった。

薄暗い店内に、オレンジ色のランプが彩《いろど》りを添えている。大きな窓の向こうに広がる宝石のような夜景は壮観だ。

静かな空間にはピアノの生演奏が流れていて、ムードもとてもいい。

依頼人は、自分の恋人にはこのような場所で愛を囁《ささや》くと、後輩女性に示したいのだろう。

「いらっしゃいませ。お一人さまでしょうか？」

ホールスタッフに話しかけられて、香純は首を横に振った。

「いいえ、待ち合わせをしていて……。田崎《たさき》で予約しているはずですが、もう来ていますか？」

メールにあった情報を口にすると、女性スタッフが頷いた。

「はい。ご案内いたします」

「あ、あの！　どこに座っているかだけ教えていただけますか？　実はわたし、彼を驚かせたくて」

振り返ったスタッフに伝えると、彼女が口元をほころばせた。

「かしこまりました。では、お席の近くまでご案内いたします」

香純は笑顔で応じ、スタッフと一緒に歩き出した。

連れられて向かう奥の席は、各テーブルの間隔が広く、ソファも大きかった。ある程度のプライバシーを保てる空間が作られている。

「あちらでございます」

女性スタッフがさりげない仕草で奥を指す。視線の先を追うと、そのテーブルには男性と女性が向かい合って座っていた。

香純がいる場所からは、男性の後ろ姿しか見えない。そのため顔はわからないが、正面に座る女性の顔は、ライトに照らされてはっきりと見て取れた。とても綺麗な人だ。

香純より少し若く思えるその女性は、目の前にいる男性が好きで堪《たま》らないのか、想いが顔に出ている。

二人の座るテーブルに目をやると、男性の手元に置かれた携帯と男物の腕時計、そして白いハンカチがあった。

全て葵から受けた情報どおり。その男性こそ、依頼人の田崎に間違いない。

「ありがとう」

スタッフに礼を述べると、彼女は「後ほどご注文を伺いに参ります」と言って去っていった。

香純は意識して表情を和《やわ》らげて、依頼人が座る席へと進む。

心臓が破裂するのではと思うほど速い鼓動が示すのは、緊張と憂惧《ゆうぐ》。

これまで香純が請け負ってきた仕事とは異なる内容なのだから、不安にならない方がおかしい。

それでも香純は必死で演技を続け、田崎の脇で立ち止まった。

「……どなた？」

依頼人の正面に座る女性が香純に気付き、きょとんとした顔をする。

ごめんなさい――心の中で彼女に謝りながらテーブルに置いてある目印をもう一度確認して、香純は田崎の肩に手を置いた。

「待たせてしまってごめんなさい。こんなに遅くなる予定ではなかったんだけど……」

と、ここでキスよね？

香純は田崎の頬に顔を寄せる。艶《あで》やかな笑みを浮かべて、軽く触れるぐらいの口づけをしようとしたその時、不意に男性が香純の方へ顔を向けた。

「えっ⁉」

息を呑んだ時はもう遅く、香純は男性の唇にキスをしていた。

あまりの衝撃に頭の中が真っ白になり、躯《からだ》が強張《こわば》る。

唇に、キス……⁉

香純が息を呑んだ数秒後に、陶器同士がぶつかるような音が響いた。

我に返り、ぎしぎしと音が鳴りそうな躯《からだ》に力を入れて、ゆっくり顔を離す。

テーブルに置いてあるランプの灯《あか》りに照らされた男性の端整な顔を、香純はこの時になって初めて見た。

なんて素敵な人！

こちらを注視する男性と目が合い、香純の心臓が一際高く跳ね上がった。

襟足を程よいバランスで刈り上げた爽《さわ》やかなマッシュショート、涼《すず》やかで穏和な目元、相手の心をいとも簡単に虜《とりこ》にできそうな綺麗な双眸《そうぼう》。そして真っすぐな鼻梁《びりょう》に、形のいい唇。

魅力あふれる大人の色気から、香純は目を逸らせなくなる。

だが、依頼人の眉間《みけん》にほんの僅《わず》かに皺《しわ》が寄ったのを見て、香純は素の自分を曝《さら》け出していたことに気付いた。

仕事中に何をしているの！　集中して！　――そう自分に言い聞かせて、依頼人にニコッと笑いかける。心なし頬が引き攣《つ》るが、気にせずに躯《からだ》をそっと離した。

「仕事が長引いてしまって。でも、こんな風に優しいキスで迎えてくれるなら、それも良かったかな……ちょっと恥ずかしかったけれど」

香純は決まりの悪い顔をして、田崎の正面に座る可愛らしい女性に目を移す。彼女の瞳には傷ついた色が浮かび、愛らしい唇は震えていた。

動揺した女性の手がコーヒーカップにぶつかったのか、カップはソーサーの上で斜めになり、中身がテーブルに飛び散っていた。

申し訳なく思うものの、ここで彼女に同情していては仕事にならない。香純は自分を押し殺して、目の前の女性に笑顔を向けた。

「驚かせてしまったみたいね、ごめんなさい。人前だとここまでオープンにしないのに、今夜はわたしが遅れたせいで、気が気でなかったのかな」

香純は同意を得るつもりで田崎に流し目を使うが、彼は無表情で香純を凝視していた。何かを考えているのか、一言も話そうとしない。相槌《あいづち》すら打たなかった。

ひょっとして、出方を間違った？　こういう風にしてほしいわけではない!?

内心慌てつつも表情を取り繕《つくろ》って女性に意識を戻すと、彼女は大きな目を潤《うる》ませて、田崎に縋《すが》るような視線を向けていた。

「好きな人が……いたの？　では、あたしは？　ここに来てくれたのはあたしを——」

その時、田崎がやにわに香純の腰に手を回し、彼の方へと引き寄せた。さらに、その手を香純の腹部へと滑《すべ》らせる。

えっ？　……えっ⁉

「詩織《しおり》さんの目に入る光景が、真実だよ」

「嘘よ、そんなの嘘だわ！　話が違うもの。だって、お祖父《じい》さまはあたしに……」

香純を蚊帳《かや》の外に、二人だけの会話が進む。

でも香純の思考は、これ見よがしに香純を抱く田崎の手、熱い躯《からだ》、白檀《びゃくだん》のような甘くていい香りにばかり向いてしまう。

平静を装《よそお》えなくなって視線を彷徨《さまよ》わせると、数メートルほど離れた席からこちらを注視する男性と視線がぶつかった。

男性は香純と田崎を交互に見やり、香純たちの前のテーブルに視線を落とす。

その仕草があまりにも不自然で、香純は男性につられるように、自分の前のテーブルへと意識を向けた。

何かが頭の片隅に引っかかり、香純は改めて田崎に目をやる。

高級そうな生地で仕立てられたスーツに、皺《しわ》のないシャツ、ネクタイ。そして、オニキスと一粒のダイヤモンドがあしらわれたネクタイピンを目で追って、もう一度離れた席の男性に視線を合わせる。

彼は香純を見つめながら自分の首に触れ、二つほど外したシャツのボタンに指を走らせた。

香純はハッとして、田崎に目をやった。彼がネクタイを締めているのを確認して、愕《がく》然《ぜん》となる。

ま、間違えた……。依頼人はネクタイを締めていないはずなのに！

慌てて男性に目を戻すと、彼はいそいそとテーブルに置いた携帯、ハンカチ、そしてネクタイを回収していた。続いて腕時計を手首にはめ、焦った様子で目の前の女性に何かを話す。その後こっそり香純に目配《めくば》せし、小さく会釈《えしゃく》すると、彼は女性を急き《せ》立ててこの場を去っていった。

あの男性こそ、本当の依頼人の田崎だったのだ。

ああ、どうしよう……！

真実に気付いた香純は、魂を奪われたみたいに身じろぎすらできなくなる。

「卑怯者！」

女性の悲痛な叫びに香純が我に返った瞬間、彼女が手を大きく振り上げるのが見えた。

叩かれる！

咄嗟《とっさ》に、香純は手で顔を覆った。

しかし、いつまで経っても痛みはやってこない。

おずおずと目を開けると、田崎が……いや、依頼人ではないその男性が、立ち上がって女性の手を掴んでいた。

「詩織さんらしくない振る舞いだ。先ほども言ったように、君が目にしたものが真実。言っている意味、わかるね？ きっと、蒲生《がもう》氏も理解してくれる」

「あたし、諦めません！ だって、貴方のお嫁さんになる日をずっと夢見てきたんですもの！」

女性は、大きな目から涙をぽろぽろと流しながら、先ほど出ていった依頼人と同じ方向に駆けていった。

この騒ぎに、他の客たちが何事かと遠目に窺《うかが》っているのが気配でわかる。でも香純は、そちらには一切目を向けなかった。

見るべき相手は、目の前にいる男性ただ一人だからだ。

混乱のあまり、男性と詩織と呼ばれた女性が何を話していたのか正確に聞きとれてはいなかったが、話の節々から、二人が結婚話を進めるほどの仲だということは理解できた。

なのに、香純がそれを壊してしまったのだ。

自分のしでかした失態を自覚するにつれ、血の気がスーッと引き、谷底へ落ちていくような感覚に襲われる。

逃げたい、でも逃げてはいけない！　きちんと謝らなければ！

だがその前に、男性に逃げた恋人を追わせるのが先決だ。

「は、はや……早く恋人を追って！」

震えて上手く言葉にならなかったが、なんとか伝えようと、香純は必死に背の高い彼を見上げた。

ところが男性は、走り去った女性とは真逆の方向を凝視している。

そちらに目をやると、老紳士二人がこちらを見ていた。そのうちの一人が腰を浮かしかけた時、香純の腰に触れる男性の力が強くなった。

驚く香純に、男性がゆっくり視線を落とす。そこには、香純を非難する強い光が宿っていた。

香純の躯《からだ》に戦慄《せんりつ》が走るが、それでもきちんとしなければと声を絞り出す。

「すみませんでした。わたし、こんなつもりでは――」

「黙って。このまま何も言わず、俺に付いてきてくれないかな」

「……えっ？」

「君は自分が取った行動について、俺に説明する義務がある。そうだろう？」

男性の言うとおりだ。香純が素直に何度も頷くと、彼はテーブルに置いてあった携帯などを無造作にポケットに入れ、香純を連れて出入り口に向かった。

「部屋につけてくれないかな」

精算カウンターで一度立ち止まった男性は、スタッフにカードキーを渡した。

部屋に？　もしかして、あの女性と泊まる予定だった!?　――そう思った瞬間、申し訳なさでいっぱいになる。

どうしたらこの罪を償《つぐな》えるのだろうか。

男性にエレベーターホールへ促《うなが》されても、上階へ連れられて部屋へ入るように誘われても、香純は逆らわずに従った。

「こっちだ」

ようやく男性が香純から手を離し、部屋の奥へと進んだ。

男性に続こうと面《おもて》を上げたところで、目の前の部屋の広さに驚く。

軽く二十畳を超えるその部屋は、中央をテレビ棚で間仕切りしたベイビュー・スイートルームだった。

一方はキングサイズのベッドが置かれたベッドルーム、もう一方は三人掛けソファと一人掛けソファが設置されたリビングルームになっている。

男性は恋人と過ごすために、こんな素敵な部屋を用意していたのだ。

ああ、悔やんでも悔やみ切れない！

香純が部屋の隅で悄然《しょうぜん》と俯《うつむ》く中、男性がスーツの上着をソファに投げ、冷蔵庫を開けてビール瓶を取り出した。細長いグラスを二脚持ってソファに座り、それぞれのグラスにビールを注ぐ。

「そんなところに突っ立っていないで、こっちに来てくれ」

香純は意を決して、男性が指した一人掛け用のソファに進み出る。そして小声で「失礼します」と告げて、静かに座った。

香純の前に一脚のグラスを置いた男性は、優雅な所作でソファに凭《もた》れ、グラスの中で上昇しては消える気泡を見つめる。

その間が息苦しくて、口腔《こうこう》の乾きを防ごうと香純は何度も生唾を呑み込む。すると、男性が不意に、香純に視線を投げた。

「それで？」

「も、申し訳ありません！　全部……わたしの責任です！」

香純は膝に手を置き、深く頭を下げた。

「うん……。君の責任だね。そうなった経緯を話してくれないかな」

香純は震える手でバッグを開け、代役派遣サービス会社の名刺を取り出し、男性に手渡した。

「代役派遣？」

「はい。依頼人が望む代役を請け負う会社です。家事、運転の代行などもしていますが、食事を一緒に楽しむ相手を望まれることもあります。他にも結婚式での新郎新婦の友人を演じたり、時には……恋人を演じたりすることも」

「恋人?」

そこに反応した男性が、片眉を上げて問いかける。

「はい。今夜は恋人を演じてほしいと依頼を受けて来ました。依頼人に好意を寄せる女性に、その恋は実らないと納得してもらうためです。わたしは依頼人から聞いていた目印を探し、その対象者に近づきました」

「目印……、もしや携帯と腕時計とハンカチか?」

その観察眼と頭の回転の速さに驚き、香純は伏せていた目を上げた。

香純を射貫く男性の眼差しには、有無を言わせないものが宿っている。

その圧に香純は口籠《くちご》もるが、態度から察したのか、男性が疲れたように息を吐き出した。

「なんという偶然だ。飲み物を運ぶホールスタッフとぶつからなければ、俺は濡れた腕時計を外さなかったし、ハンカチで手を拭くこともなかった。そして、あのしつこい電話を無視するために、携帯の電源を切ることも……。重なった不運が、この出会いに繋がったわけか」

自分に言い聞かせるように呟《つぶや》く男性に、香純はもう一度「申し訳ありませんでした」と謝った。

「実は、もう一つ目印があったんです。それはネクタイの有無です。そこまできちんと確認すべきでした。でもわたしは貴方の背後にいたので、目に入った物だけで決めつけてしまい……貴方と恋人の間を裂くような真似《まね》を」

謝って許されるとは到底思えないが、それでも香純は深く頭を下げる。

「わたしから彼女に説明させてください。貴方は裏切っていないと、できる限り――」

「岩倉《いわくら》みつき、か」

香純の言葉を遮《さえぎ》り、男性が手元の名刺を見て呟《つぶや》く。

「いいえ、違います」

香純は上体を起こした。男性が続けろとばかりにじっと見つめてくる。

この人には誠実でいたいと、不意にそう強く思った。正直に話すことで、香純の謝罪の気持ちは本物だと示したい。

香純はもう一度バッグを開けて別の名刺を取り出し、男性に差し出した。

「藤波香純。……司書？」

「はい。図書館司書として働いています」

「堅実な職に就いているのに、何故代役なんてことを？　副業は禁止じゃないのか？

バレたらどうなるか、知らないわけじゃないだろう」

男性の言葉に香純は目線を落とすが、すぐに何度も小さく頷いた。

「お金が必要だったんです。夜の特別な仕事も考えましたが、リスクが高過ぎました。それに比べて代役派遣サービスだと依頼人と一対一で向き合える。たとえ知り合いに見られたとしても、友達と言えばバレません。また、依頼人もお金を払って代役を立てていると知られたくない人がほとんどなので、わたしにとってこれ以上のバイトはありませんでした」

「どうしてお金が必要なんだ？　ブランド品を買い漁《あさ》った？　自分磨きに注ぎ込んだ？　ホスト通いに明け暮れた？」

その辛辣《しんらつ》な物言いに、香純は思わず笑いそうになる。内容が自分の私生活からかけ離れ過ぎて、おかしかったためだ。

だが、それを堪《こら》えて、男性を真っすぐに見つめた。

「自分のために使ったお金ならどんなに良かったか。わたしには、結婚を考えていた彼氏がいたんです。彼は料理人で、独立する計画を立ててました。でも資金が足りず、わたしが連帯保証人になりました。でも彼が姿を消してしまい、わたしが借金を背負う羽目に……。安っぽいドラマみたいですよね」

重たい話で男性の気分を害さないために、香純はなんでもないことだと肩をすくめる。

しかし男性はだまされず、香純の心を覗き込むような眼差しを向けてきた。

「自己破産は考えなかったのか？」

香純は目を見開き、とんでもないと頭を振った。

確かに、自己破産申請を行《おこな》えば借金はなくなる。

でも、そういう逃げ方は香純の理念に反する。連帯保証人になると決めたのは香純自身だ。いくら辛くても、苦しくても、自らの責任を放棄するつもりはない。

「全てをなかったことにはできません。これもわたしの人生です」

「今も、まだ……その彼氏を想ってるから？」

「それはないです。もちろん、最初は裏切られたせいで立ち直れないと思うほどの痛みを受けました。でも、もう二年経ち、彼への気持ちは綺麗になくなりました。今は借金を完済することだけを考えて、日夜働いてます。これも〝人生の勉強〟だと思って」

「なるほどね」

男性は二枚の香純の名刺を交互に見つめていたが、不意に何かを思いついたのか軽く頬を緩《ゆる》め、ビールを一気に飲み干した。空になったグラスをテーブルに置き、香純に目を向ける。

「君……、藤波さんに頼みがある」

香純は彼と目を合わせ、小さく頷いた。迷惑をかけた償《つぐな》いとして、なんでもする覚悟があった。すると、男性が膝に肘《ひじ》をついて、心持ち前屈みになる。

「俺の婚約者を演じてくれないか」

「はい」

あまりに強く決心していたせいで反射的に頷いてしまったが、すぐに何かがおかしいと気付く。そして男性の言葉を何度も反芻《はんすう》するうち、ようやく彼の言ったことが頭の奥に届いた。

婚約者？ えっ？ ……何⁉

香純は狼狽《ろうばい》して顔を上げた。男性は真面目な顔つきをしており、そこにからかいの要素は一切浮かんでいない。

「もちろん偽《いつわ》りの婚約者だ。但《ただ》し、誰にもそうとバレない付き合いをしてもらう。まるで本物の恋人同士のように……」

「な、何を言って――」

呆然とし、頭を振る。

だがそれを見越していたのか、男性が余裕たっぷりの態度で口角を上げた。

「そんなに驚くことかな？ 君は今までも、依頼に応じて恋人を演じてきたんだろう？

それと、やることはほとんど変わらないと思うけど。違うとは言わせないよ。俺はこの身で体験したんだからね。君は俺にしな垂れかかり、キスをした」

男性の視線が意味ありげに香純の唇に落ちる。しばらくそこを見つめられ、香純の意思に反して下腹部の深奥に熱が生まれた。

自分の反応に戸惑いつつも、それを必死に押し隠して男性を見返す。

確かに、依頼に応じてこれまでに何回も恋人を演じてきた。でも、唇を許したことは一度もない。男性にもそう伝えたいと思うのに、彼の意味深な目つきに、喉の奥が締まって声が出ない。

「俺が頼んでいるのはそれと同じ。さらに、俺が好きで堪《たま》らないという風に演じてくれたら、尚更いいな」

何故そんなことを頼むのだろう。偽《いつわ》りの婚約者など仕立てなくても、先ほどの恋人と仲直りすればいいのでは？

香純は腹部に力を込め、ほんの僅《わず》かだけ上体を倒して男性との距離を縮めた。

「どうして偽《いつわ》りの婚約者が必要なんですか？　貴方には恋人がいるのに……。もしかして、許してもらえないかもと思って？　大丈夫、わたしの見た限り、彼女は貴方をとても愛してます。わたしがきちんと説明すれば、きっと誤解は解けます」

「そうする必要はない。彼女はとても……気が強くてね。藤波さんも見ただろう？」

そう言われて、詩織が凄い剣幕で香純を叩こうとした姿が脳裏《のうり》に浮かんだ。

でもあれは、予想もしなかった恋敵《こいがたき》の登場に感情を昂《たかぶ》らせただけだ。

「彼女は——」

香純は言い返そうとするが、男性の鋭い眼光に何も言えなくなり、開きかけた口を閉じた。

「彼女との縁は切れた。お互いの性格上、もう二度と結べない。俺たちは終わったんだ」

「諦めないでください。貴方はまだ何も行動を起こしていません。やれるだけのことはしましょう。わたしも精一杯——」

「無駄だ。彼女のことは、もう忘れる」

ああ、自分のせいでカップルの仲を壊してしまうなんて！

瞼《まぶた》の裏が熱くなり、チクチクと刺す痛みが走る。視界が霞《かす》んでいくのがわかって、慌てて感情を押し止《とど》めようとした。でも、切った堰《せき》は元に戻らない。

「ごめんなさい……、本当にごめんなさい」

香純は涙を零《こぼ》さないように必死に堪《こら》えて、何度も謝った。

「そう思うなら、俺と取引してくれるね？　期間は七月末までの三ヶ月ちょっと。その間だけ俺の偽《いつわ》りの婚約者になってくれるのなら、全てを許すよ。もちろん、謝礼も出す。君の借金を全額肩代わりしよう」

「えっ？　借金を？　な、何を言ってるんですか!?」

「いくらだ？」

おろおろする香純を追い詰めるように、男性が重ねてくる。彼の一歩も退《ひ》かない姿勢を打ち崩すには、香純が金額を言うしかないのだろうか。

個人的な話はしたくないという気持ちが強いものの、金額を聞けばその多さに、あっさり恋人とやり直す方向へ考えを改めるかもしれない。

香純は、中高年サラリーマンの平均年収をはるかに超える金額を口にした。それで怖《お》じ気《け》づくかと思ったのに、予想に反して男性は笑い、問題ないとばかりに手で一蹴する仕草をした。

「利子も含めて俺が出そう。その代わり、二つほど条件をつけさせてもらう。まず一つ目、副業は辞めてもらいたい。俺が借金を返済すればバイトは不要だろ？　二つ目、偽《いつわ》りの婚約者になる約三ヶ月の間は、俺と同棲してほしい」

「ど、同棲⁉」

「詩織さん……先ほどの女性と一緒になれない理由を説明するには、彼女の他に愛する女性がいて、その人と婚約したと、親族たちを欺《あざむ》く必要もある。普段の生活から本物の恋人っぽく振る舞わないと、嘘がバレてしまうだろう。絶対に、偽の婚約者だと見破られるわけにはいかない。それほどだます相手は、大変な人なんだ」

男性は立ち上がり、香純が座るソファの肘《ひじ》置きに腰を下ろした。

「取引に応じてくれるね？　……香純」

香純は濡れた目で男性を見上げる。

自分の間違いで彼らの仲を裂いた以上、なんらかの責任を取るつもりでいた。

でもまさか、この人の偽《いつわ》りの婚約者を演じるように求められるとは……

こんな風になるのを望んでいたわけではない。香純は、きちんとカップルの仲を修復したかっただけだ。

しかし男性は、自分を信用しなかった詩織を許せないのだろう。

そしてそうさせてしまった原因は、わたしにある――そう思っただけで、情けなさと申し訳なさが相まって、再び涙腺《るいせん》が緩《ゆる》んでいく。

何故偽《いつわ》りの婚約者が必要なのか、男性の親族たちをだまさなければならないのか、期間が七月末までなのか――。その理由はわからない。

しかし、香純にそれを知る資格はない。偽《いつわ》りの婚約者になることで男性の面目が立ち、カップルの仲を壊した責任が取れるのなら、香純は一生懸命取り組むだけだ。

「わかりました、条件を呑みます。わたしが迷惑をおかけした以上、できることはなんでもします」

「よく言った！」

初めて上機嫌に目を輝かせた男性が、香純に手を伸ばしてきた。思わずビクッとなる香純の頬に触れ、優しい手つきで撫でる。

「俺の恋人として過ごす間、決して辛い思いはさせない。約三ヶ月後には、楽しかった、いい思い出ができたと思って帰れるようにする」

「よろしくお願いします」

男性が小さく頷き、もう一度思いやるように香純の頬に触れ、手を離した。彼は脱ぎ捨てたスーツから小さなケースを取ると、名刺を香純に差し出す。

「俺は、壬生秀明《みぶひであき》だ。年齢は三十二歳、今年三十三歳になる。香純は？」

「わたしは二十五歳になったばかりです」

「七歳……八歳差か。うん、いい感じだ」

壬生が呟《つぶや》く中、香純は手元の名刺をまじまじ見つめる。

「壬生さん、不動産会社で働いていらっしゃるんですね」

そう言うと、壬生が名刺を手で覆った。

「あとで確認できるだろう？　まず先に、今後の話をしないと。俺の家に来るのは来週……いや、再来週末でいいかな？」

「はい」

素直に返事する香純に、壬生が満足そうに口元をほころばせた。

その後、脱ぎ捨てた上着を取って羽織ると、壬生は香純の手を取って部屋のドアへと誘《いざな》う。

「では、再来週に一度連絡を入れるよ。俺からの電話を待っていてほしい」

「わかりました。ところで、あの、壬生さん――」

これからどこへ行くのか訊ねたかったが、言い切る前に彼の指が香純の唇に触れた。

思いがけない行為に、言葉を呑み込む。

「いいかい？　俺のことは壬生ではなく、秀明と呼ぶように。名字呼びは初々《ういうい》しくていいけど、婚約者なら名前で呼ぶべきだ。それと、その客人を相手にするような丁寧な話し方も禁止だ。俺の言っている意味がわかるね？」

二人の視線が急速に絡み合い、逸らせなくなる。

今日初めて会ったばかりの人と同棲し、偽《いつわ》りの婚約者を演じるなんて、普通ではありえない。不安に駆られるのが当然なのに、壬生の優しい眼差しに、その心配がどこかへ消えていく。

代わって、普段の生活から本物の恋人っぽく接するかと思うと、不安とは別の何かが胸の奥で騒ぎ始めた。

この気持ちは、いったい……？

「香純、返事は？」

香純の唇に触れていた手が離れた。香純は小さく頷いて、肯定の意思を表す。

「仰《おっしゃ》るようにします」

「だから――」

まだ距離のある話し方に納得しないのか、壬生の顔に苛立ちが見え隠れし始めた。

香純は反射的に違うと顔の前で手を振る。そして、自ら彼の方へ手を伸ばした。壬生のスーツの袖を掴んで距離を縮め、逃げるつもりはないと態度で示す。

「今日だけは許してください。わたしたちの出会い方はちょっと普通ではないので、まだ気持ちが追いついてなくて……。でも自分の罪は理解しています。だから、あと少しだけ待ってください」

「あと少し？」

壬生は訝《いぶか》しげに問う目を向けつつも、彼の袖を掴む香純の手に自分の手を重ねた。

「はい。壬生さんの家へお邪魔する日までに、気持ちを整理しておきます。期限付きの婚約者として求めに応じられるように努めますので、今日はこれで勘弁してください」

香純の言葉に小さく頷く壬生の目には、優しげな光が宿っていた。

「わかった。では君がどういう風に演じてくれるのか楽しみに待つとする」

「ハードルを上げないでください」

間髪《かんはつ》容《い》れずに返事すると、壬生は肩を揺らして笑った。しばらく楽しそうな声を上げていたが、次第に落ち着きを取り戻すと、香純を部屋の外へと促《うなが》す。

「今日はもう香純を解放しよう。下まで送るよ」

壬生が機嫌よく香純の手を取って、エレベーターホールに向かう。

それは外に出ても変わらなかった。そろそろ解放してほしいと思いつつ、これも壬生の婚約者を努めるためのプロセスだとわかっている。

香純は落ち着くよう自分に言い聞かせて、壬生と一緒に歩いた。

「帰りは電車？　もしタクシーに――」

そう訊ねてきた壬生が、言葉を切った。

不思議に思い壬生を窺《うかが》うと、彼はあらぬ方向に目を向けている。その顔からは、先ほどまでの陽気な色が消えていた。

「壬生さん？　わたしは電車で帰るので、ここで失礼します。何かあれば、連絡してください」

しかし壬生は、香純の言葉を無視して、いきなり肩に腕を回してきた。

「俺が電車で帰らせるとでも？」

「はい？」

戸惑う香純を、壬生がタクシー乗り場へ急《せ》き立てる。そして香純は、無理矢理車内に押し込まれた。

「えっ？　あの？」

目をぱちくりさせる香純に、壬生は硬い表情を解いた。ポケットから財布を取り出してお札を一枚抜くと、それを香純の手に握らせて、顔を寄せる。

「偽《いつわ》りの婚約者として演技をしてもらうのは、同棲を始める日からと決めていたが、予定変更だ。前倒しさせてほしい」

「前倒し？　……えっ？」

香純は、壬生の大きな手で頬を包み込まれた。その触れ方に、心臓が早鐘を打ち始める。

「俺を愛しげに見つめて。大好きな男と離れたくないという想いを……」

壬生のかすれ声に、二人を包み込む空気が濃厚なものに変わる。

見つめられるだけで何かが大きく渦《うず》を巻き、胃の中に火が点《つ》いたような錯覚に陥《おちい》った。

自分の反応に戸惑うものの、目の前の壬生から目を逸らせない。

呼吸がし辛くなって唇をかすかに開けると、壬生の目線がついとそこに落ちた。湿《しめ》り気を帯びた息に唇をなぶられて、香純は初めて彼が距離を縮めてきたと気付いた。

「そのままで……」

お互いの吐息が間近でまじり合ったその時、顔を軽く傾けた壬生に唇を塞がれた。

突然のキスに目を見張り、香純はシートの上で躯《からだ》を強張《こわば》らせ、手の中の札をきつく握り締めた。

壬生が香純の緊張を解くように、柔らかい唇を何度もついばむ。

「ン……ぅ」

壬生の意図を掴めなかったが、香純はなすがままに行為を受け入れた。微動だにせず耐える香純をなだめるように、壬生は最後にぺろりと舌で彼女の唇を舐めると、顔を離した。

「ありがとう、香純」

香純の頬を撫で、上半身を起こす壬生。

「気を付けて帰るんだよ。再来週、連絡する」

そう言った壬生は、運転手に「出してくれ」と声をかけた。彼が一歩下がるとドアが閉まり、タクシーが発進する。

「どちらまで行かれますか？」

「あ、あの——」

香純は、ここから二駅ほど先にある駅名を告げた。

タクシー代をもらったとはいえ、そのお金を使うわけにはいかない。それなら最寄りの駅を言えばいいことかもしれないが、ホテルから駅までは目と鼻の先。今度は運転手に対して気が咎《とが》めてしまう。

もう、どうしてタクシーに乗せたの？

香純は壬生とのやり取りを思い出しながら、じんじんする唇にそっと触れた。そして、後ろ髪を引かれる思いで振り返る。

「えっ？」

壬生はもういないと思ったのに、今もまだ、エントランスに立っていた。

だが、一人ではない。壬生の目の前には年配の男性がおり、その人に頭を下げている。

「あの人は……いったい？」

もっとよく見たかったが、タクシーが公道に出てしまったため、壬生の姿は視界から消えた。

いろいろ考えたところで、何かがわかるはずもない。

香純はため息を吐き、手の中のしわくちゃのお札に視線を落とす。

「……あっ！」

唐突に、香純は代役の仕事に失敗した件を思い出した。

早く連絡しなければ！

運転手に携帯電話を使う旨を伝えて、代役派遣サービス会社に電話をかける。

「岩倉です。今夜、青井《あおい》のピンチヒッターで仕事に向かったんですが――」

香純は葵が仕事で使用している名前を出し、素直に自分がミスを犯したと話した。

依頼人とは接触していないが、香純が間違った人に声をかけてしまったことは、先方も知っていると伝える。明日、詳細を話すために会社に顔を出すが、まずは依頼人への対応をお願いしたいと伝えて、電話を切った。

「あっ、そうだった。辞める件も言わないと……」

香純は小さく呟《つぶや》くと、脱力してシートに凭《もた》れた。

これからの三ヶ月間、どんなことが待ち受けているのか見当もつかない。それでも壬生のために誠意を尽くすのが、香純にできる精一杯の償《つぐな》いになる。

必ず壬生を助ける行動を取ろうと誓いながら、香純は目を閉じた。

第二章

壬生秀明とシティホテルで別れて以降、香純は図書館司書の仕事を終えると連日代役派遣サービス会社に足を運んでいた。

会社の担当者と共に、ホテルで大迷惑をかけた依頼人への対応をするためだ。

依頼人が連れてきた女性が香純に気付かなかったため実害はなかったとも言えるが、その間のやり取りは大変だった。だが当日にかかった料金や次回の代役などを会社がもろもろ補償することで、この話はようやく落ち着いた。

契約上、香純が弁償する必要はないが、その代わりにどんどん仕事を入れて損害を埋める働きをするのが筋というもの。しかし秀明と交《か》わした約束があるため、これ以上このバイトはできない。

香純は申し訳なく思いながらも辞める旨を話し、会社をあとにした。

そして翌日からは、秀明の家に行く準備に追われる。

一日、また一日と経つにつれて、香純は秀明の偽《いつわ》りの婚約者になる覚悟ができていった。また、考える時間を持てたお陰で、普段と変わらない自分で付き合うのが一番いいという答えも出ていた。

何しろ、一緒にいる期間が長い。本来の自分とは違うタイプの女性を演じていたら、絶対にどこかでミスをしてしまうだろう。

秀明の親族たちを欺《あざむ》かなくてはならないのだから、リスクは減らすべきだ。

「ただ、秀明さんを愛してるって演技がね……」

ほんの一時間ぐらいならそれも可能だが、四六時中は難しい。いつどんな時にその演技が必要になるかわからない以上、そこが心に引っ掛かって仕方がなかった。

「どうしたの、ため息なんか吐いて。何か問題でも？」

ロッカーからバッグを取り出した香純に、織田が話しかけてきた。

「あ……あの、ゴールデンウィークの代休について考えていたんです。まだ提出していなくて」

「まだ出していないの!?」

香純はロッカーを閉じると、織田と一緒に更衣室を出て職員専用通用口へ向かう。

「特に予定もないので後回しにしていたんですけど、高橋《たかはし》次席にまだかと催促《さいそく》されて。〝早く出さないと、まとまった休みが取れないぞ〟と言われてしまいました」

「大丈夫よ。次席がお尻を叩くのは、司書たちの希望日に休みを取らせてあげたいっていう一心からであって、別に怒ってるわけではないし」

「次席の手を煩《わずら》わせないよう、なるべく早く提出するようにします」

織田が施錠し、最終チェックを終えるのを待つ。

不意に、生暖かい風がふわっと香純の頬を撫でる。

天気予報では、今週は気温が上がって上着は不要と言っていた。まさに、そのとおりだ。

「これでよし！　さあ、帰りま……うん？　ねえ、あそこに人がいない？　もしかして、不審者？」

「えっ、不審者!?」

織田の視線の先を確かめるように、香純は恐る恐る目を向けた。

図書館の敷地を出たところにあるガードレールに、男性が腰を下ろしている。膝に肘《ひじ》を乗せて前屈みになっているので顔ははっきりしないが、雰囲気からくたびれた感じには見えない。

「藤波さん、駅まで送っていくわ。何かあったら大変だし」

「いいんですか？　車だと遠回りになるのに……」

「気にしないで。遠回りと言っても、ほんの数分だしね」

織田は香純の腕を取り、駐車場の方へ引っ張る。香純は彼女に頭を下げた。

「すみません、ありがとうございま――」

そう言って、ちらっと男性の方に目を向けた時、その人が不意に顔を上げた。

焦って目を逸らすが、一瞬視界に残った見覚えのある男性の顔に、香純の足がぴたりと止まる。

えっ？　……壬生秀明さん!?

「藤波さん？　どうしたの？」

「あ、あの！」

織田を見て、再び秀明に目を向ける。ガードレールに座っていた彼が立ち上がり、手を上げた。

「織田さん、あの男性、わたしの知り合いでした」

「知り合い？」

織田がさっと振り返ると、それに気付いた秀明が礼儀正しく会釈《えしゃく》した。

「な、何⁉　めちゃくちゃカッコいいんですけど！」

「えっと……確かにそうですね。あっ、すみません。送ってくださるという話でしたけど、わたしここで失礼します」

「わかった。でも彼のこと、また聞かせてよね。じゃ、お疲れさま！」

駐車場へ行く織田を見送ったあと、香純は急いで携帯電話を取り出した。

秀明からの連絡に気付かなかったのかと思ったが、やはりメールも着信もない。

連絡もせずに職場へ来たということは、何か問題が起こったのだろうか。

香純は身を翻《ひるがえ》すと、階段を駆け下りて、レンガ造りの遊歩道を走った。足を滑らせないように気を付けながら図書館の敷地を出て、秀明の前で立ち止まる。

「秀明さん、どうしてここに？」

「驚いた？」

楽しそうに笑う秀明の声を耳にするや否や、香純の心臓がドキンと高く打った。

自分でもよくわからない感情に、手の中にある携帯電話を強く握り締める。

「最初は、俺の家に来る日の予定を連絡をするだけでいいと思ってた。だが、考えを改めたんだ。これから一緒に暮らすのに、君への配慮が足りなかったかなと。悪かったよ」

秀明は自嘲《じちょう》するように口角を上げ、香純に近づき手を取った。さらにその手を、彼の肘《ひじ》へ持っていく。そうして二人で腕を組むようにされた。

秀明の行動に息を呑む香純を尻目に、彼は最寄り駅の方へと歩き出す。

香純は秀明と歩幅を合わせながら、おずおずと彼を仰いだ。

「考えを改めたって、どういう意味？」

「せっかく一緒に暮らすんだ。楽しまないと損だと思わないか？　俺たちが親しくなればなるほど、それが香純の演技に色を添える。カラフルに彩色されていけば、親族たちは俺たちが互いに想い合ってると思うに違いないからね。それで、今夜はお互いをもっと知るためにデートしないかと誘いにきたんだ」

「で、デート⁉」

香純は素《す》っ頓狂《とんきょう》な声を上げる。

それがおかしかったのか、秀明が頬を緩《ゆる》めたまま香純に流し目を送ってきた。

「そう、デートだ。香純には俺を知ってもらいたいし、俺も君を知りたいと思ってる。デートしながらだと、お互いが見えてくるんじゃないかな？　そうなれば、香純も婚約者を演じやすくなると思う。どう？」

そう言いつつも、秀明は香純の返事がもうイエスだと思っているようだ。

秀明の言うとおり、同棲を始める前に彼と過ごすのはいいことかもしれない。彼について予備知識を得られるし、きっと婚約者を演じる上でいろいろと助けになる。

「どこに連れて行ってくれるの？」

秀明に心持ち躯《からだ》を寄せて窺《うかが》うと、彼は楽しそうに唇の端を上げた。

「そう言ってくれると思ってたよ。まず、夕食を取ろう。店を予約してるんだ。初めてのデートで連れて行くのはどうかと思うが、俺たちは一気に壁を越えて、愛し合う婚約者同士の域にまで達しなければならない。だから、許してほしい」

「気にしないで。だって、わたしは秀明さんの本当の恋人ではないもの。誰が見ても婚約者だとわかるように、貴方と親しくなるのが務めだと理解してます」

「本当に前向きな性格なんだね」

「いつもそうとは限らないけれど。ただ……受け入れなければならないものに抗《あらが》っても仕方ないという気持ちがあって。当然最初は悔やんだり、泣いたりするけど、ずっと後ろ向きではいられない。前を向いて歩かないと、何も進まないもの。そうやって動けば、悩みが解消された時はきっといいことが待ち受けてる。……そう思いたいんです」

「では、俺たちが一緒に過ごした三ヶ月後には、いったいどんな物語が待ち受けているか、楽しみにしておこう」

「ええ」

素直に返事をする香純に、秀明が笑みを零《こぼ》す。

まるで妹を可愛がるような柔らかい表情を浮かべた。秀明の態度に戸惑いつつも、香純はそれ以上何も言わなかった。

電車を乗り継いで向かった先は、中目黒《なかめぐろ》にある焼き肉店だった。

店内は温かみのある木造りの内装で、どの席もスーツ姿のサラリーマンやＯＬたちで埋まり、とても賑《にぎ》わっている。

「こんばんは」

「いらっしゃいませ！　お待ちしておりました。さあ、こちらへどうぞ」

秀明は名前を言っていないのに、店員は彼の顔を見ただけで四人掛けの予約席へと案内する。

「まず、生ビールでよろしいですか？」

店員がお冷やとおしぼりをテーブルに置いて、秀明に訊ねる。

「香純もビールでいい？　飲める？」

「ええ、大丈夫」

「では、すぐにお持ちしますね」

お通しのもやしやほうれん草、ぜんまいや人参《にんじん》のナムルを並べ終えると、店員は奥へ消えた。

二人きりになるなり、秀明が香純に問うように片眉を上げる。

「残念だった？　初デートで焼き肉屋に連れて来られて」

香純は秀明の言い方に口元をほころばせながらおしぼりを彼に渡し、自分も手を拭《ぬぐ》った。

「驚きはしたけど、残念とは思ってない。だって、ここは秀明さんのお気に入りのお店でしょ？　そこに連れてきてもらえるなんて、とても嬉しい」

「どうして俺のお気に入りだと？」

「秀明さんは名前を伝えていないのに予約席に通された。つまり、お店の常連で顔見知りということ。正解ですよね？」

そう言った時、店員が来てビールのグラスをテーブルに置いた。違う店員が、お肉ののった皿を運んでくる。

「こちら、食べ比べができる黒毛和牛の特選盛り合わせです」

白いプレートに盛られた上ロース、リブロース、上カルビ、タンなどの色はとても鮮やかで、まるで花が咲いたように綺麗だった。

店員がいなくなると、秀明がグラスを手に取った。香純も慌てて自分のグラスを持つ。

「今夜はお互いをよく知るためにここへ連れて来たが、これでは俺の心の中を余すところなく覗かれそうだ。でもどんどんそうしてほしい。親族たちをだますには、俺の細かい部分を知る必要があるしね。ではこれからの約三ヶ月……七月末までよろしく頼む。何も問題が起きず、香純が笑顔で自分の生活に戻れることを願って、乾杯」

「乾杯」

冷えたビールを一口、二口飲んだあと、秀明がトングを使ってタンを網の上に置く。これまでの秀明の言動から、香純は彼が自ら率先して行動する人だと思った。この人は起業家タイプかも――なんて考えながら、タンにレモンをかけて食べた。

「んんっ！　……美味《おい》しい！」

「喜んでもらえたようで良かった。仕事柄、いろいろな店で食べるけど、やっぱりこの店に戻ってしまうんだ。いつ食べに来ても、俺の期待を裏切らない」

次に脂《あぶら》がのったカルビや上ロースを焼き始めるが、秀明はそうする間もいろいろな話をしては香純を楽しませてくれた。

にこやかに答えるうちに、徐々に香純の硬さがなくなっていく。

まるで仲のいい先輩と後輩、もしくは隣の家に住む、年の離れた幼馴染《おさななじみ》といった風だ。それほど香純は、秀明に対して心を許していた。

「この店は、よくデートで使うの？」

「デート？　いや、女性を連れて来たことは一度もない。……そう、香純が初めてだ」

そう言いながら、秀明はまるで雷にでも打たれたような顔をした。それから徐々に力を抜き、香純にからかいの滲《にじ》んだ目を向ける。

「そもそも俺の知る女性は、こういう場所に来たがらないからね。彼女たちが望むのは、イタリアン、フレンチ、そして多国籍料理。そこに綺麗な夜景がプラスされれば、なお上機嫌になる」

秀明の言う女性とは、彼のこれまでの恋人たちに違いない。

香純と元カノとの待遇の違いは当然のこと。彼女たちは秀明に愛された女性で、香純は彼に迷惑をかけた最悪な人物。その違いは明白だ。

気にする方がおかしいのに、何故か気落ちしてしまう。

そんな自分に戸惑いを覚えずにいられなかった。

「どうした？　何か気掛かりでも？」

美味《おい》しそうに焼けた肉を香純の皿に置きながら声をかけられて、ハッとする。

「眉間《みけん》に皺《しわ》が寄ってる」

「えっ？　あっ……別に、何も……」

「香純？」

秀明の口調が探るものに変わる。

香純はすぐに表情を改めて、なんでもないと顔の前で手を振った。

「気にしないで。……大丈夫。えっと、そう！　いつから恋人っぽく親しみを込めた話し方に変えようかなと思っていて。秀明さんのことは、既に名前で呼ばせてもらってるけど」

「もうかなり変わってる。気付いていないのか？　明らかに声が柔らかくなっている。俺の名前を呼ぶ時も、話しかける時も」

柔らかくなってる？　いつもと変わらないつもりなのに、そう感じると!?

「失礼します」

女性店員の声がした。

「ホルモンの盛り合わせプレートと、生ハラミのお寿司です」

「ありがとう」

店員に頷くと、秀明がホルモンに手を伸ばした。

「ここのホルモンも美味《おい》しいんだ。生ハラミのお寿司も。この店では、必ず注文してる。香純にも是非食べてほしい」

「ありがとう」

新しく運ばれてきたメニューのお陰で、香純は先ほどの秀明の言葉を深く考えずにすんだ。彼に勧められるまま、寿司を口に放り込む。生ハラミの柔らかさと甘みが、酢飯とよく合っている。口腔《こうこう》に広がるワサビとの相性も絶妙だ。

「美味《おい》しい！」

「だろう？」

香純の感嘆の声に、秀明も目を細める。

まるで本物の恋人同士のように微笑み合って、香純はようやく気付いた。

こんな風に、率直に笑い合う関係で進めていけばいいということを。

そうすればこれからの約三ヶ月、偽《いつわ》りの婚約者として一緒に暮らしても上手くいくに違いない。

今みたいな関係を目指せばいいのよね？　――そう思いながらも、秀明が先ほど元カノの話をした時に感じたざわざわとしたものが、静かに心の奥底へ沈んでいく。その妙な感覚に、自分でも戸惑っていた。

なるべく気にしないように努めながら焼き肉を食べ終え、デザートのアイスクリームを口に入れる。その時、秀明が彼の家へ移る話をし始めた。

「土曜日は仕事なんだよな？」

「ええ。ゴールデンウィークに開かれる〝ふれあい祭り〟の準備で忙しくて」

「じゃ、一日早いけど……明後日の金曜日に移ってくる？　早めに移って俺の家に慣れておけば、図書館の定休日にはゆっくりできると思う」

異論はないと秀明に頷く。

「香純、かなり肝《きも》が据わってきたね」

「ううん、そうじゃない。わたしは、秀明さんの望むことにはなんでも応えるつもりなの。早めに移れと言われれば、それに従うだけ。貴方のために」

「香純……」

真顔で見つめてくる秀明に、香純はにっこりした。

「気にしないで。悪いのはわたしだし。……ところでゴールデンウィークの話なんだけど、その期間は仕事なの。代わりにあとで代休を取れるんだけど、まだその申請を出していなくて。秀明さんの都合に合わせて取るつもりだから、予定があったら遠慮せず言ってね」

そう言った途端、秀明が手を伸ばして、香純の手を握った。

突然のことにびっくりして秀明を見返すが、彼は何も言わずにただ香純の手の甲を撫でる。そんな彼の仕草に、香純は息が止まりそうになった。

店内は賑《にぎ》わっているのに、香純の周りからは喧騒《けんそう》が遠ざかっていく。代わりに妙に空気が張り詰めて、躯《からだ》を雁字《がんじ》搦《がら》めにした。

息をするのも辛くなった時、ようやく秀明の手の力が緩《ゆる》まる。

その隙を逃さずに手を引き抜くと、秀明がどこか責めるような声を零《こぼ》した。

「俺の望みがなんであろうとも応えると言ったのは、嘘？　俺が触れただけでこんなにも緊張されたら、俺の婚約者だと親族たちに紹介できない」

「ご、ごめんなさい！　だっていきなりだった……ううん、そうじゃない。わたしのせいね」

香純は肩を落とした。

偽《いつわ》りの婚約者を演じ始めたら、秀明に手を触れられたり、肩を抱かれたりすることもあるとわかっていたはずなのに……

「そろそろ出ようか。実は、まだ寄りたいところがあるんだ」

「……はい。秀明さんと一緒に行きます」

もう戸惑わない。わたしは秀明さんが望む婚約者になります——そう決意を新たにした香純は、秀明と一緒に焼き肉店を出た。

「ごちそうさまでした」

夕食のお礼を言う香純の手を取り、秀明は自分の肘《ひじ》に持っていく。香純が隣に寄り添うと、彼は晴れやかな顔で歩き出した。

電車に乗って降りた先は、銀座だった。けれど秀明は、このあとどこへ行くのか口にしない。

香純は秀明が行きたいという場所に従うだけだからと最初は特に訊ねなかったが、歩を進めるにつれだんだんそわそわしてきた。

堪《たま》らず秀明の腕を掴む手に力を込めて、自分の方へ引き寄せる。

「うん？　どうした？」

「ねえ、どこに行くの？」

秀明が口にしたのは、香純でも知っている有名ブランドのジュエリー店だった。図書館にある雑誌にも、よく載っている。そのジュエリーはとても高価で、女性が贈られたいエンゲージリングを扱う店としても知られている。

どうしてそんなお店に？

「詩織さんを覚えてる？」

不意に秀明に問われて、胸の奥がざわついた。それが渦《うず》を巻き、香純は自分の躯《からだ》がどこか深い場所へ落ちていく感覚に囚《とら》われる。

「……ええ」

「知ってのとおり、俺たちの仲はもうどうにもならない。だが、詩織さんには公《おおやけ》の場で恥をかかせてしまった。それで、お詫《わ》びの品を贈ろうと思ってね。香純も一緒に選んでほしい」

「別れた恋人に、アクセサリーを？」

その考えはおかしいと言いたくなったが、香純は言葉をぐっと呑み込んだ。

二人の関係は、秀明たちにしかわからないこと。香純に、何かを言える権利などない。

「ああ、せめて償《つぐな》いの気持ちを示さないとね。……いけないか？」

「いいえ。わたしで役に立つなら選ぶのを手伝うけど、最終的には秀明さんが決めてね」

「そうすると誓うよ」

秀明がそう言った時、ちょうど店の前に到着した。

「いらっしゃいませ」

「いろいろ見せてもらうよ」

「どうぞゆっくりご覧ください」

秀明は香純と腕を組んだまま、ガラスのショーケースへ向かった。

そこにあるアクセサリーは、ライトを受けて眩《まばゆ》く輝いてる。香純の好みはもう少し控えめなものだが、それでもきらめきと素敵なデザインから、目が離せない。

「とても綺麗！」

香純は感嘆しながら、視界に入るペンダントやリング、ピアスなどを見つめる。

「香純はどういうのが好み？」

「わたし？　……わたしは可愛い系、清楚《せいそ》系が好きかな。年齢を重ねれば、派手なものがほしくなるかもしれないけど」

「そうか。年齢に合ったものという感じ？」

「ええ。詩織さんの趣味は？」

「さあ……」

秀明の興味なさそうな口振りに思わず顔を上げるが、彼はショーケースに見入っている。そして、ペンダントやブレスレットを指しては「これはどうだ？」とか「こういうのも綺麗じゃないか？」などと話しかけてきた。

「こちらのペンダントは、周囲にちりばめたダイヤモンドがより多くの光を取り込み、中央のダイヤモンドを輝かせるデザインとなっております」

店員がスエード調のジュエリートレーにそのペンダントを取り出し、秀明の前に置いた。

「チェーンはペンダントトップの裏を通るタイプなので、ペンダントの丸いフォルムが目立つ仕様です」

秀明がそれを手にして、香純の胸元に持っていく。

「うん、とても素敵だ。香純も見て」

秀明に促《うなが》され、香純は鏡を覗き込む。

「合計三十六石のダイヤモンドを使ってるんです。とても華やかに見せてくれるので、大人気のデザインですよ」

確かに胸元できらめくペンダントは綺麗だが、詫びの品として贈るには豪華すぎる。

鏡越しに秀明を見ると、彼の顔にはなんの感情も浮かんでいなかった。

ところが香純と目が合うと、彼は取り繕《つくろ》うように苦笑する。

その表情の変化が気になり香純は秀明を窺《うかが》うが、彼は気にも留めずに店員に「揃いのリングとピアスを出してくれ」と伝えた。そして再び香純を見やる。

「どう思う？　それ、香純によく似合ってるけど」

わたしに似合う？　どうしてわたしに似合う必要が？　――と考えながら、香純は秀明の手からペンダントを受け取った。

「一緒にアクセサリーを選んでくれる香純にも、礼をしようと思ってね。どう？　気に入ったか？」

「これをわたしに？　いいえ、とても素敵だけどいらない。それに――」

手元にあるペンダントに視線を落として、値札を見る。そこには、香純の給料三ヶ月分近くもする値段が表記されていた。香純は目を見開き、さっと振り返る。

「高い！」

驚きのあまり思わず声が大きくなるが、すぐに秀明に顔を寄せる。

「ねえ、きちんと値札を見た？　もしわたしが強請《ねだ》ったらどうするつもりなの？　あのね、秀明さんはわたしにお礼をする必要はない。なんのためにわたしが偽《いつわ》りの婚約者を演じることになったのか、その理由を思い出してください」

「香純の気持ちもわかるけどね。ただこれは俺のやり方だから、ついてきてくれないと」

秀明はそう言って、ジュエリートレーにあるリングを取り、香純の指にはめた。

驚く香純を尻目に、彼は香純の指で輝くダイヤモンドのリングを見つめる。そして、何も言えずにいる香純の指からリングを抜き取ると再び戻す、という動作を数回繰り返した。

秀明が何を望んでいるのか、どうしたいのか、さっぱりわからない。

香純は店員たちの目を意識しつつ、秀明の手を握った。

「向こうの方も見たいの。一緒に来て」

香純は秀明をショーケースの前から連れ出し、もう少し安価なものはないかと探し始めた。

「秀明さんは、どういうものを贈ろうと考えているの？」

「うーん、香純はどういうものを贈ればいいと思う？」

そもそも別れた恋人に贈り物をすること自体、香純には理解できない。そのため、何を選べばいいのか、想像もつかない。けれど香純はあえてそれを言わずに、別口から説明し始めた。

アクセサリーをプレゼントするのは、独占欲の表れであるとも思われること、リングとペンダントとブレスレットは束縛を、ピアスは自分の存在を身近に感じてほしいという意味に取れると伝える。

「詩織さんをまだ……想っていると伝えたいのならいいけど、もしそうでないのなら、よりを戻したいって勘違いされるかも。だから、秀明さんは詩織さんとどうなりたいのかを考えて、その気持ちに合う品を贈ったらどうかな？」

「前にも言ったけど、俺は詩織さんとどうこうなるつもりはない。気を持たせる真似《まね》はしたくない。だが、こちらから詫《わ》びを入れる必要があるのも事実なんだ。それらを考慮した上で贈るとすれば、何を選べばいい？」

もしかして秀明がこだわっているのはアクセサリーではなく、このブランドなのだろうか。

香純は店内を見回し、秀明を奥にある棚へと誘う。

そこには、名刺入れや定期入れ、ライター、お箸《はし》、香水などの雑貨が並んでいた。

ダイヤモンドやルビーなどをあしらっているためどれも高価だが、これらなら相手に誤解を与えることはない。

「置き時計や、鏡はどう？　時計は同じ時間を一緒に過ごそうって意味にも取れるけど、貴女には貴女の時間を過ごしてほしいって意味にもなる。鏡は割れるので、二人の仲は終わったって解釈ができるけど、貴女の行く道に光が射しますようにって願いもあるし」

「なるほどね……。品によっていろいろな意味があるのか。香純はどうして詳しいんだ？」

「図書館には、そういう本もあるの。もちろん、それらが全て正しい解釈とは言えないけれど。ちょうど気落ちしていた時に目に入って、読み込んでしまったことがあって……」

秀明が香純の心を探るような目を向けてくる。

香純は肩をすくめると、彼の傍《そば》を離れた。あとは秀明が考えて決めるべきだ。

秀明が腕組みしながら悩む姿を横目で確認して、再びショーケースに目をやる。

高級ブランド店に入る機会などないので、香純はこの時とばかりに綺麗なアクセサリーを目に焼き付けた。そして、再び最初にペンダントを見せてもらったショーケースの前で佇《たたず》む。

「やっぱり素敵ね……」

「先ほどのペンダント、お似合いでしたよ。……そうですね、こちらなどいかがですか？　お連れさまは、こういうのもお好きなのかなと思いましたが」

香純に勧めながらも、店員が秀明をうっとりと見つめる。つられて、香純も彼の精悍《せいかん》な横顔に目をやった。

店員が秀明に目を奪われるのもわかる。彼は本当に恰好いい。それに、彼の所作はスマートで、こういう店でも物怖《ものお》じしない振る舞いができる。

秀明はいろいろな経験を積んだ大人の男なんだと、改めて意識させられた。

そんな秀明が、店員を呼び寄せて何かを話し始める。詩織に贈る品を決めたのだろう。

「そうね……。でも、彼が喜ばせたい相手はわたしじゃない」

「はい？」

店員の問いかけに、香純は彼女に向き直って作り笑いを浮かべた。

「彼の好みも大切ですけど、一番重要なのは、わたしに似合うかどうかということ。だから、彼がわたしを想って選んでくれる日が訪れればいいな。値段なんて関係なく――」

そう言った瞬間、いきなり肩を抱かれた。躯《からだ》がビクッとなるが、香純を抱く力強い腕と鼻腔《びこう》をくすぐるかすかな煙の匂いで、相手を悟る。

「秀明さん」

香純が緩《ゆる》やかに力を抜いて振り仰ぐと、秀明は嬉しそうにしていた。その笑みは、香純がこれまで目にしたものとは全然違い、心からの素直な感情が出ていた。

驚きつつも、香純は彼から目が逸らせなくなる。彼の熱を帯びた眼差しに囚《とら》われて、心臓が早鐘を打ち始めた。しかもそれが嫌ではない。それどころか、自然と躯《からだ》が傾いていくのを止められなくなる。

すると、秀明が思わせぶりに香純の唇へと視線を落とし、肩に置いた手を滑《すべ》らせて腰に触れた。

秀明の手つきに、香純の下腹部の奥がきゅっと締まる。

「香純のお陰で無事に選べたよ。ありがとう」

「い、いいえ……」

吃《ども》る香純に、秀明がさらに破顔した。彼は瞳に柔らかい光を宿し、まるで香純を本物の恋人であるかのように見つめている。

こんなことは初めてだった。

確かにこれまでの秀明は、香純しか目に入らないと言いたげに笑いかけたり、付き合っていると周りに示すように触れてきたりしていた。

でもそれらは、全部演技。親しげにしてきても、どの行動にも礼儀正しさを残し、本心を隠しているのが伝わってきた。

けれど今の秀明は、これまでの彼と全然違う。素直な気持ちが、香純にどんどん流れ込んでくる。

それは香純の体内で渦《うず》を巻き、喜びとなって躯中《からだじゅう》を駆け巡っていった。甘く誘うような吐息さえも、熱を持ち始める。

その時、香純の躯《からだ》に電流に似た衝撃が走った。

これまで自分の胸の内がわからなかったが、ようやくはっきりした。香純は、自分を必要とする秀明にいつの間にか心を許し、本物の恋人っぽく接してくる彼に恋に落ちていたのだ。

元カレと別れて以降、香純の頭の中は借金を返すことでいっぱいになっていて、異性に特別な感情を抱く余裕などなかった。

なのに、秀明の存在はするりと胸の中に入っていたなんて……

「お待たせいたしました」

店員の声が響き、甘い空気は破られた。

「お見送りいたします」

彼女の言葉に頷いた秀明が、香純を促《うなが》す。外に出ると、店員が彼に紙袋を差し出した。

「また寄らせてもらうよ」

「はい、お待ちしております。どうもありがとうございました」

「行くよ」

秀明が香純の背に手を置き、最寄り駅へ向かう歩道を進む。

香純に合わせてくれる歩調から、秀明の優しさが伝わってくる。

しばらく二人の間に会話はなかったが、苦ではなかった。

ただ、秀明への想いを自覚したせいで、彼の手が腰へと滑《すべ》ると、そちらに意識が向いて仕方がなかった。さらに、彼の指に心持ち力が入るだけで頬が上気する。

ああ、火照《ほて》った躯《からだ》を冷やしたい――そう願った時、頭上から水滴が落ちて香純の頬を濡らした。

「うん？」

頬を拭《ぬぐ》いながら上を向くと、大きな雨粒がぽつぽつと降り始めた。

「雨だ。香純、走って！」

秀明が香純の手を取って走り出すが、雨脚はどんどん強くなる。歩道を歩く人たちも、大急ぎで駅に向かい始める。

濡れながら走っていた香純は、秀明が幸せを集めたような笑顔をしていることに気付いた。

これまでの大人な彼とはまた違う一面に、自然と香純も笑みが零《こぼ》れる。

その時、秀明が手にした紙袋が濡れ始めているのが見え、香純は慌てて彼の手を引っ張った。

「香純？　どうした？　……っ！」

振り返った秀明が一瞬驚いた反応をしたが、香純はとにかくと、彼をバス停の屋根の下へ引っ張った。

「詩織さんのためにせっかく買ったのに、濡れちゃう！」

香純はバッグからハンカチを取り出して、秀明が持つ紙袋に手を伸ばした。けれど拭《ぬぐ》う前に、彼に手首を掴まれた。

「自分のことより、こっちの方が大切か？」

「これは詩織さんへのお詫《わ》びの品でしょう？　濡らしてはいけない。それに、秀明さんがこれを贈る責任の一端はわたしにもあるし」

「君って人は……」

秀明が香純に紙袋を押し付ける。咄嗟《とっさ》にそれを掴むと、秀明はスーツの上着を脱ぎ、香純の肩に掛けた。

「わたしは大丈夫。秀明さんが風邪をひいて――」

上着を返そうとする香純を押し止《とど》め、秀明が耳元に唇を寄せた。

「ブラウスが濡れて……透けてる」

香純は躯《からだ》が熱くなるのを感じながら、秀明の上着を掴んで前を掻き合わせた。

「あの……見えました？」

「……まあ、ほどほどに」

秀明は言葉を濁《にご》しつつも、正直に答える。だからといって、そこにいやらしい感じはない。それどころか香純を見る目は温かかった。

「貸してくれてありがとう」

香純は秀明の上着をきつく掴み、軽く頭を下げる。上着から彼が愛用している香水が漂《ただよ》い、その香りに包み込まれた。

まるで両腕で優しく抱きしめられているような錯覚に陥《おちい》り、冷えた躯《からだ》に一気に血が巡る。

「別に構わない。たとえ偽《いつわ》りであっても、婚約者のこんな姿を人の目に触れさせて平気でいられるほど、心は広くないんでね」

「秀明さんって、意外と独占欲が強いのね」

「それも俺の婚約者として、知っておかないと。重要な要素の一つだよ」

躯《からだ》の反応を隠すため、あえて明るい口調で言った香純に、秀明が流し目を送りながら、濡れた髪を手で掻き上げた。

途端、香純の目は彼の上半身に釘付けになる。

雨に濡れたシャツが肌に張りつき、彼の引き締まった肉体を浮き彫りにしていた。漂《ただよ》う男の色気にあてられ、香純の口腔《こうこう》が乾いてどうしようもなくなる。その時、秀明が急に目を剥《む》いた。

「危ない！」

秀明が香純の肩に腕を回し、強く引く。その直後、香純の背後を自転車が走り抜けた。

秀明が助けてくれなければ……

恐怖を覚えて秀明に身を寄せると、香純を抱く彼の腕に、さらに力が入った。

「雨の中、あんなにスピードを出して。しかも歩道を走るとは。……大丈夫か」

「ええ」

香純は感謝の意を込めて頷き、顔を上げる。

「ありがとう。一歩間違っていたら、秀明さんも危なかった」

「婚約者を守るのは当然だろう？ ……俺はこの先も、君を助けるよ。対峙《たいじ》する親族たちからもね」

香純を見つめる目が柔らかくなる。

そこに自分への愛が浮かんでいるなどと勘違いはしないが、少なくともこれからの約三ヶ月は、秀明は香純に今みたいに柔らかい眼差しを向けてくれるだろう。守り、慈《いつく》しんでくれるのだ。

短期間であってもそれを享受《きょうじゅ》したいと望むほど、香純の心はもう秀明のものだった。

「風邪をひく前に帰ろう」

秀明の優しさに包まれながら、首を縦に振る。

ああ、この人の役に立ちたい！

そのために、偽《いつわ》りの婚約者としての役割をきちんと果たそう。

そうすればきっと、期間限定の不純な愛でも、秀明は香純を大切にしてくれる。

秀明さんの期待を裏切らないと誓うので、こっそり愛を欲してもいいですか？ ――

そう懇願《こんがん》するように、香純は彼を見つめ返していた。

第三章

金曜日。今日は、秀明の家へ移る日だ。

仕事を終えた香純は一目散でアパートに戻り、最後の準備をしていた。

期間は七月末までと決まっているので、アパートは解約せず、着替えなどはその都度取りに帰ることにした。

スーツケースと大きめのバッグに必要最低限のものを入れ、部屋を掃除する。そして押し入れにあるシーツを取り出し、ベッドや家具などの上にかけていった。

「これでいいかな。あとは――」

香純はテーブルの上に置いた封筒を見る。

そこには、香純が連帯保証人になった借金に関する書類が入っていた。

昨夜、香純のもとに、秀明から確認の電話がかかってきた。その際彼に、必ず借金の書類も持参するように言われたのだ。

これを渡せば、あとは秀明が動いてくれるという話だった。けれど香純は、借金の返済についてそこまでしてもらう必要はないという気持ちだった。

そもそも秀明の婚約者として同棲するのは、香純が間違って声をかけて、恋人との仲を裂いてしまったからだ。

「迷惑をかけたのは、わたし。それでいて借金の返済までしてもらったら、わたしの方がいいとこ取りじゃない？」

それだけではない。偽《いつわ》りの婚約者であっても、もはや秀明は、香純の想い人。好きになった人と暮らせるのは、香純にとってこの上ない喜びになる。

なのに、秀明に借金の面倒まで見てもらうのは、あまりにも図々し過ぎる。

「やっぱり持っていくのは止《や》めよう」

そう呟《つぶや》いた時、部屋にチャイム音が響き渡った。

秀明が来たのかと時計を確認するが、約束の時刻にはまだ一時間もある。

いったい誰？

「はい？　どちらさまですか？」

「俺だ」

「秀明さん!?」

香純はすぐさま玄関のドアを開けた。仕事帰りに迎えに行くと言っていたとおり、秀明はスーツ姿だったが、ネクタイはなく、ボタンを二つほど外している。

そのちょっとラフな姿に、香純の胸がときめいた。

「時間どおりでなくて悪い。早めに仕事を切り上げたんだ。男手が必要なら手伝おうかと思って。でも見たところ、もう終わってる？」

部屋の中に目をやりながら、秀明が言った。

「ええ。荷物はそこにあるだけで……」

「これだけ？　少なくないか？」

玄関にはスーツケースと大きなバッグが二つ、そして小さなボストンバッグが一つ置いてある。それらを見て片眉を上げる秀明に、香純はにこりとした。

「着替えが必要になったら取りに戻る予定なの。部屋の空気の入れ替えもしたいし」

「ふーん。まあそれでもいいけど、俺と一緒に暮らす間は、決してここに男を連れ込まないでくれ」

「なっ！」

香純は秀明の物言いに目をぱちくりさせる。

一瞬、平気で男性を部屋に連れ込むような女と思われていることにショックを受けるが、しかしすぐに、秀明がそういう風に感じても仕方がないと考えを改めた。

望まれれば、見知らぬ人の恋人として振る舞う代役の仕事をこれまでにもしていたと、秀明は知っているからだ。

だからといって、香純が自分の家に男性を気安く招き入れる女だと思われたままなのは、癪《しゃく》に障る。

香純は秀明を懲《こ》らしめるように、彼の胸を軽く小突いた。

「香純？」

「言っておきますけど、彼氏に裏切られて以降、この部屋に男の人が訪ねてきたことは一度もありません。秀明さんが初めてよ」

秀明は最初こそ目を見張るが、徐々に柔らかい表情になり、何度も小さく頷いた。

「悪かった。でも俺が言いたかったのは、親族に疑いを持たれないためにも、俺の婚約者らしからぬ行動は慎《つつし》んでほしいという意味だ。香純に嫌な思いをしてほしくない」

わかってくれるよね？　――そういう目で見られると、何も言えなくなる。

その時、秀明が香純の肩越しに部屋の奥へ視線を向けた。

「香純？　あのテーブルにある封筒は？」

「えっ？」

さっと振り返り、秀明が指す方を見る。それが何かわかった途端、香純は息を呑んだ。

「気にしないでくだ……あっ！」

秀明が靴を脱ぎ、素早い動作で部屋に入る。そして他には見向きもせず封筒を手にし、中身を取り出した。

秀明を止めようと彼の腕を掴むが、彼は気にせず資料に目を通す。

やがて、秀明が横目で香純に視線を投げた。

「既に玄関に荷物があるところを見ると、もしかしてこの書類は部屋に置いていこうと考えてた？　俺に渡さないつもりだった？」

どうやら秀明は、追及の手を緩《ゆる》めるつもりはないようだ。観念し、彼に触れた手をそっと離した。

「そこまでしてもらう必要はないかなって。秀明さんに迷惑をかけたのはわたしで、その責任を取るのは当然だもの。だけど借金は――」

「その話はもう終わってる」

最後まで言い切る前に、秀明に遮《さえぎ》られた。

「香純は余計なことは考えず、俺を見つめてほしい。同棲中、何が起こるかわからないから」

「……わかりました。よろしくお願いします」

秀明の真剣な口調に、香純は自ら退《ひ》いた。

この件については、同棲を終えた際にまた話をすればいい。

「では、行こうか」

香純の従順な態度に満足したのか、秀明が玄関へ促《うなが》す。

その時、シューズボックスの上の回覧板が目に入った。

「あっ」

「どうした？」

香純は回覧板を取って、秀明に見せる。

「管理人に渡してきます。七月末まで留守にする件も、話しておいた方がいいし……」

「わかった。じゃあ、俺は車に荷物を運び入れておくよ」

秀明に頷き、香純は彼に合い鍵を手渡した。

「一応持ってて。秀明さんの方が先に終わるといけないから」

「オーケー。その時は、戸締まりしておく」

香純は秀明に礼を言って別れると、管理人室へ向かう。

チャイムを押すと、中から女性の「はーい」という声がした。

「藤波です」

名前を告げると、年配の恰幅《かっぷく》のいい女性が顔を出した。管理人の彼女は、アパートの住人の祖母的な存在でもあり、香純もお世話になっている。

「遅くなってすみません。回覧板を持ってきました」

「ああ、ありがとね。藤波さん、今時間ある？　お茶でも飲んでいかない？」

管理人――佐藤《さとう》が誘ってくれるが、香純は申し訳なく思いながら頭を振った。

「実は――」

友人の家に泊まるので三ヶ月ほど家を空けると、香純は伝えた。

「ひょっとして、あの昔の……男が現れたのかい？　だから、友達の家に逃げるという話に？」

「まさか！　佐藤さんもご存知のように、あの人とは別れてから一度も会っていませんよ」

真剣な面持《おもも》ちで香純を心配する佐藤を安心させたくて、香純は笑い話で終わらせようとした。

しかし、佐藤は香純の手をぎゅっと掴む。

「では、何か厄介ごとを頼まれたの？　それを拒むために、連絡を絶とうと？　もしや、藤波さんに言い寄る男性がいて、身が危ないとか⁉　だって約三ヶ月も留守にするなんて変でしょう！」

海外ドラマの見過ぎだと笑い飛ばしても良かったが、香純はあれやこれやと訊ねてくる佐藤に一つずつ返事をし、時間をかけて説明していった。

十分ほど経った頃、ようやく安心できたのか、佐藤の表情が柔らかくなる。

「藤波さんの言葉を信じましょう。でもアパートに戻ってきた時は、必ず声をかけてね。それだけでなく、もし何かあれば……必ず連絡しなさいね」

「心配してくださってありがとうございます。では、友人の家で羽を伸ばしてきます」

「いってらっしゃい」

佐藤に挨拶《あいさつ》し終えた香純は、足早にエントランスに向かうが、そこで足がぴたりと止まる。

「秀明さん……」

秀明は階段の脇の壁に凭《もた》れ、腕を組んで足元に視線を落としていた。香純の声に、顔を上げて姿勢を正す。

「終わったみたいだね。香純の声がここまで聞こえたよ。管理人に好かれてるんだな」

「佐藤さんは、このアパートに住む人たちにとって祖母のような方で……。わたしだけに限らず、全員に気を配ってくれてるの」

何かを考えるように、秀明が近づいてきた。

「香純とはまだ数回しか会っていないが、紙面上だけではわからない……君という人柄を、初めて見せてもらったよ。君に目を付けた俺は、間違っていなかった」

紙面上？　それはいったいどういう意味なのだろうか。

香純が秀明を窺《うかが》っていると、彼は自分の言葉に小さく頷きながら香純にちらっと目を向けた。

「ところで、俺は香純の友人なのかな？　俺たちは結婚を約束するほど互いを想い合う恋人同士だと思っていたが」

　秀明がおかしげに唇の端を上げて、香純に問いかける。

　早く俺が愛しくて堪《たま》らないという目を向けてくれ――そう言われた気がして、香純の頬が赤らんだ。

「あ、あれは！　別に、そこまで言う必要はないからで……」

「だが、この先は知り合いに対しても、俺と付き合ってると言ってもらわないと困る。親族を欺《あざむ》くには周囲も巻き込む必要があるからだ。もう後戻りはできない。何があろうとも、きっちり恋人を……婚約者を演じてもらう。いいね？」

「もちろん！」

「では、行こう」

　しっかり頷く香純に秀明はふっと表情を和《なご》ませ、片手を香純の肩に回して歩き出した。

　穏やかに吹く風に、桜の青々とした葉が揺れる。

　季節は緩《ゆる》やかに、でも確実に移り変わろうとしている。

　仕事に明け暮れるしかなかった香純の日常も、誰かに恋する余裕もなかった気持ちも……

　その時、香純の視界に車高の低い黒いスポーツカーが飛び込んできた。

　青山《あおやま》や白金《しろかね》あたりで走っているのは見たことがあるが、この付近で目にする機会はあまりない。

小首を傾げつつ車の傍《そば》を通り過ぎようとしたが、秀明に引き留められた。

「香純、いったいどこに行こうとしてる？」

「秀明さんの車のところへ。向こうの通りに駐車してるんでしょ？」

「これだけど」

秀明が脇の黒い車を顎《あご》で指す。

「えっ？　この車？」

思わずエンブレムを確認する。やはり、とても有名な外国製の高級車だ。図書館の雑誌で見たことがある。

「あ、あの……」

香純が唖然としている間に、秀明は香純を助手席に促《うなが》した。香純を座らせ、自分は運転席に回る。

響くエンジンの重低音に呼応して、香純の心臓がばくばくし始めた。

秀明が車を発進させ、住宅街から大通りに出ても、一言も口を利《き》けない。

しばらくすれば人心地つくかと思ったが、まったくそうはならなかった。

それから一時間近く経っただろうか。

秀明は品川《しながわ》駅の近くで速度を緩《ゆる》め、高級そうなタワーマンションの地下駐車場に入っていく。

エンジンを止めると、ホテルのベルボーイ風の人がカートを持って車に近づいてくる。そして手慣れた様子で、トランクから香純の荷物を取り出した。

「香純？　おいで」

秀明が助手席のドアを開けて、香純に手を差し伸べる。その手を借りて車外へ出るが、何もかもが香純のキャパシティを超えて進むあまり、下肢に力が入らない。

「あっ……」

「大丈夫か⁉」

秀明が支えてくれたので、なんとか踏ん張れた。

もし腰を抱かれていなければ、香純は無様に崩れ落ちていたかもしれない。

「おいで」

秀明に支えられてエレベーターに乗り、最上階で降りる。

共用廊下の先にある重厚そうな玄関ドアを開けて部屋の中に通されても、香純は何も話せなかった。

入室した先で、また新たな驚きに包み込まれる。香純の目の前に広がる大パノラマの夜景の、なんと壮大なことか。広々としたリビングとダイニングは、何畳あるのか見当もつかない。

頭の中が真っ白になるのを感じながら、香純はゆっくり室内を見回した。

精巧《せいこう》に飾り彫りされた家具、ゴブラン織りの生地で張られた椅子、雲のように柔らかそうなソファ、室内を照らすきらびやかなシャンデリア。アンティークに詳しくない香純でも、どれも高価な品だとわかる。

ここが、秀明の家……

「ありがとう、その荷物はそこに置いて」

秀明が荷物を持ってきてくれた男性に話しかけたあと、こちらへ近寄る足音が響いてきた。

秀明と向き合う前に頭をはっきりさせなければと思うのに、あまりの情報量の多さに、追いつかない。

とうとう香純はその場に崩れ落ちた。

「香純⁉　おい！」

駆け寄ってきた秀明が香純の腕を掴んでくれたが、香純は立ち上がれずにいた。こんなに震えることがあるのかと思いながら顔を上げる。

「貴方、いったい……何者？」

「俺は壬生秀明、名刺を渡しただろ？　香純に嘘は吐いていない」

「そういう意味じゃない。貴方はわたしに何か隠してる。しかも意図的に……」

そう言った途端、秀明が香純の手を離した。嘆息《たんそく》し、首に手をあてて視線を逸らす。その態度に戸惑いを覚えながらじっとしていると、秀明が香純の前に座り込んで目を合わせてきた。

「香純の言ったとおり、俺には隠してきたことがある。君に婚約者になってほしいと持ちかけたものの、あの時はまだ、香純の素性を全然知らなかったからね。正直、この計画を続けていいか迷いがあった」

「教えて。何を隠しているの？　わたしは秀明さんの婚約者を演じるんだから、知る必要があると思う」

「香純のそういうところ好きだよ。何事にも立ち向かおうとする強さが」

秀明の〝好き〟という言葉に反応して、心が熱く滾《たぎ》る。

別に想いが通じ合ったわけでもないのに……

香純が苦笑いした時、不意に秀明が香純の手を掴んだ。

「俺の曾祖父《そうそふ》は、公家《くげ》出身の伯爵……旧華族なんだ」

「え？　旧華族!?」

「ああ。先見の明があった曾祖父《そうそふ》は、投資で成功を収めた。そして戦後、祖父は不動産業を興《おこ》し、それも成功している。祖父は会長職に退《しりぞ》き、現在は父が社長職に就いている。俺はその会社で役員として働きながら、祖父のもとで経営者になるべく学んでいる」

その話は、香純の日常とはあまりにもかけ離れていた。聞いても、これっぽっちも実感がわかない。

でも、秀明が乗っていたスポーツカー、住んでいるこの家、調度品などから、彼が真実を話しているのはわかった。

思えば、詩織は〝あたし、諦めません！　だって、貴方のお嫁さんになる日をずっと夢見てきたんですもの！〟と言っていた。その話し方や所作は、香純が知る女性たちとは違っていたように思う。

もしかして、詩織はどこかの有名な企業の社長令嬢？　もしくは、秀明と同じく、由緒正しい旧家のお嬢さま⁉

「ひょっとしてわたし、とんでもないことを……」

「何がとんでもないことなんだ？」

「詩織さんよ。彼女は普通の女性ではないのでは？　彼女は秀明さんにとって、とても大切な……。ねえ、やっぱり復縁できるように――」

そう言いかけた香純の頬を、秀明が片手で覆った。さらに顔を近づけてきたため、香純の頭から、言おうとしていた言葉が一瞬にして吹き飛んだ。

秀明が香純の唇に視線を落とし、じっと見つめる。そうされるだけで香純の息遣いは浅くなり、艶《つや》のある息が零《こぼ》れた。

「それは前にも言ったはずだ。詩織さんとはどうにもならないと。香純、君は逃げるのか？　俺との約束を破るのか？」

秀明が、香純の目を覗き込む。香純は込み上げる感情を押し殺して、必死に小さく頭を振った。

「見くびらないで。わたしは秀明さんの……婚約者を演じると誓った以上、きちんとやり遂げるつもりよ。その気持ちに変わりはない。ただ別の道があるのなら――」

「それなら、もう何も考えなくていい。香純は俺だけを見つめて……。俺の婚約者として振る舞えばいいんだ。いいね？」

香純は秀明に応えたい一心で、小さく頷いた。

「いろいろなことが明らかになって混乱したけど、秀明さんがわたしを必要としてくれる限り、きちんと婚約者を演じます」

「さすが香純だ。真実を知っても、そう言ってくれると思っていたよ。……さあ、約束のキスをしてくれ」

秀明が笑みを浮かべて、香純の首の後ろに手を回した。

これからの約三ヶ月、ありのままのわたしで秀明さんを愛することを許して。その代わり、決して貴方を裏切りはしない――そう心の中で囁《ささや》くと、香純は彼の両肩に手を置き軽く腰を上げた。

至近距離で秀明と見つめ合う。そして、彼の形のいい唇に視線を落としそっと口づけた。

触れ合った瞬間、躯《からだ》の芯に甘い疼《うず》きが走り、腰の辺りが怠《だる》くなる。快《こころよ》い刺激を享受《きょうじゅ》しながら、秀明の柔らかな感触を確かめるように軽く唇を動かすと、彼も香純を味わい始めた。

秀明の両腕はいつしか香純の腰に回され、どちらからともなく相手を求めて貪《むさぼ》る動きに変化していく。彼の手が心持ち上がり、さらに引き寄せられる。

秀明の指がブラジャーのホックを弄《いじ》る感覚に我に返った香純は、自ら顎《あご》を引いて離れた。

恐る恐る秀明を窺《うかが》うと、彼は香純の行動に満足したように頬を緩《ゆる》めていた。

あまりにも優しい表情に、香純は堪《たま》らず秀明に手を伸ばした。その手を、彼がポンポンと叩く。

「さあ、香純の部屋に案内しよう。俺の家は、リビング、ダイニング、キッチンの他、マスタールームとゲストルームがあるだけだ。そのゲストルームを使ってくれ」

秀明が香純を立たせると、手を引いて廊下に出た。そして玄関前を通り、リビングルームとは反対方向に位置する部屋へ誘《いざな》う。

「またあとでいろいろ説明するけど、家のことは一切しなくていいから。家政婦の飯島《いいじま》さんが家事を取り仕切ってる。とはいえ、キッチンは自由に使ってくれて構わないし、冷蔵庫やパントリーに貯蔵してある物も好きに食べていいよ」

香純は素直に頷く。

当初は、秀明のために苦手な料理や掃除などをしようと思っていたが、この家の内情を知った今、何も触らない方が身のためだと悟ったからだ。

もし価値あるアンティークに傷をつけたり、壊したりしたらと思っただけで、身震いしてしまう。

「このドアの先が、マスターベッドルームだ。こっちはウォークインクローゼットと俺が使うバスルームがある。香純に使ってもらうゲストルームはそっちのドア。専用のバスルームがあるから、俺に気兼ねなく使ってくれ」

秀明がそう言った時、チャイム音が部屋に響き渡った。

「いったい誰だろう。ちょっと出てくる。香純は先に自分が使う部屋を見ておいで。荷物はあとで持っていく」

「うん」

「じゃ、あとで」

玄関へ向かう秀明を見送った香純は、彼の姿が視界から消えると、ゲストルームのドアを開けた。

「素敵……！」

そこは十六畳ほどの広さで、ツーベッドとテーブルと椅子、大型テレビしかないシンプルな部屋だった。だが、ベッドには暖色系のパッチワークで作られたベッドスローが掛けられ、ベッドサイドには女性らしい花模様のステンドグラスのランプが置かれている。

灯《とも》せば、きっと温かみのある空間になるに違いない。

秀明なりに、香純を思って部屋を整えてくれただろうことが伝わってくる。

「秀明さん……」

深くなる秀明への想いに目を閉じた時、玄関の方でドタバタと音がした。さらに、秀明の「ちょ、ちょっと！」という焦り声まで聞こえてくる。

「な、何？」

心配になった香純は部屋を出て、玄関の方へ向かう。

「残念だけど、秀明に拒否権はないんだ。大人しく従うしかない。だって、これはお祖父《じい》さんの命令だからさ」

落ち着き払った口調の男性の声が聞こえる。

それにしても〝命令〟とはいったい？　――と小首を傾げて、香純は玄関に顔を出した。

「秀明さん？　どうかした――」

そこまで言って、香純の言葉が途切れる。

振り返った秀明の後ろに、俳優のように恰好いい男性が二人もいたからだ。

秀明が額《ひたい》に手をあてて力なくうな垂れる中、レイヤーショートの男性は無表情に香純を見つめ、マッシュウルフカットの若い男性は目を輝かせた。

「君が、秀明の心を射止めた恋人!?　そうなんだね！」

若い男性が、秀明を押しのけて靴を脱いだ。駆け寄るなり香純の手をがっちり掴み、前屈みになって顔を覗き込んでくる。

「そうか、君が……ね」

「そこまでだ！」

秀明に手を掴まれて、男性と引き離された。そして秀明が、彼らにしぶしぶと告げる。

「奥で話そう」

「じゃ、お邪魔しまーす」

香純の手を握った若い男性は、勝手知ったる様子でリビングルームへ入っていく。もう一人の男性は、一度秀明の肩を叩いて、先ほどの男性のあとに続いた。

静まり返った玄関に、秀明と二人きりになる。彼はこの成り行きに納得がいかないとばかりに、苛立たしげにため息を吐いた。

香純はどうすればいいのかわからず、ただ秀明の隣で静かに佇《たたず》む。

ここに来た時点で、婚約者として振る舞わなければならないのは認識しているが、この突然の来客にはどう対応すればいいかわからない。

香純が秀明の手を強く握ると、ようやく彼が面《おもて》を上げた。

「付いてきてくれ」

リビングルームに行くのかと思ったのに、秀明は玄関に置いていた香純のスーツケースと大きなバッグを持ち、香純をマスターベッドルームへ誘《いざな》った。

その部屋に一歩入るなり、香純は目を見開く。

ゲストルームの倍ほどの広さのあるそこには、キングサイズのベッドが置かれていた。大きな窓の向こうにはウッドテラスと、照明でキラキラと輝くジャグジーバスも見える。

なんて凄い部屋なのだろう……

「さっき言った話は、なしだ」

「えっ？」

秀明が何を指して言っているのかわからず、香純は彼を振り返った。

「香純にゲストルームを使っていいと言った話。あれは忘れてくれ」

「それってどういう意味？」

「あの部屋は、さっき来た二人が使う」

男性二人が？　それならば香純はどこで寝るのだろう。

その時、秀明が部屋に置いた香純の荷物が視界に入った。香純はさっと顔を上げて、彼を見つめる。

「もしかして――」

香純が最後まで言い切る前に、秀明が頷き、香純の肩を抱いて部屋を出た。

「これは想定外の出来事だ。まさかあの二人が来るとは思いもしなかった。香純が俺との生活に慣れてから会わせようと考えていたのに……」

「彼らはいったい？」

「向こうで紹介するよ」

秀明はリビングルームのドアを開けて、中へ入った。

男性二人はソファで寛《くつろ》いでいるかと思いきや、そうではなかった。香純の手を握った男性は、テーブルに料理やお酒を並べており、もう一人の方はテーブルの脇に立っている。

「秀明、準備がいいね！　冷蔵庫に入ってたテリーヌに海老《えび》のカクテル、生ハムとマリネ、クロスティーニ、全部出したよ。あと、飯島さんが作り置きしてくれたマカロニグラタンはオーブンに入れてる」

「好きなものを食べてくれて構わないよ。その代わり、香純は手伝わせない」

「今夜は俺がするから心配しないで。兄さん！　俺らが持ってきたワインを開けて」

「わかった」

てきぱきと動く男性を横目に、香純は秀明に促《うなが》されてソファに座った。

その間に、兄さんと呼ばれた男性がワインのコルクを開けて、それぞれのグラスに赤ワインを注ぐ。

香純は男性が手にしたボトルのラベルをちらっと見て、卒倒しそうになった。

フランスのボルドー地方で作られるこの高級ワインを、これまで何度、雑誌で目にしたか。

「お待たせ！」

取り皿をテーブルに置いた若い男性はソファに座らず、テーブルを挟む形で香純の正面に座った。

ラグの上で胡坐《あぐら》をかく彼に秀明が大きなクッションを渡すと、男性は受け取って躯《からだ》の脇に置く。どうやら脇息《きょうそく》にするようだ。その彼がグラスを手にし、皆にも持つように勧める。

「秀明がようやく身を固める決意をしたことに、乾杯」

香純はグラスを掲げて、男性三人を順番に見つめていく。訪問者の男性二人はにこにこしているが、秀明だけが困惑の表情を浮かべていた。

これは相当予想外の出来事らしい。

香純は彼らがグラスに口をつけるのを待ってから、一口飲む。

独特の渋みが残る味かと思いきや、口腔《こうこう》に広がるのは、熟した果実を連想させる芳醇《ほうじゅん》でまろやかな風味だった。

今までにも付き合いで、名の知れた赤ワインを飲んだ経験はあったが、それらとは全然違う。ここまで深い味わいのあるワインを口にしたことはない。

あまりにも美味《おい》しくて、自然と香純の頬が緩《ゆる》んだ。

「美味《おい》しい？」

「ええ、とても！」

香純の返事に、秀明は満足げに頷いた。それから彼は、男性二人に目を向ける。

「二人に紹介しよう。まだ口約束だけだが、俺の婚約者の藤波香純さんだ。現在二十五歳、区内の図書館で司書として働いてる。ようやく身を固めてもいいと思える女性に出会えたんだ。だから、彼女が逃げ出してしまうような質問は止《や》めてほしい。二人とも気を付けてくれよ」

「ふーん」

真正面に座る若い男性がにやつき、香純と秀明を交互に観察する。そして、もう一人の男性に目配《めくば》せして、再び香純に視線を戻した。

「はじめまして、藤波香純です。秀明さんとお付き合いしています。それであの――」

この方たちは？　どういったお友達なの？　――と訊ねるように、秀明に目をやる。

すると彼が話し出す前に、若い男性が割って入った。

「秀明は、俺たちのことを香純さんに話していない？　では、自己紹介をさせてもらう。俺は壬生和臣《かずおみ》、二十七歳。あっちは俺の兄、匡臣《まさおみ》で三十一歳。俺たちと秀明は従兄弟《いとこ》なんだ」

「従兄弟《いとこ》？」

「ああ、そうなんだ。二人は俺の父の弟……叔父《おじ》の息子なんだ」

「そのとおり！」

秀明の言葉に、和臣が楽しげに声を上げた。

「俺たちは、まあ……いろいろなしがらみがある。特に秀明は本家の跡継《あとつ》ぎだからね。で、兄が一年前に結婚した。それ以降、秀明への風当たりは相当強くなってしまった」

本家の跡継《あとつ》ぎ？　それってまさか、秀明が未来の壬生家の当主という意味!?

驚愕する香純を見ていた和臣が、ニヤリとする。

「それなのに、秀明は決して身を固めようとしなかった。祖父は焦っていたよ。そんな時、秀明の心を射止めた女性が現れたという話が耳に入ってね」

それはわたしじゃない、詩織さんよ――そう言いたいのを堪《こら》え、好意的な眼差しを向けてくる和臣を見つめ返した。

「それで俺たちは、祖父の命令でここに来た」

和臣は香純から秀明に視線を移す。

「秀明は本当に香純さんを愛しているのか、俺たち兄弟に見極めて来いと。ということで、この週末はお邪魔させてもらうよ。そして二人の関係を観察して、祖父に感じたことを報告させてもらう。嫌な役回りだが、秀明も知ってのとおり……お祖父《じい》さんには誰も逆らえないからね」

「俺は、妻との週末を過ごせないわけだ」

初めて匡臣が口を開く。責める言葉を吐く反面、香純には申し訳なさそうな面持《おもも》ちを向ける。でもそこには、言われたことを遂行する意思の強さも垣間見られた。

もしかしてこの兄弟は、香純が偽《いつわ》りの婚約者だと見抜いてるのだろうか……

挨拶《あいさつ》を終えたあと、香純はしばらくの間秀明たちを観察していた。

男性陣は傍《そば》に香純がいても特に気にする様子もなく、好き勝手に話し始める。そこに険悪な雰囲気はなく、まるで実の兄弟のようにとても仲がいい。

兄弟二人を眺めているうちに、香純にも彼らの性格がわかってきた。

兄の匡臣は物静かであまり心が読めないが、洞察力があるようだ。弟の和臣はとても明るくて飾らない性格で、香純にも親しげに接してくる。

三人それぞれ性格が違うのに、香純は次第に彼らと過ごすこの空気に居心地よさを感じてきていた。

秀明が、匡臣と和臣を信頼しているのが伝わってくるからだろう。

それからの数時間、香純は彼らと楽しい時間を過ごした。その後、男性たちだけで話せるように、香純は使い終わった食器を持ってアイランドキッチンに引っ込む。

リビングルームから聞こえる、秀明の焦ったような口振り、和臣の笑い声、そんな和臣を窘《たしな》める、匡臣の落ち着いた口調。

香純は穏やかな気持ちで話し声に耳を傾けつつ、食器を洗った。

布巾《ふきん》を探している時、秀明が香純の傍《そば》に寄ってきた。彼の後ろには、匡臣や和臣も続く。

「自分で洗っていたのか？　食洗機を使えば良かったのに」

「あっ、うん……」

匡臣たちの前で食洗機の使い方がわからないとは言えずに、香純は肩をすくめた。

「どうしたの？　何か足りないものでも？」

「俺たちは俺たちで、好きに楽しませてもらうよ。香純さんも、もう休んで」

「えっ？　でも――」

匡臣の言葉に、香純はそれで大丈夫なのかと秀明に目を向ける。

「香純はこっちに移ってきたばかりだから、疲れただろう。今夜はもう二人に付き合わなくていい」

「そうそう！　俺たちがずっと一緒にいたせいか、秀明がイライラしてるんだ。香純さんを独り占めしたかったのに……ってね」

「和臣！」

匡臣に戒《いまし》められても全然気にしない和臣は冷蔵庫から炭酸水を取り出し、意味ありげに含み笑いする。

「ということで、もう俺たちは邪魔しないから。二人で楽しんで」

「楽しむ？」

香純は和臣に小首を傾げるが、隣に立った秀明に腕を掴まれて、会話を打ち切られる。

そして、彼に廊下へと引っ張られた。

後ろで和臣が笑い声を上げ、匡臣が「和臣……」と呆れたような声で呟《つぶや》くのが聞こえた。それでも秀明は彼らに構わず、香純をマスターベッドルームへ引き入れた。

「秀明さん？　いったい……」

「和臣のやつ、俺を試してるのか⁉」

ぼそっと呟《つぶや》く秀明の様子がおかしくて、香純はぷっと噴き出した。

秀明が振り返り、心外だとばかりに目で訴えるが、香純は彼の傍《そば》へ歩み寄って腕に触れる。

「大丈夫よ。二時間ほど一緒にいただけだけど、和臣さんの性格はなんとなくわかったから。秀明さんをとても尊敬してるのね。多少ぐいぐい来るところもあるけど優しくて、わたしへの気遣いもある。彼がわたしに話を振ってくれるたびに、どれほど心強かったか……えっ？」

やにわに香純の手首を取った秀明が、無言で歩き出した。その背中は強張《こわば》り、何やら神経を尖らせているようにも見える。

何か気に障ることを言っただろうか。

「秀明さん、どうしたの？」

秀明がベッド脇にあるドアを開ける。

そこは洗面室で、奥にはガラス張りのバスルーム、それといくつかのドアがあった。

「お風呂に入る時は、こっちとこっちの鍵をかけて。香純が使ってる時に和臣が入ってきたら困る」

「和臣さん？　秀明さんではなく？」

ドアを指し示していた秀明が、静かに動きを止める。

「……どうして、俺？」

「だって、和臣さんたちはこっちに入らないでしょ？　ゲストルームには独立したバスルームがあるって言ってたし。だから、心配ないかなって。それより、彼らがいる間はわたしがここを秀明さんと共有する。気を付けるなら秀明さんと一緒に使う時かなと思ったんだけど……間違ってる？」

「……こっちに来て。使い方を教える」

秀明は香純の問いには答えずに、リネン棚やウォークインクローゼットを案内した。また、バスルームのパネルの操作も、丁寧に説明する。

「ミストサウナもあるから、思う存分バスタイムを楽しんだらいい」

「ミストサウナ!?」

思わず喜びを露《あらわ》にしてしまい恥ずかしくなるが、秀明が気にする素振りはなかった。それどころか、香純に喜んでもらえて嬉しいというように頬を緩《ゆる》める。

「バスルームを使ってる間、俺は匡臣たちのところに行ってるから、一人の時間を楽しんで。そのあとは、先に休んでいいよ。但《ただ》し、ベッドは一緒に使わせてもらう」

「わかってます。秀明さんと仲がいいとは言っても、和臣さんたちも〝親族〟だもの」

香純たちが別々に寝ているところを、もし匡臣たちに見られでもしたら、絶対にあやしまれる。そのような危険は冒せない。

「いい心掛けだ。では、またあとで」

秀明がドアを開けて出ようとするが、ぴたりと立ち止まって振り返った。

「鍵、忘れずに」

「はい」

秀明は小さく頷くと、ようやく出ていった。

一人になった香純は、バスタブにお湯を溜《た》めるボタンを押す。

そして一度部屋に戻り、洗面道具や着替えなどを持って再び洗面室に戻った。

着ているものを脱ぎ捨ててバスルームに入り、愛用しているローズのボディソープで躯《からだ》を洗う。

いろいろなことが立て続けに起こったため、無意識に緊張していたのだろう。

慣れた香りに、香純の肩の力が抜けていった。

「ふう〜」

髪の毛を洗い終えると、バスタブに身を沈め、ゆっくりと四肢を伸ばした。

一時間ほどバスタイムを堪能して、バスルームを出た。

肌触りのいい柔らかなタオルで躯《からだ》を拭《ぬぐ》い、化粧水やボディローションで肌を整える。

髪の毛を乾かしたあと、寝間着にしているルームワンピースに着替え、薄手のカーディガンを羽織った。

「秀明さん？」

ドアを開けて、広々としたマスタールームを見回す。

残念ながら、窓際にあるソファにも、キングサイズのベッドにも、秀明の姿はなかった。

香純はスーツケースに入ったままの服をウォークインクローゼットに移したり、化粧品を洗面室に置いたりして、バタバタと動き回る。

けれど、秀明は戻ってこない。

「どうしたのかな」

時計を見ると、もうすぐ日付が変わろうとしていた。

秀明には先に休んでいいと言われたが、今日は同棲初日なのもあって待っていたい。

携帯電話を持って窓際のソファに座り、スカートの中で膝を抱えて、友人にメールを返信したり、情報サイトを見たりした。

そうやって時間を潰していたが、やがて眠気が襲ってきた。

携帯電話をテーブルに置き、膝に顎《あご》を乗せて瞬《また》く星空を窓越しに眺める。空気が澄んでいるのか、星の輝きが鮮明に感じた。

「まるでプラネタリウムね。とても綺麗……」

星空を見つめ続けていると、徐々に瞼《まぶた》が重くなってくる。

もう少し、もう少し……と頑張っていたが、いつしか香純は瞼《まぶた》を閉じていた。

＊＊＊

柔らかくて、とても肌触りがいい……

香純は確認するように手を伸ばし、ふんわりとしたそれを抱きしめて顔を埋《うず》める。身動きしたせいで、躯《からだ》がトランポリンの上で寝転がったみたいに上下に揺れた。

「う、うーん……」

あまりの気持ち良さに、自然と感嘆の息が零《こぼ》れ落ちる。

わたし、いつの間にか眠ってたんだ――と瞼《まぶた》を震わせた時、不意に熱と、何かの気配が伝わってきた。

「……うん？」

香純は重たい瞼《まぶた》をゆっくり開けた。

薄暗い室内にオレンジ色の間接照明が灯《とも》っている。しかし、見慣れない室内に思考が止まった。

「えっ、……ここは？」

香純は肘《ひじ》を突き、軽く上半身を起こす。

「目が覚めた？」

背後から聞こえた声にビクッとなり振り返ると、大きな枕に凭《もた》れてノートパソコンを開いていた秀明と目が合った。

「……あっ」

一瞬混乱するが、すぐにその理由を思い出し、躯《からだ》の力を抜いた。

もう一度周囲を見回して、自分がベッドに入っていることに気付く。

「わたし、確か――」

「ソファで眠りこけていた。俺がベッドに運んだんだ。先に休んでいいと言ったのに」

「明日からは待たずに休みます。ところで、和臣さんたちとは何時まで一緒にいたの？」

香純はちらっとベッドサイドにある置き時計に目をやる。

あと十数分で一時になろうとしていた。

かなり時間が経ったと思っていたが、それほど眠っていたわけではなかったようだ。

「部屋に入ったら、香純がソファで眠っていて驚いたよ。でも、俺を待っていてくれたのかと思うと嬉しかった。ベッドに運んだあとシャワーを浴びて、今に至ってる」

「あの……何も問題なかった？　和臣さんたちはわたしが偽《いつわ》りの――」

そこまで言った時、突然秀明が香純の口を手で覆った。

目を見開く香純に、彼は自分の口に人差し指を添え、ドアの方へ視線を向ける。

何が起こってるのかわからなかったが、秀明の指示に従ってじっとしていると、急に彼が鼻の上に皺《しわ》を寄せ、苛立たしげに舌打ちした。

「えっ？　どうかしたの？」

小さな声で問うが、秀明は答えずにノートパソコンをベッドサイドに置いた。そして、香純をベッドに組み敷く。

「……っ！」

思わず悲鳴を上げるが、口元は秀明の手で包まれているため、くぐもった声になる。それでも彼はドアを注視している。香純は彼の腕を叩いて、意識を自分に向かせた。秀明は香純を見るが、何も言わない。それどころか、香純の下半身に少しずつ体重をかけていく。

妙な怖さが湧き上がって、香純の躯《からだ》が震える。すると、その震えに気付いたのか、秀明が香純の口を覆っていた手を静かに離した。

「秀明さん、……な、何？」

香純は声を振り絞って訊ねる。

秀明は返事する代わりに、香純の肩を押した。

「えっ？」

何がなんだかわからないまま、香純は横向きにされる。背後から抱きついてきた秀明の腕が、香純の腹部に回された。

ぴったり重なる二人の躯《からだ》。

この状況を把握できず固まる香純に、秀明が香純の耳元で囁《ささや》いた。

「匡臣と和臣がドアの外にいて、盗み聞きしてる」

「えっ？」

驚きの声を上げる香純の腰を、秀明がさらに強く抱いた。

首筋に触れる秀明の髪、吐息、そして体温を感じながら、香純は目を閉じる。

「やっぱり、何か気付かれたのね？」

秀明は何も言わない。答えないということは、香純のいない場で何か言われたのだろうか。

秀明を愛したこれまでの恋人たちと違って、香純から彼への愛が感じられないとか……

これでは秀明に迷惑をかけてしまう！

香純が枕の下に手を滑《すべ》り込ませて握り拳を作った時、ドアの外で物音がした。和臣と匡臣が何か話している気配もする。

きっと秀明の耳にも届いている。香純の躯《からだ》に回された秀明の腕の強張《こわば》りがそれを示していた。

いったいどうすればいい？　どのような態度を取れば、秀明の恋人だと思ってもらえる？

　ベッドの上で息を殺していると、唐突に首筋に熱いものが落ちた。

「……ぁ」

　香純の躯《からだ》がぶるぶる震える。

　香純の反応を余所《よそ》に、秀明が香純の感じやすい場所を探りつつ、ちゅっと音を立てて舐め始めた。さらに香純の腰に回していた腕を解き、その手で肩を撫でる。ワンピースの肩紐を弄《もてあそ》びながら、肘《ひじ》へと滑《すべ》り落とし、彼は、ワンピースの裾をゆっくり捲《めく》り始めた。

「香純、すまない……。君が婚約者でないと……俺の恋人ではないと見破られるわけにはいかない」

　秀明の手つきにドキドキして呼吸が浅くなっていく香純の耳元で、秀明が囁《ささや》いた。

　その言葉が何を意味するか、秀明の行動でようやくわかった。

　今ここで秀明と香純が求め合えば、それは扉の向こうで盗み聞きする従兄弟《いとこ》たちの知るところとなる。そうすれば、秀明たちの祖父の耳に、二人が本当に結婚を誓い合ったと伝わるのだ。

　それこそ秀明への償《つぐな》いの第一歩になる。

　でももし、このまま男女の一線を越えてしまったら、自分の気持ちはどうなる？　三ヶ月後、何もなかったように秀明の人生から出ていけるのだろうか。

たとえ偽《いつわ》りであっても、秀明の恋人として付き合えるだけで幸せだと思っていたのに……

「最後までしない。俺に……身を任せて」

「えっ？　最後までしないって？」

「俺の婚約者として、女としての悦《よろこ》びだけを享受《きょうじゅ》して」

香純にも聞き取れるかどうかと思うほどの声で囁《ささや》いたあと、秀明がスカートの中に手を忍ばせてきた。香純の大腿《だいたい》を撫で上げ、膝を抱えるように曲げさせられる。

その時になって初めて、香純は自分の乳房が見えるほど胸元がはだけていると気付いた。

「秀明さん、待って……」

「俺が好き？」

好き？　そんな言葉では言い表せないぐらい、秀明への想いが募《つの》っている。

しかし、秀明が香純に訊いたのは、偽《いつわ》りの婚約者として彼を想う気持ちであって、本気でそういう感情を持ってほしいわけではない。

香純は自分の立場を理解して、背後にいる秀明に顔を向けた。

「好き。とても好き！　秀明さんしか……もう見えない」

けれど香純の口をついて出た言葉は、演技ではなく、心から滲《にじ》み出る真の想いだった。

香純の告白を受け、秀明が香純の耳殻《じかく》に舌を這《は》わせ始めた。柔らかな唇で耳朶《じだ》を挟み、後ろの窪《くぼ》みにキスを落とす。香純の下腹部奥を疼《うず》かせる愉悦が走った。

「っん……、ぁ……っ」

秀明の唇の愛撫が下がり、首筋に軽く歯を立てられる。秀明を誘う甘い喘《あえ》ぎが、静かな部屋に響いた。

ビクンと跳ねた躯《からだ》をなだめるように、秀明が撫でる。生地を一枚隔てているものの、サテン地のパンティを通して秀明の熱が伝わってきた。

そのせいで、直《じか》に触れられているような錯覚に陥《おちい》ってしまう。

香純は大きな枕を抱きしめながら顔を埋《うず》めて、漏れる息を隠そうとする。でも、無理だった。優しい手つきで秘所を擦《こす》られては、声を抑えられるはずがない。

香純は、空気を求めて息を呑んだ。

「あ……嘘……っん、は……っんっ」

秀明が湿《しめ》ってきたそこを弄《いじ》り、淫襞に沿って指を執拗《しつよう》に動かす。

快《こころよ》い熱が下腹部の深奥に集まるにつれて、蜜壁が媚《こ》びるように波打ち、蜜口が戦慄《わなな》いた。

ぬるりとした愛液がパンティに浸潤《しんじゅん》し始め、秀明の指の滑《すべ》りがよくなる。次第に、くちゅくちゅと粘液音が静かな部屋に響き出す。

それが意味するのは、秀明の愛戯《あいぎ》で感じさせられているということだ。聴覚をも刺激され、香純の頬が上気していく。

「ダメ、声が……聞こえちゃう……」

「そんなこと、気にしなくていい。今夜は俺たちにとって、大切な日だ。誰にも邪魔させないよ」

それが本心から出た言葉だったら、どんなにいいか……

秀明に焦がれる想いを抱いてそっと背後に目をやると、秀明に口づけされた。一瞬触れ合わせて離れたが、再び塞がれる。

「ンッ……ふぅ」

「俺から逃げるのは許さない。どれほど香純が必要か、その身に教え込む。何度でも、何度でも、君が……快感に打ち震えて許しを請うてきても」

秀明が囁《ささや》き、舌先で香純の唇をたどる。そして、口腔《こうこう》へ差し込んだ。

「……っんぅ！」

これまで秀明と何回かキスしたが、舌を挿入されたのは初めてだった。

秀明の行為に驚くものの、それは瞬《また》く間に別の感情に取って変わる。彼にせがまれるキスに、自然と香純の瞼《まぶた》が閉じていった。

快《こころよ》い二重の責め苦——舌を絡ませる濃厚な口づけと香純を雁字搦《がんじがら》めにする愛戯《あいぎ》に、

意識が持っていかれそうになる。

快楽の渦《うず》へ引き入れようとする流れに抗《あらが》えない。

「んふ……ぅ、っんく、ン、ン……」

香純の心臓が痛いくらい早鐘を打ち続ける。

それはどこか警鐘に似ていたが、もうそんなのはどうでもいい。求められるまま秀明を受け入れ、香純は送り込まれる甘い刺激に陶酔《とうすい》した。

その時、香純の双丘に秀明の腰が押し付けられた。硬い塊が何かわかると、瞬時に躯《からだ》の芯に電流が走り抜ける。

嘘……、秀明さんがわたしで興奮してる⁉ ——そう思っただけで、香純の躯《からだ》が燃え上がる。

香純がどう感じているのか知ってか知らずか、秀明は悠然たる態度で顔を離し、誘うような息を香純の唇に吹きかけた。

「俺をここまで燃え上がらせられるのは、香純……君だけだ」

その告白に、香純はもう何も考えられなくなる。

秀明はセックスを連想させるように、ベッドを揺らし始めた。ぎしぎしと音が響き、香純の乳房がいやらしく揺れた。

得も言われぬ疼《うず》きが全身を覆っていく。さらに、秀明の昂《たか》ぶりで双丘を突かれると、今までに体感したことのない鋭い快感に包み込まれた。

「ンっ！　あ……っ、はぁ……ダメ、もうイク……！」

室内に響く、ベッドのスプリング音、香純の喘《あえ》ぎ、そして淫靡《いんび》な粘液音。

蓄積された熱が渦《うず》を巻き、香純の躯《からだ》と意識を丸呑みにしようと蠢《うごめ》き出す。

それに合わせて、秀明の指が小刻みに動いて振動を送る。リズムを速めて、香純を攻め立てていく。

これ以上は耐えられない！

「や……っ、あっ、あっ、……んっ、んんぅ！」

香純が枕を強く抱きしめると同時に、秀明が花芽を指の腹で強く擦《こす》った。

刹那《せつな》、膨《ふく》れ上がった熱だまりが弾けて、香純は情欲の潮流に呑み込まれていった。

「あ……っ、んぁ……」

香純は高揚感に漂《ただよ》いながら脱力し、ベッドに深く沈み込んだ。

久し振りに感じる心地いい疲れに身をゆだねて、静かに目を閉じる。

これは、不意にもらえた最高の贈り物だ。

偽《いつわ》りの婚約者とはいえ、秀明とここまでするなんて考えていなかったのだから……

愛しい人の蜜戯で得た甘美な刺激を思い出して、躯《からだ》がかすかに震える。そんな香純を、秀明が愛しげに胸の中に引き寄せてくれた。

「ありがとう、香純」

秀明の囁《ささや》きに耳孔《じこう》をくすぐられるが、ただ「ううん」としか言えなかった。ふわっと濃くなった香りに包まれるのが気持ち良くて、手足に力が入らなくなる。

それが眠気だと気付いた時は既に遅く、もう瞼《まぶた》を開けられなくなっていた。

前戯だけでこんな風になるなんて……

香純は秀明と話したいと思いつつも、柔らかな枕に顔を埋《うず》める。

「おやすみ……」

秀明の言葉がどこからか降り注ぐように耳に入ってきた。彼に躯《からだ》を抱きしめられる感覚を最後に、香純は眠りについたのだった。

第四章

「好き、秀明さんが好きなの！」

盗み聞きする秀明の従兄弟《いとこ》たちに、それとなく教えるための行為だったと自覚している。

でも秀明に触れられて、香純は女性としての悦《よろこ》びを思い出したのだ。

いた。


もう秀明への想いを隠せない。

香純は秀明に手を差し伸べるが、こちらを見下ろす秀明の目はどこか不安げに揺れていた。

「ああ、わかってる。でも、香純……俺は――」

申し訳ない？　想いには応えられない？　香純は偽《いつわ》りの婚約者であって、それ以上の関係にはなれないと？

香純は小さく頭を振り、秀明の手を掴もうと彼の方へ一歩踏み出す。

「お願い、わたしの気持ちを聞いて。わたしが秀明さんの傍《そば》にいるのは、罪を償《つぐな》うためだけじゃない。貴方と一緒にいたいから」

「違う、そうじゃない。俺の心にあるのは――」

秀明の双眸《そうぼう》に何かが宿る。けれど、彼が何を伝えたいのかわからない。

だからこそ知りたい！

「何？　秀明さんの心にあるものを教えて……」

「俺は――」

秀明がそう言った時、彼の姿に靄《もや》がかかる。背後から陽が射し込むように明るくなり、どんどん彼が遠ざかっていく。

香純は秀明を追いかけるが、彼との距離が縮まらない。

それどころか、自分の躯《からだ》が重くなって脚が動かなくなる。

どうして？　何故!?

あっ、待って、置いていかないで……

＊＊＊

「ひ、秀明さん……」

秀明の名を絞り出した瞬間、ハッと目を開けた。間近にある彼の顔に、また違った意味で香純の心臓が跳ねる。

「……えっ？」

目の前には、髪の毛を乱してすやすやと寝息を立てる秀明。彼は、香純を離さないとばかりに、しっかり腕を回していた。

あれは、夢……？

香純は安堵《あんど》しながらゆっくり脱力して、ベッドに深く沈み込んだ。

心を伝える気などないのに、夢の中で告白しようとしていた。それはきっと、香純の根底にその気持ちがあるせいだ。

でも、そんな真似《まね》をしてはならない。想いを告げたら、きっと夢の中と同じ結果が待っている。

「秀明さん……」

秀明に聞こえるか聞こえないかの声で囁《ささや》くと、彼が「う……ん？」と呻《うめ》き、香純を抱く腕に力が込もった。

「か、す……み？」

秀明がかすれ声で呟《つぶや》く。その小さな声は、香純の鼓膜や躯中《からだじゅう》の細胞を甘く蕩《とろ》けさせた。意識がないのに、名を呼んだだけで抱きしめて、香純と名前を呟《つぶや》いてくれるなんて……

それがどれほどの幸せを与えてくれるか、秀明には理解できないだろう。

もっと秀明の腕に抱かれていたかったが、香純が置き時計に目をやると、時刻は六時三十分を回っていた。

秀明は休みだが、香純には仕事がある。

名残惜しく思いながら秀明の額《ひたい》にかかる髪を払い、香純は彼を起こさないよう気を付けて、そっと腕の中から抜け出した。

「あっ……」

立ち上がった香純は、自身の一切乱れのないルームワンピース姿に息を呑んだ。きっと秀明が直してくれたのだろう。

優しい心遣いに温かい気持ちになるものの、香純が眠っている間にいろいろ見られたかもしれないと思うと、羞恥《しゅうち》で頬が赤らんでいく。

でも、それすらも受け入れられるほど、秀明への想いは強くなっていた。

香純は自身の髪の毛を片手で押さえながら上体を屈め、秀明の額《ひたい》にキスを落とす。

秀明はまだ目を覚まさない。

しばらく秀明の寝姿を見つめてから、香純は部屋を出た。

キッチンへ行きコーヒーを淹《い》れようとするものの、どこを探してもインスタントは見当たらない。

あるのは、本格的なコーヒーを淹《い》れられるサイフォンと、専用カプセルをセットしていろいろな味を楽しめるマシンだけ。

「これはもう、飲食店のドリンクバーね……」

どうやって使うのかと考えつつ、カップを取り出してセットする。とりあえずボタンを押してみると、蒸気の音が響いたあとに抽出されたコーヒーがカップに注がれていった。

「良かった」

ホッと胸を撫で下ろした時、ドアが開く音がした。

「秀明――」

香純はにこやかに秀明を迎え入れようとするが、途中で言葉を呑み込む。

そこに立っていたのは、眠そうに欠伸《あくび》をする和臣だった。Tシャツにスウェットパンツというラフな姿でこちらに歩いてくるが、アイランドキッチンに立つ香純を見て、その足をぴたりと止める。

和臣は一瞬目を見張ったものの、すぐに満足げな笑みを浮かべて近寄ってきた。

「おはよう。早いね」

「おはようございます。わたしは仕事があるので仕方ないんですけど、和臣さんはどうしてこんなに早く？」

「昨夜は妙に興奮して眠れなかったんだよね。で、寝たり起きたり、寝たり起きたり……の繰り返し。それがしんどくて……。それなら早く起きてジムでも行こうかなと思ってね」

「興奮して？」

和臣は小首を傾げる香純を横目に、笑いながらウォーターサーバーの水を注ぎ、美味《お》しそうに飲み干した。

「仲が良いのは素晴らしいことさ」

「えっ？」

問いかけるが、和臣はただ口元をほころばせ、香純の手元に視線を落とした。

「えっと……コーヒーはいかがですか?」

「もらうよ。ブラックがいいな」

香純が頷いてコーヒーマシンにカップをセットしていると、和臣が香純に近寄ってきた。

「それにしても、昨夜は本当に嬉しかったな」

香純が和臣を窺《うかが》うと、彼は楽しかった時間を思い浮かべているのか、何度も小さく頷いた。

「正直、最初は秀明が香純さんのどこに惹かれたのかわからなかった。女性は嫌いではないけど、誰かが秀明の特別になったことって一度もなかったから。もしかしたら、祖父をだますために女を雇ったんじゃないかとさえ思ったよ」

和臣が香純にちらっと視線を投げかけたあと、意味ありげにふっと笑った。

「でも、そうじゃないとわかった。まず……」

唐突に香純の前に手を出した和臣が、人差し指を立てる。

「この家には女を連れ込まない主義の秀明が、香純さんを招いた。しかも週末を楽しむだけじゃない。同棲を始めた。二つ目。結婚を約束した恋人がいると、わざわざ祖父に教えた。そして三つ目。これが一番大事なことだ。秀明の気持ちは香純さんに向いている。それを見た俺らがどれほど喜んだか、きっと香純さんにはわからないだろうな。……あっ、ありがとう」

香純がコーヒーを差し出すと、和臣は笑顔でカップを受け取った。

この時の香純は、和臣の言葉に胸の奥に潜《ひそ》む蝶《ちょう》が一斉に羽ばたくような歓喜を味わいつつも、脇の下が湿《しめ》るほどの冷や汗も感じていた。

和臣の言葉の端々から伝わってくる、秀明を大切に思う気持ち。そこには、秀明を裏切れば香純を許さないという強い感情も垣間見られた。

けれど、七月末には同棲は終わる。秀明との縁は切れるのだ。そうしたら、和臣には失望されるだろう。

でもそれまでは、絶対に秀明を裏切らないし、誰にも偽《いつわ》りの婚約者だと見破られない態度で接するつもりでいる。

秀明を愛する心は虚偽ではないから……

香純は言えない思いを呑み込むようにカップに口をつけ、背の高い和臣を見上げた。

「朝食はどうします？　簡単なものでよければ用意しますけど」

「作ってくれるの!?」

和臣は信じられないとばかりに驚愕する。

「ええ。でも、凝《こ》ったものは作れませんよ。卵料理ぐらい」

香純はあまり料理が得意ではないと伝えるが、和臣は上機嫌になった。

「それでいいよ。香純さんの手料理が食べられるなんて幸せだ！　あっ、俺も手伝うよ」

「わたし一人で大丈夫ですから、和臣さんは休んでいてください」

「いや、手伝わせてもらう。何故なら――」

和臣は思わせぶりに片頬を上げて、自分の首を指した。

「秀明に愛された証《あか》しがいろんなところに……」

「えっ!?」

思わず首を手で隠すと、和臣が楽しそうに甲高い声で笑った。

「まさか、秀明が独占欲の証《あか》しを付けるとはね」

お腹を抱えながら言葉切れ切れに呟《つぶや》いた和臣だったが、しばらくして姿勢を正した。

「躯《からだ》、辛いだろう？　でも、秀明に愛されるのがどれほど幸せなことか、もうわかってるよね？　俺にとっての秀明は、兄さんと同じぐらいに大事な家族。その従兄《いとこ》が妻にと望んだ香純さんを、俺らは快《こころよ》く迎え入れるよ。将来、壬生家の家長となる秀明を支えるように、彼の妻になる貴女のことも全力で守ると誓う。だから、何があろうとも秀明を裏切る真似《まね》はせず、傍《そば》で支えてほしい」

香純を見る和臣の顔には、親愛の情が浮かんでいた。

秀明にフラれる日は最初から決まっているが、その日までは彼を支えたい。

香純はそんな想いを胸に力強く頷き、約束を守ると誓った。

「気が早いけど、これで香純さんはもう壬生家の一員。俺たちも仲良くしていこうな」

やにわに和臣が親しげに腕を回してくる。

どう対応したらいいのかわからずにまごついていると、香純の戸惑いを察したらしく、和臣は躯《からだ》を離した。でも、その瞳にはからかうような光が宿っている。

「壬生家は旧家だ。海外の名家と交流する機会も多い。だから、こういうボディタッチにも慣れていかないと」

「そ、そうなんですね。外国の方とも……」

香純は驚きの声を上げながらも、神妙に受け止める。

壬生家が旧華族だと聞いて理解していたつもりだったが、その世界は香純には到底想像もつかないもののようだ。

壬生家には名家としての役割がある。これからもいろいろなことが明らかにされていくと思うと緊張が走るが、香純はすぐに心の中で自分を戒《いまし》めた。

何も気にしなくていい。香純は秀明を愛すればいいだけ……

「少しずつ慣れるように頑張ります。さてと……そろそろ朝食を作りますね」

香純が冷蔵庫の扉を開けると、和臣が隣に立って一緒に中を覗いた。

そして香純の脇から手を伸ばし、卵を何個も掴む。続いて、チーズやソーセージ、冷凍されたパンや人参《にんじん》やきゅうりも出して、アイランドキッチンに置いた。

香純は呆気に取られるが、なんだか和臣の様子がおもしろくて、やがて肩を揺らして笑ってしまった。

「うん？　何？」

「いえ……、朝からよく食べるんだなと思って。さっきも言いましたけど、わたしは料理が得意ではなくて」

「大丈夫！　香純さんに作ってほしいのは、卵料理。あとは、ついでにソーセージを焼いてくれたら嬉しい」

その言葉に甘えて、香純はオムレツを作るのに集中した。和臣はというと、パンをオーブントースターにセットしたり野菜をスティック状に切って氷水を入れたグラスに挿《さ》したりと、手際良く準備する。

香純が出来上がったオムレツやソーセージをお皿に盛ると、和臣がさっとパセリを添えた。

「普段からキッチンに立ってるんですか？」

「いや、秀明と一緒で家政婦任せだよ。でも、昔付き合っていた恋人に、男もキッチンに立つべきだと言われてね。まあ、それで自分から野菜を切る手伝いを買って出るぐらいにまで成長できた」

「素敵な女性だったんですね。和臣さんがそこまでしたいと思えるなんて」

「ああ。でも――」

和臣は決まり悪げに口を濁《にご》すと、いきなり濡れた手を振って、香純の顔に水滴を飛ばした。

「キャッ！」

「俺のことはどうでもいいんだよ。しかも、昔の話なんだし」

和臣の頬がほんのり色付いている。

思わず、香純は笑ってしまった。和臣は居心地悪そうにしていたものの、やがて一緒に笑い出した。

「困ったな……、まさか俺を困惑させる女性がまた現れるとは」

これを機に、二人の距離がぐっと縮まったような気がする。

それが嬉しくて、香純は頬を緩《ゆる》めて和臣にからかいの目を向けた。

「もしかして、困惑させた女性って、さっき話題になった人？」

「ああ、もう！　さっきも言ったとおり、その話題は終わりだ、終わり！　俺が知りたいのは香純さんのことだよ！」

「香純の何が知りたいんだ？」

突然響く、低い声。

香純はびっくりして、和臣の後ろにあるドアに目を向ける。そこには、秀明が立っていた。

秀明との付き合いはまだほんの少しだが、これほど不機嫌そうな顔を目にしたのは初めてだ。

「秀明、おはよう。香純さんが今朝食を――」

「何が知りたいんだ、和臣」

朗《ほが》らかに話しかける和臣を、秀明が遮《さえぎ》る。その声はとても冷たかった。

和臣も感じ取ったのか、視線を彷徨《さまよ》わせる。

「いや、あの……それはさ」

歯切れ悪く口をもごもごさせたかと思うと、突如和臣が秀明に近寄り、彼の肩に触れた。

「あっ！　俺……今朝、メール一本入れておく予定があったんだった！　ちょっと部屋に戻ってるよ。あっ、朝食は先に二人で食べていいから」

「ちょっ……、待って和臣さん！」

こんな状況で秀明と二人きりにしないでと手を伸ばすが、既にドアを開けた和臣には届かない。ドアを閉める際に彼は香純に向かって顔の前で両手を合わせ、それからそそくさと出ていった。

秀明が、身じろぎもせず香純を見つめている。

そこに触れたらたちまち火傷《やけど》しそうな雰囲気に、香純はあえてあまり気にしないように努めることにした。

秀明の傍《かたわ》らを通って、プレースマットの上に朝食を並べ始める。

「秀明さん、早起きなのね」

「君もね」

「わたしは仕事があるから。言ったでしょう？　週末は仕事だって」

「……ああ」

秀明のためにコーヒーをセットして、オーブントースターから焼けたパンを取り出す。

冷凍パンなのにとてもいい匂いがしていて、まるでお店で売られているもののように美味《おい》しそうだ。

「とても美味《おい》しそう！　さあ、座って」

香純は秀明に微笑んで、ダイニングテーブルにパンののったお皿を置いた。

秀明は何も言わずに椅子に座り、セッティングした朝食を無表情に眺める。正面の席に、香純も腰掛けた。

「和臣さんのために作ったものだけど、食べて……」

すると、秀明が不愉快そうに鼻を鳴らした。

「香純は婚約者の俺に……ではなく、和臣のために手料理を振る舞おうとしていたのか？」

「えっ？　手料理っていうほどのものではないけど……」

そう言いながら、和臣が香純に作ってほしいと強請《ねだ》った時のことが甦《よみがえ》り、思わずふっと口元をほころばせた。

「和臣さんって、とても素敵な方ね。昨夜の第一印象は、誰にでも好かれる明るい人って感じだったけど、今朝いろいろ話したら彼の意外な素顔が見えて、好感の持てる人だなって思った」

和臣をキッチンに立たせた女性の話を秀明にしようとしたその時、いきなり手を取られた。

驚いて顔を上げると、秀明がテーブル越しに身を乗り出していた。

「秀明さん？　いったい……あっ！」

取られた手を引っ張られて、香純は思わず椅子を蹴って立ち上がる。

「どうしたの？」

「それほど、和臣と気が合ったのか？」

秀明が苦々しい顔つきで吐き捨てた。

何をそんなにいきり立っているのだろうか。

「気が合ってはいけないの？　だって和臣さんはとてもいい人だし、わたしと年齢が近いからか話しやすくて……」

「いい人？　年齢が近い？　それだけで君は――」

秀明が顔を背《そむ》けて大息《たいそく》する。

その態度があまりにも投げやりに見えて、香純はどうすればいいのかわからなくなった。

それでも自分の思いを伝えようとした時、秀明が香純の手を離した。自由になってホッとしたのも束の間、不意に香純の襟足に彼の手が回される。

「えっ？　秀明――」

強い力で、秀明の方へ引き寄せられた。慌ててテーブルに両手をついて体勢を整えるが、その隙を狙った秀明に唇を塞がれる。

「……っん、くぅ！」

何が原因でこんなに乱暴なキスをされる羽目になったのかわからない。秀明は鬱積《うっせき》したものを吐き出すように、香純の唇を貪《むさぼ》っている。

香純は湧き起こる快感を抑えようとするが、それは到底無理だった。

秀明の唇が激しく蠢《うごめ》く。そこを甘噛みされるだけで快《こころよ》い疼《うず》きに支配されていった。

「つふぁ……っぅ」

秀明の手が香純の後頭部に滑《すべ》る。そこを支えながら顔を傾けて、彼はより深い契《ちぎ》りを交《か》わす口づけを求めてきた。

激しいキスに、香純の感情がどんどん掻き立てられる。脳の奥が痺《しび》れたみたいにボーッとなるのに合わせて、躯《からだ》を支える手がぶるぶる震え始めた。

息継ぎすることも許さず、秀明は香純の吐息や想いさえも奪い尽くす。

もう、ダメ！

苦しさで涙目になった時、秀明が唐突に香純を解放した。

「これほど……心を揺さぶられることになるとは」

秀明の感情を煽《あお》られたようなかすれ声を耳にして、香純の躯《からだ》が震える。そこにある何かを求めて目を開けるが、彼は香純に背を向けて歩き出していた。

「待って……」

秀明に手を伸ばすが、香純の声は彼がドアを閉めた音に掻き消されて届かなかった。

ダイニングルームに一人きりになった香純は、力なく椅子に座り込む。腫《は》れたようにじんじんする唇に、そっと指で触れた。

「今のは何？　秀明さん、いったいどうしちゃったの？」

この状況に頭が追いつかないのに、香純の躯《からだ》は秀明を求めて敏感になる。一層彼に惹かれていくのを、香純は止められなかった。

——数時間後。

香純は図書館で書架の整理をしたり、貸し出しのカウンターに座ったりと、いつもと同じように働いていた。

普段と変わらない香純の様子に、司書の誰も違和感を持たない。

しかし、香純の頭の中では、今朝の出来事がぐるぐる渦《うず》を巻いていた。

今朝はどうやって着替えをしたのか、マンションを出たのか、その記憶さえ曖昧《あいまい》だ。

「それぐらい、あのキスが心に焼き付いているってこと……」

香純は呟《つぶや》きながら、返却された児童書を順に棚に戻していく。

「あっ、走ってはダメよ！」

やんちゃな男の子が可愛らしい女の子を追いかけているのを注意した時、香純の携帯電話にメールが入った。カウンターからの指示で、本を探して持ってくるようにとある。

了解の旨を返事したあと、香純は児童書コーナーにカートを置き、請求番号を手がかりに本を探し始める。

「戸塚刺繍《とつかししゅう》の図録ね」

貸し出されていないのなら、フランス刺繍《ししゅう》の棚に置かれた可能性がある。

本来あるはずの棚にないのを確認して、別の棚へ移動する。横置きにされた本を元に戻しながら探していると、奥に押し込まれるように入れられていた戸塚刺繍《とつかししゅう》の本を見つけた。

それを持って急いでカウンターへ向かおうとした時、また連絡が入る。追加の指示かと思ったが、それは同僚ではなく秀明からだった。

「な、何？」

ひょっとして、同棲を終わらせたい旨のメールだろうか。

今朝の秀明の様子を考えれば、そうであっても不思議ではない。

鳥肌が立つのを感じながら手元の携帯電話をしばらく眺め、ようやくメールに目を通した。

「えっ？」

意表を突かれて、素《す》っ頓狂《とんきょう》な声が漏れる。

そこには〝香純に休みを取ってほしい日付〟として、日程が羅列《られつ》してあった。

香純との縁を切る話でなかったことに、ホッと胸を撫で下ろす。

書かれていた日付は、どれも週末だった。

週末に休みを取るのは、なるべく遠慮したいところだが、秀明がこうして伝えてくる以上、これらの日に、偽《いつわ》りの婚約者が必要なのだろう。

香純は軽く頷くと、急いでカウンターへ向かった。

「見つかった？」

「はい、こちらです」

織田に図録を渡す。そして織田が依頼者にその本を示すのを、脇から見つめた。

「お探しのものですが、こちらですか？」

「そう、これよ！　あって良かったわ。探してくれてありがとう！」

香純は静かに一礼して離れると、後ろのデスクで仕事をする次席に話しかけた。

「高橋次席、今よろしいですか？　ゴールデンウィークの代休の件なんですが――」

デスクの上にあるカレンダーを見ながら、秀明に言われた日付を告げる。

「……わかった。調整してみよう。返事は来週までにする。いいね？」

「はい。よろしくお願いします」

頭を下げたあと、香純は「書架の整理に戻ります」と一言告げて、児童書コーナーに戻った。

それからもいつもと同じように、仕事を続ける。

一日が終わり、閉館作業を済ませ、同僚たちと一緒に外へ出た。

「それじゃ、お疲れさま！」

織田や高橋次席、他の司書たちと挨拶《あいさつ》して別れる。

一人になった香純は、図書館の遊歩道を歩きながら夜空を見上げた。

「今日の月はとっても綺麗……」

いつもよりまん丸で、大きく光り輝いているように感じた。

ただあまりにも綺麗過ぎて、少し怖さを感じるほどだ。

図書館の敷地内には人影もなく、シーンと静まり返っているせいもあるかもしれない。

早く帰ろうと香純は最寄り駅へ向かいかけるが、その足がぴたりと止まる。道路の片側にハザードランプを点滅させて停車する、見覚えのあるスポーツカーが目に入ったからだ。

そのドアが開き、スーツ姿の秀明が車外に出てきた。何も言わずに、香純に乗れと示す。香純は素直に助手席に乗り込んだ。

秀明が車を発進させて、交通量の多い幹線道路へハンドルを切る。

しばらくの間、秀明が話さなかったので香純も黙っていた。

秀明と一緒にいること自体は苦ではない。ただ今朝のキス以来なので緊張が先に立ち、だんだん身の置き所がなくなっていく。

自然と面《おもて》を伏せるように視線を下げると、赤信号で停止していた秀明が、ハンドルを指で叩き始めた。

「……メール、見た？」

不意に話しかけられて、香純は秀明の横顔に目をやる。

「うん。次長には話したけど、正式な決定は来週末になりそう」

「わかった。じゃ、とりあえず準備は進めておくよ」

信号が青になる。秀明はそれ以上何も言わず、アクセルを踏み込んだ。

それから約一時間後、秀明が車を停めたのは彼の住んでいるタワーマンションではなく、東京駅からほど近い場所にある有名ブランドショップがたくさん入った商業ビルの駐車場だった。

車を降り、真っすぐビル内に入る。秀明が向かった先は、ファッション雑誌でよく目にするブランド店だった。すぐに店長らしき女性が香純たちを出迎える。

「いらっしゃいませ、壬生さま。お待ちしておりましたわ」

「やあ、店長。今回も世話になるよ」

秀明は案内されるまま奥へ向かうが、香純の背に手を添えてエスコートするのを忘れない。さらに躯《からだ》が触れ合うほど傍《そば》に寄り、香純から離れ難《がた》いという印象を相手に与える。

「さあ、こちらへ」

店長は仲睦《なかむつ》まじい二人の様子に微笑み、店の奥にあるソファに誘った。

香純は示されたそこに座るが、秀明の目的がわからず、つい挙動不審《きょどうふしん》にきょろきょろと店内を見回してしまう。

そんな香純を見て、秀明がこの日初めて頬を緩《ゆる》めた。膝に置く香純の手を取り、しっかり握る。

店員が紅茶とクッキーを低いテーブルに置いた。秀明はお礼を告げながらソファに凭《もた》れ、ゆったりした所作で脚を組んだ。

「最新のドレスをいろいろ見せてほしい。彼女の魅力を引き立てるものを頼むよ」

「秀明さん!?」

この時になって初めて、秀明がこの店に香純のドレスを買いに来たとわかった。

そんなものは必要ないと言いかけるが、秀明に手を握られ、言葉を呑み込む。

「TPOに合わせたパーティドレスが必要なんだ。俺の婚約者にも……。わかるね？ドレス選びは俺に任せて」

秀明の表情は穏やかだが、双眸《そうぼう》の奥には強い意思が見え隠れしている。

これも契約の一部だと言っているのだろう。

香純は開きかけた口を閉じ、頷いた。

ほどなくして、香純たちの前にモデルに扮《ふん》した店員がドレスを着て登場した。彼女たちが次々に着替えるたびに、秀明が店長に話しかける。

「色気を前面に押し出すドレスは止《や》めてほしい。適度な露出は歓迎するが、デザインに清楚《せいそ》さが滲《にじ》み出るものがいいな」

秀明の言葉に、店長が頷く。そして、店員たちに指示をする。

新たなドレスを着た店員が現れては戻り、というショーがしばらく続いたのち、秀明が数多くのドレスの中から選んだのは六着。中でも特に彼が気に入ったのは、ワインレッドのホルターネック型のドレス、薄いエメラルドグリーンのカシュクールワンピースドレス、そしてラベンダー色のミニドレスだった。

「だいたいこれで大丈夫だ。あとは、その時のパーティの趣旨に合わせて着こなせばいい」

「……そうね」

香純は頬の筋肉がぴくぴくするのを感じながら、秀明に微笑み返した。

最初こそ、買い求めるドレスは一点か二点にしてもらい、他は必要ないと言うつもりだった。

しかし、秀明が店長に話すのを横で聞いていて、出席するパーティによってフォーマル寄りのものにしたり、明るい色のドレスにしたりと、選ぶ必要があるものだとわかった。

秀明の世界を知らない香純が、堂々と異を唱えられるはずもない。結局香純は、目まぐるしく指示をする彼の隣で、ただ静かに座っている他なかった。

そんな状態だったため体力的に疲れるはずはないのに、ずっと作り笑顔をしていたせいか、かなりへとへとだった。

「では躯《からだ》のサイズを測らせていただきます。どうぞこちらへ」

これからフィッティング⁉

香純は天を仰ぎたかったが、店長に促《うなが》されて奥のフィッティングルームへ行く。

店員たちが香純の躯《からだ》のサイズや足のサイズをくまなく測り、香純は大人しく従った。

しばらくしてようやく採寸が終わり、香純は秀明のもとへ案内された。

秀明は手元のパンフレットを見ながら、店長に何か囁《ささや》いている。会話の邪魔にならないように彼の傍《かたわ》らに立つものの、つい何度もフィッティングルームを振り返った。

「どうした？」

「秀明さんが選んでくれたドレス。わたしはどれも試着してないんだけど、いいのかな？」

「サイズは測ってもらったんだろう？」

「ええ」

「それなら大丈夫だ。君のサイズに合わせて調整したものを送ってくれる。さあ、まだ次の予定がある。行くぞ」

秀明が香純の肩に腕を回し、店長に「よろしく頼む」と言って店を出た。

次に車で向かった先は、呉服屋だった。大通りから脇道に入ったところにある木造のその店は、門構えからして老舗《しにせ》っぽい雰囲気が漂《ただよ》っている。のれんには、創業は安政《あんせい》元年と書いてあった。

「おいで」

秀明に促《うなが》され、香純はのれんをくぐる。

「いらっしゃいませ、壬生さま。お待ちしておりました」

和服を着た四十代ぐらいの若旦那と思《おぼ》しき人が颯爽《さっそう》と現れ、畳に膝をついて出迎える。

「失礼するよ」

香純は靴を脱ぎ、秀明の手を借りて上がり框《かまち》に上がった。

梁《はり》や柱からは、年季が感じられる。だからといって全体が古いわけではない。畳表《たたみおもて》は新しく、焦げ茶色の畳縁《たたみべり》が場を引き締めている。壁も綺麗な塗りだった。

「香純、こっちに」

衣桁《いこう》に掛けられた豪奢《ごうしゃ》な着物と帯、棚に入った反物《たんもの》、そして広げられた装飾品などを眺めていた香純は、若旦那の後ろを歩く秀明に急《せ》かされる。

「はい」

秀明に追いつくと、香純は勧められるまま座敷に設けられた座椅子に腰掛けた。

「ご注文の品をお持ちいたします」

若旦那が一度奥へ引っ込み、ほどなくして両手にたとう紙を抱えてやってきた。

紐を解いたそこにあったのは、まるでウエディングドレスのように真っ白な着物だった。

「失礼します」

着物を手にした若旦那が顔を上げるのに合わせて、香純は秀明に立つよう身振りで示される。

立ち上がり前へ進み出ると、若旦那が香純の肩に着物を羽織らせた。

正絹《しょうけん》のそれはとても手触りがよく、光の加減が変わるたびに細やかな文様が浮き出る。

白い絹糸で刺繍《ししゅう》された小花模様も素敵で、目を惹きつけられた。

どうやらこの着物は、白い単衣《ひとえ》のようだ。

でも、どうしてこれを香純に？　とても綺麗だが、いったいいつどこで、これを着る機会があるのだろうか。

「丈もいい感じだ。……直しはいらない、これでいただこう」

「壬生さまには毎度ご贔屓《ひいき》にしてくださり、誠にありがとうございます」

若旦那は香純の肩から単衣《ひとえ》を脱がせると、綺麗にたたみ直してたとう紙に置く。次に、正絹《しょうけん》に金色の飾り文様を刺繍《ししゅう》した白い腰紐を手にして、秀明の前に差し出した。

「ご用意しました腰紐です。どちらも、公家《くげ》の装束や調度などに用いられた有職文様《ゆうそくもんよう》を刺繍《ししゅう》しております。好みでお選びいただければと。花菱柄《はなびしがら》、亀甲文柄《きっこうもんがら》になります」

「花菱《はなびし》にしよう。壬生家の女性は、昔からこの柄を好んで使っている」

「そうでございましたね。ではこちらで」

若旦那は、秀明が選んだ単衣《ひとえ》と腰紐を風呂敷に包んだ。

「では、そろそろお暇《いとま》しよう」

秀明の言葉に、若旦那がすかさず風呂敷を持ち、店の出入り口へ向かう。

香純が靴を履く間に、秀明は若旦那から風呂敷を受け取った。

「また寄らせてもらうよ」

「お待ちしております。今後ともご贔屓《ひいき》に……。お気を付けて」

若旦那に見送られて外へ出ると、秀明は真っすぐ車へ向かった。

これで用事は終わったのか、秀明がマンションのある方向へ車を進ませる。香純はホッと息を吐き、助手席に深く沈み込みながら目を閉じた。

今夜秀明が買い求めたものは一つ残らず、彼の婚約者を演じるのに必要な品なのだろう。

それはわかっているが、ドレスなどにかかった金額を考えると、香純は返済しなければという思いに駆られてしまう。

何年かかっても返済しないと——そう思った時、香純の頭に〝あれ？〟と疑問が浮かんだ。

秀明がドレス代を支払ったのかどうか、席を外していたため香純は知らない。ただ呉服屋では、ずっと彼の傍《そば》にいた。その間、彼は一切財布を取り出していない。

支払いは？　……えっ⁉

香純が秀明に問おうとしたところで香純の目に入ったのは、マンションへ続く国道ではなく、まだ記憶に新しい複合ビルだった。

秀明は迷わず、そこの地下へと車を進める。

駐車して車から降りた秀明は、先ほど呉服屋で購入した風呂敷を手にする。彼に促《うなが》されて香純が車外へ出ると、「ドアを閉めて」と言われた。

「秀明さん？　いったいどこへ行くつもり？」

「わかってると思うけど？」

確かにわかってる。ここは、秀明と香純が初めて会った場所だ。あの日、このホテルで、香純は人違いで秀明にキスをしたのだから。

でもどうしてまたここへ？　それに、呉服屋で買い求めた単衣《ひとえ》を持っていくのは何故なのか。

「行くよ」

香純はエレベーターホールへ歩き出す秀明の後ろ姿を見ていたが、結局何も言わず、そのまま彼のあとに続いた。

エレベーターは上昇し、シティホテルのフロントがある階で停まる。

秀明はフロントの近くにいたボーイに何かを示して、風呂敷を渡した。振り返り、片手を香純に差し出す。

香純が秀明に近づくと、彼は腰に腕を回して香純を抱き寄せた。記憶に新しいバー＆ラウンジを通り過ぎ、奥へ進んだところにある日本料理店に入る。

「壬生です」

「お待ちしておりました。どうぞこちらへ」

ウエイターが香純たちを奥へと案内する。

墨絵《すみえ》をモチーフにしたのか、黒と白で統一された店内は、和の雰囲気が滲《にじ》み出ている。どの席からも、輝く夜景と東京湾を眺められる仕様になっており、客は景色を楽しみながら、寿司や会席料理を堪能していた。

「こちらでございます」

ウエイターが指した先は、鉄板焼のカウンター席だった。

椅子を引かれておずおず腰を下ろすと、カウンターを担当するシェフが現れた。別のシェフが、新鮮な食材が入ったトレーを台の上に置く。

「今宵《こよい》はお任せでと伺っております。会席と鉄板焼きの美点を堪能していただけたら幸いです。どうぞ楽しんでください」

傍《そば》に立ったウエイターが、香純たちの杯に食前酒を注ぐ。秀明がそれを持ち、香純の方に躯《からだ》を捻《ひね》った。

「俺と君の夜のために……」

秀明さんとわたしの、夜？――その言葉に小首を傾げるが、香純はひとまず彼に倣《なら》って乾杯し、食前酒に口をつけた。

それは爽《さわ》やかさがありながらも、香りが濃く、とても飲み口のいいお酒だった。

続いて、陶器に盛られた季節の前菜が出される。絵画みたいに色彩が鮮やかで美しいため、箸《はし》をつけるのが勿体《もったい》ないほどだ。

新鮮な魚介の刺身や、鉄板であぶった貝を酢味噌《みそ》で和《あ》えたものなど、どれも香純がこれまで食べたことのないクオリティのものだった。この上ない味と香りが口腔《こうこう》に広がり、自然と頬がほころんでいく。

「とても美味《おい》しい！」

「ありがとうございます」

シェフの晴れやかな顔に、香純は目を細めた。

それから一品料理として、伊勢海老《いせえび》や鮑《あわび》、神戸牛のシャトーブリアンが出された。初めて食べるシャトーブリアンは、口に入れた途端溶けていき、代わりに甘みが口腔《こうこう》に広がっていった。

言葉にできないほどの極上の味に、香純の箸《はし》が止まらなくなる。

食事を終えると、ほうじ茶が入った茶器と、ふんわりと泡立てられたミルクが目の前に置かれた。茶器にミルクを入れて、ほうじ茶ラテにするようだ。

美味《おい》しそうだが、もうお腹いっぱいで飲めそうにない。

そんな香純に、秀明はほうじ茶ラテを勧める。

「だまされたと思って飲んでごらん」

「じゃ、一口だけ」

香純はほうじ茶ラテを作って口をつける。

「んんんっ！」

思わず感嘆の声が漏れた。コクと優しい味わいが絶妙で、とても風味がいい。

一口だけで終わらせようと思っていたのに、つい飲み干してしまった。

「堪能できた？」

「ええ。普段口にできないようなものばかりで、とても美味《おい》しかった」

「喜んでもらえて良かったよ。さあ、お腹も満たされたし、行こうか。俺たちの夜は長い……」

秀明が香純に手を差し伸べる。彼と手を繋ぎ、一緒に店の出入り口へ歩き出した。

「ありがとうございました」

精算カウンターのスタッフに声をかけられた秀明が、ポケットから何かを取り出す。

秀明は、香純と初めて会った日と同じ振る舞いをした。

あの日——秀明と詩織の仲を裂いてしまった時、彼はバー&ラウンジでルームキーを見せていた。

何故今日も、ルームキーを？

秀明は、あの日の行動をなぞるように、客室へ向かうエレベーターに香純を誘う。

もしかして、ホテルの部屋へ向かうつもり？

香純は内心あたふたしつつも、秀明に続く。

香純の予感は、見事的中する。秀明が、香純を引き入れたあの部屋の前で立ち止まったからだ。

秀明は鍵を開けて部屋に入ると、香純をリビングルームの中央へ促《うなが》し、手を離した。

香純は自由になった手を胸にあて、秀明の後ろ姿に目をやる。

「秀明さ——」

香純は秀明の真意が知りたくて恐る恐る声をかける。しかし、悠然たる仕草で振り返る秀明を見て、言葉が喉の奥で詰まった。

スーツの上着をソファに置きつつ、こちらを意味深に見つめる眼差し。それを直視できなくなり、香純は思わず視線を下げる。

その時、テーブルの上に置かれた風呂敷が目に入った。

香純が何を見ているのか気付いたらしく、秀明が風呂敷の結び目を解く。そして、数時間前に香純の肩にかけた単衣《ひとえ》と黄金の腰紐を取り出す。

「今すぐにシャワーを浴びて、これに着替えてきてくれ。但《ただ》し、下着の着用はなしだ」

「……はい？」

問い返す香純に、秀明がおかしそうに片方の口角を上げた。

「嫌、とは言わせないよ。君は俺の婚約者なんだから」

秀明の偽《いつわ》りの婚約者になると決めたこの部屋で、念を押すように言うのは何故？　香純がまだ覚悟ができていないとでも？

そう思っているのなら、秀明は香純をわかっていない。

たった三ヶ月しかなくても、愛されないと理解していても、香純は好きな人の傍《そば》にいたいと願っているというのに……。

香純は秀明に近寄り、単衣《ひとえ》と腰紐を受け取って身を翻《ひるがえ》した。しかし足が止まる。

バスルームがどこなのかはっきりしなかったせいだ。

正面にあるドアを開けばいいのか、それとも部屋に入った時に目にしたドアへ進めばいいのか。

立ち尽くしていると、秀明がテレビ棚で仕切った向こう側のベッドルームへ入っていく。

そして、彼の姿を目で追う香純に〝どうぞ〟と手で示す。

香純は唇を引き結ぶとベッドルームに入り、秀明の前を通ってバスルームに入った。

そこには二人でもゆったり浸《つ》かれそうなバスタブ、独立したシャワーブースとトイレ、広い洗面所があった。

あまりに豪華な造りに目を白黒させつつも、香純は手にしたものを置き、服を脱ぎ捨てた。

髪の毛をまとめてシャワーブースに入り、ラベンダーの香りのするボディソープで躯《からだ》を洗う。そして、温かな湯を浴びながら目を瞑《つむ》り、我が身を両腕で抱いた。

「秀明さんは、これからいったい何をするつもりなの?」

何をされても、香純の秀明に対する想いが揺らぐことはない。けれど彼が何を思って行動しているのか読めないせいで、どう対応すればいいのかがわからない。

わざわざホテルに連れてきた理由は? 呉服屋で買い求めたあの単衣《ひとえ》をここで着させるのは何故?

「マンションに戻ってからでも……あっ!」

今更だが、すっかり匡臣と和臣の存在を忘れていた。

この週末、二人は秀明のマンションに泊まると言っていた。放ったらかしにしたら、秀明の婚約者として認めてもらえないかもしれない。

早くマンションに帰らなければ！

香純はシャワーを止めて躯《からだ》を拭《ぬぐ》うと、秀明に言われたことを早く終わらせてしまおうと、単衣《ひとえ》を羽織った。とても肌触りのいいそれは、少し動くだけで肌を舐めるように滑《すべ》る。

腕や乳房、腰、双丘、大腿《だいたい》を撫でていく感触に、何かいけないことをしている気分になってくる。

「な、何を考えて……」

香純は躯《からだ》を襲う快《こころよ》い刺激から意識を背《そむ》けると、衿《えり》の合わせに気を付けて腰紐を掴んだ。

着付けの時に使用する柔らかな腰紐と違い、この紐はまるで芯が入ったようにしっかりしている。どうやって結ぶのが正しいのかわからないので、ひとまず片結びをして結び目を胸の下に移動させた。

着替えを終え、大きな鏡の前に立つ。

予想したとおり、真っ白な単衣《ひとえ》はとても艶《あで》やかで綺麗だ。白い絹糸でふんだんに刺繍《ししゅう》されているが、その柔らかさは損なわれていない。着物というより、和装版ネグリジェといった感じだ。

「でもネグリジェとして使うには豪華過ぎる。これはいったい？」

ぽつりと呟《つぶや》いたものの、ここで答えが出るものではない。香純は脱いだ服をひとまとめにして、洗面所の脱衣籠《かご》に置いた。そして先ほど入ってきたドアを開ける。

「秀明さん？」

ベッドルームは、四隅を照らす間接照明だけが灯《とも》され、ほんのり薄暗くなっていた。その中に、キングサイズのベッドが意味ありげに浮かび上がっている。

秀明はそのベッドの上で、肘《ひじ》をついて横たわっていた。

香純の声に反応した秀明の視線が、単衣《ひとえ》に落ちる。食い入るような眼差しに、香純の躯《からだ》が震えた。

下着を身に着けていないのも影響しているのかもしれない。まるで秀明の前で裸体《らたい》を晒《さら》している感覚に襲われた。

秀明の目が、香純を舐めるように動く。それが両脚の付け根の辺りで止まると、そこに急激に熱が集中し始める。胸の膨《ふく》らみに移ると、頂《いただき》が痛いほど硬くなった。

生地を押し上げているのではと、焦れば焦るほど、敏感になってぴりぴりしていく。

張り詰めていく空気に我慢ができなくなって息を吸うと、胸元から目線を上げた秀明の目に捕らえられた。

「こっちに来て」

秀明が手を差し伸べる。引き寄せられるままベッドに近づき、彼の手に自分の手を乗せた。

「とても似合ってる。これは壬生家に内々で伝わる伝統の着物なんだ。壬生家に入る女性は、夫とベッドを共にする時は必ずそれを着て迎え入れる」

その言葉で、ようやく秀明の考えが読めた。

香純が壬生家の女性に伝わる伝統を知っていれば、ふとした話の流れで親族たちからその件を訊かれても、切り抜けられるというわけだ。

香純は、秀明にも聞こえるぐらい安堵《あんど》の息を零《こぼ》した。

「そうだったのね。それでホテルに……。じゃ、これで終わりね。早く家に帰りましょう。きっと、わたしたちが帰るのを和臣さんたちも待って……キャッ！」

急に引き寄せられ、秀明の躯《からだ》の上に倒れ込んでしまった。

「ごめんなさい」

すぐさま秀明から離れようとする。けれど、彼の荒々しい目つきに、身動きできなくなる。彼は、まるで飢《う》えた捕食動物が獲物を見つけたかのように香純を射てきた。

「ひ、秀明さん？」

怯《おび》え気味に呼ぶと、秀明が急に香純の腰に腕を回した。視界がぐるっと回り、気付けばベッドに押し付けられていた。目の前に迫る、愛しい人の顔。もう秀明にしか意識が向かなくなる。

しかし秀明は、苛立たしげに顔を歪めていた。

「君は、俺といてもまだ――」

何かを言いかけたがその先の言葉を濁《にご》し、秀明は顔を背《そむ》けた。そしてやり切れないような素振りで息を吐き出す。

秀明の態度に、香純の胸が締め付けられる。

秀明の意に沿わないことをしてしまったのだろうか。

訊ねたくなるものの、これ以上秀明の感情を逆撫《じだ》でしたくない。

その一心でじっとしていると、秀明が香純の耳朶の後ろの窪《くぼ》みに唇を寄せ、同時に胸元の衿《えり》に指を這《は》わせた。

自然と、香純の呼吸の間隔が短くなる。

それを感じた秀明が、クスッと笑った。

「まだ終わっていないよ。俺の婚約者として、その身に〝旧家のしきたり〟を教え込むまではね」

「旧家のしきたり？」

「言っただろう？　壬生家に嫁ぐ女性は、必ずこれを着て夫をベッドに招き入れると。夫を悦《よろこ》ばせるためにね。だから香純には、俺の手ほどきを受けてもらうよ。……閨《ねや》の作法を」

「えっ？　……何を言って？」

旧家のしきたり？　閨《ねや》の作法？

秀明の言葉を頭の中で消化できず、香純は真意を測るように彼の目を覗き込んだ。

そこにあるのは、男としての欲求？

でもそういうものとは少し違い、何か吐き出せない感情を秘めている風にも見える。

秀明を窺《うかが》っていると、唐突に彼が香純の着物の衿《えり》に指を引っ掛けた。そして、思い切り引っ張る。胸元が緩《ゆる》まり、乳房が露《あらわ》になった。

あまりにも突然のことに声すら出せない香純に、秀明が皮肉めいた微笑みを浮かべる。

「俺は言った。普段の生活から本物の恋人のように接していなければ、嘘がバレてしまうとね。本気を出さないと見破られるぐらい、大変な相手なんだ。君には、俺に真剣になってもらう。他の誰にでもない、俺にだ」

秀明が香純の頬を片手で包み込み、指で唇を撫でた。

「この唇に触れるのも、肌に触れるのも、俺だけ。そして、この心に秘める――」

着物の衿《えり》に触れていた手を動かし、生地の上から乳房に触る。たわわなそこの重さを確かめるように揉みながら、彼が少しずつ顔を近づけ、香純との距離を縮めてきた。

秀明の誘惑に、まるですすり泣きをしたみたいに香純の息が上がる。

かすかに開く唇に一度視線を落とした秀明だったが、すぐに香純と目を合わせ、心を捕らえるような眼差しを向けてきた。

「男も、俺だけ……。知っておくことだ。壬生家の男に、自分の女を誰かと共有する趣味はない」

秀明が感情的にかすれた声で囁《ささや》いた。

静かな部屋に響く誘惑に満ちた声が、香純の下腹部の深奥を熱くする。

「ど、どうして、わたしがその……しきたりを、学ばなければならないの？」

秀明の作り出すねっとりした空気の中でもがくように、香純は声を振り絞る。

「俺の恋人であり、婚約者なら、知っていて当然だからだよ。さっきも言っただろう？やるからには徹底的にその身に教え込ませてもらう」

「だけど――」

「条件を呑むと誓ったはずだ。俺に迷惑をかけた以上、できることはなんでもすると。あれは嘘だったのか？」

「いいえ！」

「それなら、受け入れられるね。俺のために……俺との契約を守るために、誰が見ても婚約者だとわかるように」

強い口調ながらも、秀明の声は香純を誘うような響きをもっている。そして秀明が、心に訴えるように囁《ささや》いた。

「しっかり聞くんだよ、香純。俺の曾祖夫《そうそふ》は男が妾《めかけ》を持つ風習に倣《なら》わず、一族にもそう従わせた。それ故《ゆえ》、曾祖母《そうそぼ》は、壬生家に嫁ぐ女性に閨《ねや》のあり方を解いた。他の女性に目が向かないようにするためには、夫の求めに従順に応じるだけではいけない。夫を悦《よろこ》ばせてその気にさせるのも、妻の務めだとね。壬生家の男たちはそれを歓迎した。そしてさらに、妻をより自分好みにするため、壬生家の男たちは妻に自ら閨《ねや》の作法を教え込んでいった」

「自分好みの……」

それは香純を、秀明好みの女性にするという意味だ。

香純にいろいろな行為を教え込もうとする光景が、脳裏《のうり》に鮮やかに浮かぶ。

秀明の求めに応じて、淫《みだ》らに組み敷かれる自分の姿が……

自然と誘うような吐息が漏れ、さらに呼吸のリズムが速くなっていく。秀明が、二人の額《ひたい》が触れ合うぐらいにまでにじり寄ってきた。

「妻として迎えるのに、壬生家に伝わる着物を着たこともなければ、その姿で愛された経験もないとなると、俺の婚約者として到底務まらない。だから、香純はそれを身に着けて慣れる必要がある。ふとした時、君が偽《いつわ》りの婚約者だとバレないようにね」

秀明が香純の手を取り、心をくすぐるように指の付け根を一本一本撫でていく。香純が快感に打ち震えるまで、彼はそれを続けた。

初めて知る性感帯に、香純の頭の奥がくらくらしてくる。

「さあ、俺を見て」

「ン……っ」

秀明の欲望に染まる瞳を見て、香純は堪《たま》らず甘えるような声を零《こぼ》した。

秀明が香純の唇を塞ぐ。そして彼は緩《ゆる》めた胸元に手を入れ、生地を肩から滑《すべ》らせていく。

手の甲が、乳房の中央で硬くなった突起をかすめた。

躯《からだ》の芯を震わせる快感に、甘く誘う吐息が漏れ落ちる。

「……ぁ、んぅ」

秀明が、香純を好きで求めているわけではないと認識している。それでも昨夜と同様に、彼が与えてくれるものならなんでも受け止めたかった。

偽《いつわ》りの婚約者を演じるためだけに、閨《ねや》の作法を教え込まれるとしても……

いつの間にか、香純は秀明の行為をもっとと望んでいた。

秀明のシャツの袖を掴み、自分の方へ引き寄せる。すると彼は香純の唇に歯を軽く立て、柔らかなそこをちゅくっと吸って顔を離した。

「香純、俺はまだ、君を最後までは求めない。その代わりしばらくの間は、君の躯《からだ》に閨《ねや》の作法を教え込むことに集中する」

秀明は香純の手を掴み、自分の胸板に引き寄せた。

手のひらに伝わる、秀明の弾む心音。それは香純の鼓動と協奏するように、早鐘を打っている。

もしかして、秀明さんも感情を揺さぶられている？　――と期待感を持ちながら手を動かすと、秀明が腹部に力を入れて息を吸った。

切羽詰《せっぱつ》まった息遣いに心を揺さぶられ、香純はさらに手を滑《すべ》らせる。秀明の胸板から鎖骨へとたどり、その手を首の後ろに回した。

「秀明さん……」

香純は、秀明をその気にさせようとしたわけではない。ただ、伝えられない彼への想いを名前に込めて、囁《ささや》いただけだ。

だが次の瞬間、香純は秀明に唇を塞がれ激しく貪《むさぼ》られていた。息もできない性急さで濡れた唇を割られ、舌を求めてきた彼に囚《とら》われる。

「んんぅ！　……っ、ふ……ぁ」

鼻を抜ける音さえ秀明を煽《あお》るのか、彼は香純の双脚の間に膝を入れて、自らの股間を大腿《だいたい》にあててきた。彼のそれは既に硬く、腰を動かすたびに大きくなる。

欲望を押し付けられても、香純に恥ずかしさはまったくなかった。浅くなる呼吸、触れてとばかりに充血してぷっくりする乳首、そして秘所の疼《うず》きがそれを証明している。

激しく唇を求められながら秀明の襟足に指を滑《すべ》らせると、彼の躯《からだ》が小刻みに震えた。

秀明が、香純の大腿《だいたい》を撫でるように着物の裾を捲《めく》り上げる。触れるか触れないかの手つきに、下肢の力が一気に抜けていった。

「んふ……う、んく」

喘《あえ》ぎ声を上げると、秀明がちゅくっと香純の唇を吸ってから、そっと離れた。

香純は目を開け、秀明が柔らかな枕を香純の背後に重ねるのを見つめる。

できあがったそこに凭《もた》れるように、香純の躯《からだ》が移動させられる。そこで初めて、自分の乱れた姿が目に入った。

着物は肩を滑《すべ》り下り、乳白色の乳房が剥《む》き出しになっている。頂《いただき》はギリギリ隠れているが、ほんの少しでも動いたら、着物がずり落ちて露《あらわ》になるだろう。

男性を淫《みだ》らに誘うような自身の恰好に、羞恥《しゅうち》が湧き上がり、躯《からだ》は燃え上がっていった。

次を待つように小さく喘《あえ》ぐと、秀明が四つん這《ば》いで忍び寄り、距離を縮めてきた。

香純を見る貪欲《どんよく》な目つきに、思わず後ろに身を引いてしまう。しかし、そのせいで着物の胸元がよりはだけてしまった。

悩ましげな体勢に身震いしてしまい、胸が揺れる。秀明の視線がそこに落ちた。

「あ……っ」

まるで直接手で包まれたかのような刺激が走り、香純の口から誘う声が零《こぼ》れた。

「君は、本当に――」

秀明は何かを言いかけたものの、それ以上は口にせず、躯《からだ》を寄せてきた。手を伸ばし、緩《ゆる》く巻いた香純の髪を耳にかける。耳殻《じかく》と耳朶《じだ》を愛撫しながら顔を近づけ、鼻で香純の鼻に愛しげに触れた。

そんな風にされたことなどない。香純は、初めての体験に自然と息を漏らして目を閉じた。

「わかってやってるとしたら、……上手く演じてる」

「え、演じ……？」

秀明が香純に軽く口づけた。

「これなら、もう一段……レベルを上げてもいいね？」

レベルを上げるって、どういう意味？　――と問う間もなく、秀明が香純の上気した首筋に顔を埋《うず》めた。薄《うっす》ら湿《しめ》り気を帯びるそこに舌を這《は》わせて、皮膚の薄い敏感な部分を吸う。

「んんっ！」

香純の躯《からだ》がビクンと跳ねた。秀明は再びそこを吸い、舌で舐め上げる。

香純が堪《たま》らず顎《あご》を上げると、秀明の愛戯《あいぎ》は少しずつ下がっていった。唇で鎖骨から胸の谷間へとたどりながら、膝の裏に手を忍ばせる。

「あ……っ」

膝を曲げるように促《うなが》された。着物の裾が捲《めく》れ上がり、下着を着けていない下半身が、無防備になる。

淫《みだ》らな姿を晒《さら》すのは恥ずかしいのに、その思いを掻き消すほどの快《こころよ》いうねりに包みこまれていく。

秀明を愛する想いが、泉が湧くみたいに浸み出して香純の胸に溜《た》まっていく。それを隠し切れず、艶《つや》のある息を零《こぼ》してしまう。

その時、彼が濡れた花弁に触れた。襞《ひだ》に沿って上下に何度も撫でられるだけで蜜があふれ、淫靡《いんび》な音が響く。

「秀明さん！　待って……、っぁ、は……ぁ、そこ……ダメ……んっ！」

香純の躯《からだ》が引き攣《つ》って跳ねた直後、秀明の指が一気に蜜口に挿入された。彼は指を曲げて膣壁を擦《こす》っては、リズミカルに抽送を繰り返す。

「は……あ、ああ……っ」

押し寄せる情欲に、香純は瞼《まぶた》をぎゅっと閉じた。

秀明が揺れる乳房を手のひらで包み込む。

「ここは、初めて直《じか》に触れるね」

香純の乳房を優しく揉みしだいては、尖った乳首を指の腹で捏《こ》ねる。

「これも……」

ついと秀明が目線を上げ、香純を見つめたまま赤く熟《う》れた乳首を口に含んだ。舌をいやらしく動かし、ちゅぷちゅぷと音を立てる。

「そ……んな、……や、んぁ……はぁ！」

恥ずかしくて堪《たま》らず、目を覆ってしまいたい。

それなのに愛する人の舌と唇でむしゃぶりつかれ、媚孔《びこう》を弄《いじ》られていると、快感が先に立って身悶《みもだ》えしてしまう。

香純は顔をくしゃくしゃにして堪《こら》えるが、秀明の愛戯《あいぎ》は激しくなる一方だ。

「あ……っ、ダメ……、もう！　ああ……」

蓄積していた熱が内側から膨《ふく》らみ、香純の腰が蕩《とろ》けていく。

解放への望みが、切ない声音となって響く。しかしそれさえも、秀明を誘う喘《あえ》ぎにしかならない。

香純を乱すうねりが、出口を求めてみるみる大きくなる。その時、秀明が色濃い花芽を強く擦《こす》った。

刹那《せつな》、狂熱が一気に弾けて躯《からだ》全体に広がる。

「んぁあっ！　は……っ、んぅ……ぁ」

シーツをぎゅっと掴む。丸めた足の指をベッドに強く押し付け、声を殺しながら快楽を全身で受け止めた。

心地いい潮流を漂《ただよ》いながら、蜜壷に埋《うず》められた秀明の指をきつく締め上げる。秀明はそれを退《しりぞ》けるように、ぐちゅぐちゅと音を響かせる挿入を繰り返した。そして、ゆっくり速度を緩《ゆる》めて引き抜いた。

「あ……ぁぁ」

息が弾み、しばらくまともに口が利《き》けなくなる。けれど、秀明を求める気持ちは枯れていない。

このまま最後まで秀明と愛し合いたい。愛する人に抱かれることこそ、香純の本望だ。しばらくの間は最後までしないと秀明は言った。でも彼は、相手をその気にさせろとも告げている。

閨《ねや》の作法を仕込むとは、そういう意味だろう。

だから、好きだと言えない想いをぶつけるように、香純が秀明の欲望を焚《た》き付けてもいいはずだ。

「秀明さん……」

喘《あえ》ぎ過ぎてかすれた声は、相手を誘惑する囁《ささや》きになった。

それを生かし、香純は心持ち顎《あご》を上げるだけでキスができる距離で息を零《こぼ》す。すると、秀明が顔を傾けて香純の唇を塞いだ。

香純はキスを受けながら秀明の腕に手を置き、上へと滑《すべ》らせていく。唇を開くと、彼の舌が差し込まれた。

「っんぅ……！」

秀明は顔の角度を変えては深い口づけを求め、香純の唇をいやらしく舐める。

それは香純の心を躍らせるほどエロティックだった。

湿《しめ》った息が互いの口腔《こうこう》を行き来する。秀明が唾液の音を立てて、香純を煽《あお》った。

ああ、お願い！

「秀明さん、抱いて……」

香純は甘美な疼《うず》きに翻弄《ほんろう》されながら、願いを込めて囁《ささや》く。

秀明は目に欲望を宿し、香純の唇に指を這《は》わせた。そこを何度も撫でられるにつれ、香純の躯《からだ》に熱が籠《こ》もってくる。まるで宙に浮いたかのように、ふわふわしてきた。

「お願い……」

「言っただろう？　しばらくの間は、最後まで抱かないと」

勇気を出した香純の懇願《こんがん》を、秀明がすげなく退《しりぞ》けた。

香純では彼をその気にさせられないと言われているようで、胸が締め付けられる。

「だが――」

勿体《もったい》ぶった言い方をした秀明が少しずつ躯《からだ》の位置を下げて、香純の膝の下に両手を忍ばせた。

「香純の躯《からだ》に植え付ける。今以上に俺がほしいという想いを……。そして、どう振る舞えば俺を誘惑できるのかをね。本当の閨《ねや》の作法は、これからだ」

そう言うと、秀明は香純の両脚を押し開き、花蜜でびしょ濡れになった秘所に顔を埋《うず》めた。

舌でいやらしく媚襞を上下に舐め、腫《は》れた花芯をかすめる。

「あ……っ、う、嘘……！」

香純の躯《からだ》が小刻みに震える。一度軽く達したあとだからか、秀明の舌先で弄《いじ》られると、あっという間に躯中《からだじゅう》の血が熱くなった。

執拗《しつよう》な愛戯《あいぎ》に、香純は身も心も奪われる。

秀明は口にしたことを守り、今日は決して香純を抱きはしないだろう。ただひたすら香純を悶《もだ》えさせ、愉悦の喘《あえ》ぎを上げさせ続けるのだ。

「さあ、次は香純にしてもらう。乱れたままの恰好で、俺のに触って」

感じ過ぎるあまり躯《からだ》が火照《ほて》り、頭の奥がポーッとなっていたが、秀明の言葉が浸透していくにつれ、香純の呼吸は乱れていった。

「あ、あの……」

これから秀明を悦《よろこ》ばせる愛戯《あいぎ》を教え込まれると思っただけで、香純の手が小刻みに震える。すると、秀明がその手首を掴み、彼の胸へと引き寄せた。

「あっ！」

「もしや、自ら男を悦《よろこ》ばせる行為をしたことがない？」

二人してベッドに倒れ込む。

香純が戸惑いを隠せないまま至近距離で秀明を見つめていると、秀明が唐突に頬を緩《ゆる》めた。

「そうか。なら、どのように触れれば俺を煽《あお》れるのか、教えよう」

香純の手が、秀明の股間へと導かれる。硬くなったそこを、強弱をつけながら擦《こす》るように動かすと教えられる。

「俺の形を覚えるんだ」

初体験の行為に最初こそ抵抗があったが、それを掻き消すほどの強さで、秀明を気持ち良くさせたいという愛情が膨《ふく》れ上がっていった。

「俺のズボンを脱がせてくれ」

香純は酒に酔ったみたいにくらくらしながら、四つん這《ば》いになる。そして、ファスナーを下ろして彼のそこを緩《ゆる》めた。ズボンを下げ、生地を押し上げる秀明のものを解放させると、意思を持って持ち上がる昂《たかぶ》りを手に収めた。

「拙《つたな》いながらも相手を悦《よろこ》ばせようと努める姿に、俺の心は躍る。上手くしようとは思わないこと。但《ただ》し、俺がされて嬉しい行為は覚えてもらう。……いいね？」

「……はい」

香純の素直な返事に、秀明は満足げに頷いた。そして、どこに触れてほしいか細部まで伝えてきた。

「まずはそこの——」

裏にある筋を撫で上げては、切っ先の直前の節に刺激を与えるように言われて、香純は胸をドキドキさせながら手を動かす。

秀明自身の反りが鋭角になり、硬く太くなっていく。先端の窪《くぼ》みから、光る液体が滲《にじ》み出てきた。手に収まるそれも熱くなり、脈打つのが伝わってくる。

ここまでしっかりと男性のものに触れ、間近に見たことなどなかっただけに、香純の目が釘付けになる。息も上がってきた。

不意に、秀明が香純の頬に触れて、垂れた髪を指に絡めた。それを耳にかけながら、耳の後ろの窪《くぼ》みに触れる。途端、快《こころよ》い疼《うず》きが走り、自然と喘《あえ》ぎに似た吐息が漏れてしまった。

秀明が楽しげにふっと笑う。

「滑《すべ》りが悪いだろう？　ローションを使えば楽だが、その行為はまた次回にするとして、今夜は香純の口でよくしてくれ」

「えっ？」

「さあ、その愛らしい口を開いて」

香純は驚きのあまり、目を見開いた。でも秀明はお構いなしに香純の後頭部に触れて、そこに引き寄せていく。

「わかっているだろう？　男の勃《た》ちをよくするのも必要だということを。それにフェラチオは、男心をくすぐる行為でもある」

つまり、これも秀明が香純に教え込もうとしている閨《ねや》の作法なのだ。

香純は生唾を呑み込み、立派に硬くなっている秀明のものに顔を近づける。

未経験のため秀明を悦《よろこ》ばせられるかわからないが、やるしかない。恐る恐る、ぷっくりした切っ先を口に咥《くわ》えた。

「……っ！」

突然聞こえた呻《うめ》き声に、慌てて秀明のものを離そうとした。けれど彼に頭を押さえられてしまう。

「そのままだ。……そのままキスするように吸って。そう……、そして舌を柔らかくさせて、裏筋を……そう、奥まで迎え入れ、引いて……」

秀明の閨《ねや》の教えに導かれて愛し続けていくうち、徐々に彼の息が荒くなる。

全力疾走したあとのように、彼の胸板が大きく膨《ふく》らんでは萎《しぼ》む。それに合わせて、口腔《こう》にある怒張はさらに漲《みなぎ》っていった。

「ンっ……、ふ……ぁ」

迎え入れるそれの大きさに、香純が苦しさを抑えられなくなったその瞬間、秀明の手が胸元に伸びた。乱れた単衣《ひとえ》から零《こぼ》れる乳房を手のひらに包み込み、愛戯《あいぎ》に合わせて優しく揉みしだく。

その刺激で双脚の付け根に熱が集まり、痛いほどの疼《うず》きに襲われる。時間が経っているとはいえ、一度秀明の手で達していたためか、いとも簡単に愛液で濡れてきた。

秀明さんが欲しい！　――その想いが膨《ふく》れ上がった時、乳房を愛撫していた彼が硬く尖った乳首を摘《つ》まんだ。

「んんんっ……！」

一度目に得た快感よりも弱いが、香純はうっとりするほどの潮流に襲われていた。手足がぶるぶる震えて、躯《からだ》を支えきれなくなる。

思わず、秀明を悦《よろこ》ばせられないまま彼を解放し、香純はその場に崩れ落ちた。

「香純、まだこんなもので終わらないよ。夜はこれからだ……」

秀明は香純の息遣いが落ち着くなり、自分の上に跨《また》がるように指示を出した。しかも彼の顔に双丘を向けて、再び、達していない彼の昂《たかぶ》りを手でしごき、口で愛せと求められる。

香純は従順に従い、彼のものを咥《くわ》える。舌を使い、彼が身震いするところを攻めていると、その体位のまま秀明が香純の秘所に顔を寄せてきた。

くちゅくちゅと淫靡《いんび》な音を立てては、蜜で濡れた花弁を舐め上げる秀明。

「あっ、あっ……やぁ……ダメ……っんぁ！」

秀明の濃厚な舌遣いに耐えながら、香純は奔放《ほんぽう》で淫《みだ》らな蜜戯へと導かれる。

香純の感覚が次第に麻痺《まひ》していく。

これ以上もう応えられないと香純が悲鳴を上げるまで、秀明の執拗《しつよう》な手ほどきは続いた。

ベッドのシーツの乱れを気にもせず、互いの手足を絡め合いながら二人が深い眠りについたのは、空が白み始める少し前のことだった。

第五章

「いい天気……」

香純はほうれん草とバナナのスムージーを片手に、リビングルームから都内の街並みを眺めていた。

香純が秀明と期間限定の関係を始めて一ヶ月。春から初夏へと季節が移り変わるように、二人の間は確実に変化していた。

まさか、こんなに短い期間一緒にいただけで、秀明と顔を合わせれば心が沸き、手を握られれば自然と寄り添ってしまうまでになるとは思いもしなかった。

今、香純は週三回はあの着物を着せられ、秀明に閨《ねや》の作法を仕込まれている。

あのしきたりがなければ、いくら秀明を愛していても、この短期間で本当の恋人みたいに振る舞うまでには至らなかっただろう。

それぐらい、影響を受けていた。

もしかして秀明には、それがわかっていたのかもしれない。

だから匡臣と和臣がマンションに泊まっているにもかかわらず、ホテルに一泊して香純に触れたのだろう。

秀明と朝帰りしたあの日、匡臣には呆れられ、和臣にはにやにやしながら小突かれた。けれどどこの外泊が功を奏し、二人には香純と秀明がとても愛し合っている仲だと強く信じてもらえたのもまた事実。

「香純さん？　甘過ぎました？」

不意に話しかけられて、香純は振り返った。

心配そうにこちらを見るふくよかな女性は、壬生家に勤める家政婦の飯島だ。

「ううん、とても美味《おい》しいです」

香純のためにスムージーを作ってくれた彼女に微笑みながら、キッチンへ向かう。

六十代の飯島は通いの家政婦で、秀明と同棲を始めた週明けに初めて紹介された。

秀明が連れ込んだ女性が婚約者だと知った当初、飯島はかなり驚いた。

しかし、ゴールデンウィークが終わった頃には、二人がお互いに想い合っているとわかったようで、彼女は香純を受け入れてくれた。今では、〝どうか、秀明さんとお幸せになってくださいね〟とまで言われている。

もしかしたらこれもまた、秀明の狙いだったのかもしれない。

傍目にも秀明を愛しているとわかってもらえるのが大事だと、彼は口を酸っぱくして言っていたからだ。

「家のこと、全て任せてしまってごめんなさい。本来ならわたしも手伝うべきなのに……」

「香純さんは手伝ってくれてますよ。お使いになったお皿やコップなどはシンクに持ってきてくれますし、お部屋も綺麗に使ってくださる。バスルームも掃除しやすいようにまとめていますよね。これほど心配りをしてくださる方はいません」

飯島が真面目な顔つきで告げる。

「ありがとう」

香純は飯島の優しさに礼を言い、手際よく朝昼兼用の食事を作る彼女の姿を見ながら、残ったスムージーを飲み干した。

飯島はその日の気分で献立を決めるらしく、今日は和食だった。

壬生家で使う味噌《みそ》は白と決まっており、秀明の家でもそれが使われている。主に辛口の信州《しんしゅう》味噌《みそ》で育ってきた香純にとって、当初この味噌《みそ》は甘くて慣れなかった。けれど徐々に白味噌《みそ》の旨味《うまみ》が癖になり、今では毎朝お味噌《みそ》汁を飲みたいと思うまでになっている。

「うーん、いい香り！」

香純は目を閉じて匂いを嗅ぐ。

今朝の献立は、鯛《たい》の塩焼き、だし巻き玉子、ゴマ豆腐、茄子《なす》の煮浸《にびた》し、ちりめんじゃこの佃煮《つくだに》、そして京野菜の漬け物だ。

「もうすぐ出来上がりますからね。今日はどれぐらい召し上がりますか？」

「今日は、初めて秀明さんの仕事に付き添うでしょう？　しかも泊まりで。だから、いつもより少し多めにいただこうかな。……だし巻き玉子と茄子《なす》の煮浸《にびた》し、佃煮《つくだに》とお漬け物で」

「わかりました。では、残りは冷蔵庫に入れておきますね。出張からお帰りになった時、軽くお茶漬けで食べられるようにしておきますので、お腹を満たしてください」

そう言って鯛《たい》の塩焼きを指す飯島に、香純は「よろしくお願いします」と微笑んだ。

飯島が香純の分を用意している間に、香純は秀明の分をダイニングテーブルに配膳する。

「そろそろ、秀明さんを起こしてきてくださいますか？」

時計を見ると、十時を過ぎている。

秀明は今朝、四時過ぎに起き出して仕事をしていた。英語で話すのが聞こえたので、時差のある国の相手とやり取りをしていたのだろう。

仕事を終えたのは、七時前だった。秀明は再び香純の隣に横になり、すぐに寝息を立てて始めた。

それを知っていた香純は、できるだけ長く躯《からだ》を休めてもらおうと、ぎりぎりまで秀明を起こさずにいたのだ。

「もう起こした方がいい？」

「そうですね。お聞きしている新幹線の時間を考えたら、そろそろ……」

「わかった、じゃ、起こして――」

香純が返事をした時、ドアの開く音がした。

「朝から賑《にぎ》やかだね」

白いTシャツにスウェットパンツを身に着けた秀明が、朗《ほが》らかな表情でキッチンに入ってきた。

秀明は香純の肩を抱き、愛しげにこめかみに唇を落とす。

「おはよう、香純」

「おはようございます」

毎朝親愛の情を示されているのでそろそろ慣れてもいいはずなのに、まだ香純に余裕は生まれない。秀明に触れられるだけで体温が上昇し、彼に恋《こ》い焦がれる目を向けてしまう。

秀明が微笑み、香純をダイニングテーブルに促《うなが》した。

「今朝は和食か。久し振りに食べたいなと思っていたから嬉しいよ」

秀明がテーブルに並べられた朝食を見て飯島に話しかけると、彼女は嬉しそうににっこりした。

「ありがとうございます。朝昼兼用として用意したので、たくさん食べて出発してくださいね。さあ、どうぞ」

「いただきます」

香純も秀明の正面に座り、二人で食事を始める。

「飯島さん、週明けのことだけど――」

秀明が飯島にスケジュールの話をするのを聞きながら、香純はお味噌《みそ》汁を啜《すす》る。口腔《こうこう》に広がるアサリとねぎの旨味《うまみ》に、感嘆の息を吐いた。

「う～ん、美味《おい》しい」

「香純もすっかり壬生家の味噌《みそ》に馴染《なじ》んできたね」

「飯島さんの手作りがあまりにも美味《おい》しくて。最近作ってくれたクラムチャウダー、あるでしょ。隠し味に白味噌《みそ》を入れていたって知ってた？　今度、是非作り方を教えてくださいね」

「もちろんです！」

後半、飯島に向けて言うと、彼女も笑みを返してくれた。そんな二人を見て、秀明が口元をほころばせる。

食後に、飯島が香純たちにほうじ茶を淹《い》れる。

「じゃ、次に来てもらうのは来週の火曜日でいいかな？」

「はい。香純さんには、帰宅された日のお食事について説明しておきました」

「うん。ありがとう」

「あっ、そうでした！　すみません、ちょっとお待ちください」

飯島がいそいそとリビングルームへ向かう。彼女の姿が消えると、香純はほうじ茶を飲みながら、秀明を見つめた。

「ねえ、今日はどういう集まりに出席するの？　言われたとおり一泊できる用意はしたけど、詳しく教えてくれないから、どういう服を持っていけばいいのかわからなくて」

「パーティで着る服は、俺が用意してある。ほら、先月買ったドレス、あれだよ」

躯《からだ》のサイズを測られた日を思い出し、あの時のドレスが既に出来上がっていたとわかった。

それを着るということは、それなりに華美な装《よそお》いを求められる場に出るという意味だろう。

秀明の婚約者として……

「どのドレス？　それに合わせて、下着も用意をしないといけないし、靴も――」

「それもこっちで用意した」

「えっ？」

目をぱちくりさせる香純を見つめながら、秀明がテーブルに肘《ひじ》をついて心持ち前屈みになった。

「君のサイズはわかってる……。初めて会った頃より、ほんの少し胸が大きくなったのもね」

秀明の視線が、香純の胸に落とされる。

触れられたわけでもないのに、秀明の手で包まれたような錯覚に陥《おちい》り、香純の躯《からだ》の芯が疼《うず》いた。

「サイズが変わったのは、俺が触れたから？」

意味ありげな言葉に、香純の頬が上気していく。

これまで何度も顔から火が出そうな淫奔《いんぽん》な行為を受け入れているとはいえ、陽が昇った明るい場所で親密な行為を口にされると、やはり羞恥《しゅうち》が湧いてしまう。

「し、知らない！」

香純がぷいと横を向いて立ち上がった時、飯島が手に何かを持って戻ってきた。

「秀明さんより急ぎで出してほしいと頼まれた香純さんの単衣《ひとえ》ですが、クリーニングが間に合わないとの連絡がありました。申し訳ありません」

秀明が飯島から紙を受け取り、そこに書かれた内容にざっと目を通す。それから彼はテーブルに置かれたペンを取ってサインすると、その紙を再び彼女に渡した。

「わかった。気にしないでいいよ。無理なら持っていくのを諦めるだけだ」

そう言って、秀明は香純にちらっと目を向ける。

秀明が飯島に頼んだ香純の単衣《ひとえ》とは、閨《ねや》へと誘う際に必ず着せるあの着物のことだ。

持っていくのを諦めると言って香純に目配《めくば》せしたのは、一緒に泊まっても触れないと暗に伝えているのだろうか。

秀明が香純に〝旧家のしきたり〟として閨《ねや》の作法を教えるのは、単衣《ひとえ》を着ている時のみ。それ以外は、香純に求めはしない。

そうした、秀明のきちんと割り切る態度に、文句などない。

秀明が香純に求めるのは、婚約者として彼を愛してやまない女性を演じることだからだ。

それ故《ゆえ》、秀明は香純に単衣《ひとえ》を着せて、調教を繰り返している。

そこに、香純が愛しいという想いはない……

わかってはいてもやはり気落ちしてしまい、香純は自然とうな垂れた。

「香純。どうした？」

秀明に話しかけられて、香純は物思いから覚める。

「ううん、なんでもない。ところで、何時に出発するの？」

「一時間半後の新幹線で。京都に向かう」

「京都？　わかった。じゃあ準備をしてくるね」

秀明の返事を受けて、香純はキッチンをあとにしようとする。その背に、彼が声をかけてきた。

「バスルームは香純が使っていいよ。俺がゲストルームのバスルームを使おう」

香純は肩越しに振り返り、秀明を窺《うかが》う。

シティホテルに一泊して以降、秀明は香純に強要するようになった。

同棲している間は、秀明のベッドとバスルームを使うことを……

つまり、こういう時でも例外は認められないのだ。

「ありがとう」

返事をした香純は、マスタールームへ移動した。

バスルームでシャワーを浴びたあとは、化粧をしたり髪を巻いたりして出掛ける準備をする。

「香純、用意はできた？」

スーツに着替えた秀明が部屋に入ってきた。袖のカフスボタンを留めながら部屋を動き回る彼の首には、ネクタイが引っ掛けられたままだ。

秀明はベッドサイドに置いていた高価な腕時計をはめ、充電していた携帯電話をポケットに入れる。

「時間はまだ大丈夫だが、そろそろ行こうか」

そう言って、秀明がネクタイを結ぼうとする。

香純はスーツケースの蓋を閉じると、立ち上がって秀明に近寄った。

「ネクタイ、わたしが結んでいい？」

秀明を窺《うかが》うと、彼は手を躯《からだ》の脇に下ろした。香純はさらに一歩近づき、ネイビー色のネクタイに触れて結ぶ。

「結び慣れてるね」

「高校の制服がネクタイ着用だったの。そういえば、当時はこういうジンクスがあった。

男女がネクタイを交換し合って互いに結び合えば、二人の想いは一つになるって」

「香純も？　……付き合っていた男と交換して、結んであげた？」

香純はネクタイを締めて、秀明と目を合わせる。

「……内緒」

ふっと頬を緩《ゆる》めてネクタイから手を離そうとした時、秀明が上体を倒してきた。彼が顔を傾け、香純に口づける。

その行動に驚いたものの、香純を貪《むさぼ》るように唇を動かされると、秀明への想いがすぐに湧き上がった。躯《からだ》が悦《よろこ》びに包み込まれる。

「ン……う、んふ」

躯《からだ》の中枢を焦がす疼《うず》きに、かすかにぶるっと震える。

秀明が香純の唇を軽く舌で舐め、名残惜しげに顔を離した。

「な、何？　急に……」

かすれ声で問う香純に、秀明は目を細める。

「したくなったからしただけ。恋人同士なら普通だろう？」

それ以上言わずに、秀明が香純の小さなスーツケースを持ってドアを開けた。香純はトートバッグを手にし、彼に続いて部屋を出る。

「気を付けて行ってらっしゃいませ」

「行ってきます」

エプロンで手を拭きながら玄関に見送りに出てきてくれた飯島に挨拶《あいさつ》をして、香純たちは品川駅に向かった。

品川駅に着いた二十分後には、香純たちは新大阪《しんおおさか》行きの新幹線に乗っていた。

駅で購入したカフェモカのカップをトレーに置き、静かな車両で脚を伸ばすが、香純の内心は初体験のグリーン車にそわそわしていた。

そんな香純の手を秀明が握る。指を絡める恋人繋ぎに驚き、香純は思わず隣に座る彼を窺《うかが》った。

「えっ？」

「香純、京都で開かれるパーティの話をしよう」

秀明は何かを考えるように正面を向いたまま話を始めた。

旧華族である壬生家は、公益財団法人の名誉職を受けたり、慈善事業に参加したり、幅広い分野で責務を果たしているという。事業を大成功させた秀明の祖父は顔が広く、多方面からいろいろ頼まれるらしい。

そのため、壬生家の成人した男女は、必ずなんらかの役割を担っているとのこと。

今夜はそのうちの一つ、秀明自身が名誉職を務める秋月《あきづき》記念財団のパーティが開かれる。

この財団は、将来有望な人材を支援している。今日は、難関をくぐり抜けて合格した学生たちに、留学認定の授与式が行《おこな》われる予定だ。そこに、秀明も出席するという話だった。

「君を俺の婚約者だと紹介するには、うってつけの場だ」

「どうして？」

「秋月《あきづき》家とは曾祖父《そうそふ》の頃から縁があってね。香純を紹介すれば、必ず祖父の耳に入る。だから今夜は、俺の傍《そば》を離れないように。いいね？」

香純は何も返事をしなかったが、ただ秀明の手を力を込めて握った。

それから約二時間後、新幹線が京都駅に到着した。

時刻は十五時を過ぎている。

人の波に乗って中央口の改札を出ると、多くの外国人観光客で賑《にぎ》わうコンコースを眺めた。

「凄い人……」

ぽつりと呟《つぶや》いた時、着物を着た男性が近づいて来て、頭を下げた。

「お待ちしておりました」

「いつもありがとう。香純、彼は俺たちが今夜泊まる旅館の主人だ」

香純に男性を紹介したあと、秀明が二人分のスーツケースを男性に渡した。

「こちらも旅館に運んでも大丈夫でしょうか？」

「ああ、必要なものはもう会場に送ってる。香純も大丈夫だね？　このあと、パーティが開かれるホテルに向かうけど」

香純の必要なものは、手元のトートバッグに入っている。

「大丈夫」

「じゃ、これで頼む」

「はい。お預かりいたします。お戻り、お待ちしております」

秀明に促《うなが》されて、香純は彼と一緒に外へ出た。ロータリーに停まっているタクシーに乗り、パーティ会場のシティホテルへ向かう。

駅周辺の渋滞で時間はかかったが、タクシーはやがて鴨川《かもがわ》沿いにあるシティホテルに到着した。

タクシーのドアを支えるドアマンに「ありがとう」と礼を言って降りた香純の隣に、秀明がすぐさま並ぶ。

「行こう」

香純の背中に触れる秀明と一緒に、香純はシティホテルに入った。

五階建ての建物は、さながら迎賓館《げいひんかん》の如《ごと》き趣《おもむき》があり、館内は情緒《じょうちょ》あふれる空間が広がっている。

温かみのある竹のランプシェード、職人の手で彫られたであろう木工造りのプレートなど、どこを見ても目を奪われる。特に、客を出迎えるように置かれた盆栽《ぼんさい》は見事だった。

どこかの美術館に来たのかと錯覚してしまうほどの壮麗さに、つい見惚《みと》れる。そんな香純に、秀明が笑いかけた。

「何？」

「そんなに興味津々《きょうみしんしん》で見るんだったら、ここに泊まれば良かったね。次に京都に来た時は、予約しよう」

即座に、香純はとんでもないと頭を振った。

初めて秀明と出会ったシティホテルも豪華だったが、ここは間違いなく、その上をいっている。そういうホテルに気安く泊まるだなんて、贅沢《ぜいたく》にもほどがある。

「こういうホテルは、何かの記念日の時に泊まるのがいいのよ」

「……記念日ね」

秀明の意味深な言い方に思わず顔を窺《うかが》うが、彼は何も答えず、香純の背中を優しく叩いた。

「ここで待ってて。荷物の受け取りについて訊いてくる」

「わかった」

香純の返事を受けて、秀明がフロントの方に歩き出した。

周囲の雰囲気にも呑まれず、優雅な所作でフロントへ向かう秀明。その背中を、香純はうっとりと見つめた。

「本当に素敵な人……」

想いを胸の内に秘めていられず、ぼそっと呟《つぶや》いた時、何かが足に触れた。視線を落とすと、頭頂部に折り目があるセンタークリースハットが転がっていた。

帽子を拾って周囲を見回すと、ラウンジに向かう年配の男性が目に入る。

香純に背を向けているのはその人のみ。おそらく、その男性が落とし主だろう。

「すみません」

走り寄り、男性に声をかける。

「……はい？」

振り返った白髪の男性は、髪の色からそれなりの年だと予想していたが、意外にも背筋はピンッと伸びている。思ったより若いのかもしれない。

「あの、これを落とされませんでしたか？」

「どうかしました？」

「えっ？　……あ、ああ！　私のだ。わざわざ拾って持ってきてくれたのかね？」

「素敵な帽子をなくされなくて、本当に良かったです」

香純は笑顔で帽子を渡し立ち去ろうとしたが、彼にいきなり手首を握られた。

あまりにも親しげに触れられて戸惑う香純に、老紳士は白い歯を零《こぼ》す。

「この帽子はとても大切な物だったんだ。良かったよ、なくさなくて。君にお礼がしたい。そこのラウンジで、一緒にお茶を飲まないかな？」

有無を言わせない態度でラウンジへ連れられそうになり、香純は慌てて男性の腕に手をかけた。

「お気遣いありがとうございます。ですが、大丈夫です。帽子を届けただけですし、それに――」

「いい人と一緒なのかね？」

男性のその言い方に、思わず頬が緩《ゆる》んだ。

「ええ、そうなんです。とても、とても……大好きな人と」

「それなら引き留めるのも悪いね。若い者は若い者同士、一緒にいた方がいい。では、私はここで失礼しよう。……またあとで」

男性が軽く帽子を掲げて、背を向けた。

押し問答にならなくて良かったとホッとした時、「香純!?」と呼ぶ声が聞こえた。

振り返ると、秀明が慌てて走り寄ってくる。

「別れた場所にいなかったから驚いたよ。何かあった？」

「ごめんなさい。落ちていた帽子を拾って、たった今持ち主の男性に返したところだったの。あの人――」

そう言って先ほどの老紳士を捜すが、彼の姿はもうない。ラウンジに入ったかもと思ったが、あの素敵な帽子をかぶった人はどこにもいなかった。

「若い男か？」

「ううん、七十代ぐらいかな」

「七十代？」

一瞬秀明は不思議そうな顔をしたが、すぐに香純の手を取ってエレベーターホールに導いた。

「着替える時間がなくなるから、行こう」

香純を案内した先は、地下二階にある女性用のパウダールームだった

「ドレスはそこにある。髪のセットをしてくれる美容師もいるから頼めばいい。終わったら――」

荷物の引換券を香純に渡しながら、秀明はエレベーターの向こう側の通路を指した。

「ウェルカムスペースに来てほしい。正面がパーティ会場で、その横にあるバーカウンターが備わったところがウェルカムスペースだ。俺はそこで待ってるよ」

「じゃ、用意を終えたらそっちに行くね」

秀明と別れて、パウダールームへ入る。

引換券と交換に荷物を受け取り、部屋の隅で大きな箱を開ける。そこにはパーティに必要なもの一式が入っていた。

清楚《せいそ》なイメージの薄いエメラルドグリーンのカシュクールワンピースの他に、同色の下着やアクセサリーも添えられていた。

香純はドレスに着替えるためフィッティングルームに入り、カーテンを引く。

ビスチェ風のブラジャーは、かなり乳房を持ち上げる仕様になっているため、本当に胸が大きくなったように見える。ほんの少し動くだけで乳房が揺れて、変な気分になりそうだ。

秀明に何度も愛撫され、揺らされ、乳房の形が変わるぐらい揉まれたのが記憶に残っているせいかもしれない。

香純は頭を振ってその記憶を振り払うと、ドレスを持ち上げる。しかし、それは後ろボタンがずらりと並んでいて、一人では着られそうになかった。

「すみません。手を借りてもいいでしょうか？」

カーテンから顔を出してパウダールームにいる美容師を呼び、背中のボタンを留めてもらってドレスを着た。

「さあ、こちらへ。ドレスに合わせてセットしましょう」

美容師が香純を鏡台の前に促《うなが》す。素直に椅子に座り、まるで操《あやつ》り人形のように身を預けた。

約一時間後。

鏡には、緩《ゆる》やかに巻いた髪をルーズ感あるシニヨンに結われた香純の姿が映っていた。

唇には艶《つや》のあるアプリコット色の口紅が塗られ、顔が明るく見える。かすかに頭を動かすと、一粒のダイヤモンドペンダントと、揃いのフックピアスが揺れた。

「なんて素敵なんでしょう！　お連れの方も惚れ直しますね」

鏡越しに褒められて恐縮するが、実のところ、香純自身も驚いていた。

男性を魅了する妖艶さはないものの、普段とは違って女っぽい部分が滲《にじ》み出ている。

いつもと違う髪形、化粧、ドレスに助けられて、香純は可憐な女性に仕上がっていた。

「これなら彼の隣に立っても大丈夫かな」

「貴女のように素敵な女性をエスコートできるなんて、パートナーの男性の方が嬉しいはずですよ」

香純を前向きにさせてくれる美容師の言葉で、肩に入っていた力がゆっくり抜けていった。

「そう言ってもらえて、勇気が出るわ。どうもありがとう」

お礼を言い、ドレスが入っていた箱に着替えやバッグなどを入れる。それを預けると、クラッチバッグを持って秀明と待ち合わせしている場所へ向かった。

「ここね?」

ウェルカムスペースに足を踏み入れた途端、香純は息を呑んだ。

間接照明が、壁にはめ込まれた格子《こうし》を浮かび上がらせている。

その内装の素晴らしさに感嘆しつつも、スーツ姿の男性と華やかなドレスを身に纏《まと》う女性であふれた人混みの中から、秀明の姿を捜す。

「あっ、いた……」

人だかりの中で談笑する秀明の姿が目に入った。

秀明はグレイのスーツに身を包み、黒いシャツに、黒とシルバーのストライプネクタイを締めていた。胸ポケットには、ネクタイと揃いのポケットチーフを挿《さ》している。

いつもの見慣れた秀明とはまた違う、精悍《せいかん》で男らしい彼がそこにいた。

どうしてあんなにも恰好いいのだろうか。

そう思うのは、決して香純に限ったことではないようだ。きらびやかに着飾った若い女性たちが、どうやって秀明に近寄ろうかと、ちらちらと熱気を帯びた視線を送っている。

わたしも秀明さんを目にするたびに、ああいう顔をしてるのかな——と心臓が早鐘を打つのを感じながら見惚《みと》れていると、不意に秀明が視線を上げた。

「香純！」

香純を認めた秀明の目が輝き、柔らかな笑みを浮かべる。嬉しいはずなのに、その場にいる人たちの視線が一斉に香純に向くのを感じ、居心地が悪くなった。動けずにいると、彼の方から近寄ってきた。

香純の手を握るなり、耳元に顔を寄せる。

「とても綺麗だ」

秀明の吐息が、敏感になった耳孔《じこう》をくすぐる。快《こころよ》い疼《うず》きに「ン……っ」と小さな喘《あえ》ぎが漏れた。

その声が、秀明にも聞こえたに違いない。香純から躯《からだ》を離した彼の表情は、見る者を惹き付けるほど輝いていた。

「秀明くん、そちらの女性は？」

秀明の背後から聞こえた渋い声に、香純は背筋を伸ばす。そんな香純の腰に手を置き、彼は歩み寄ってきた年配の男性と向かい合わせになった。

「秋月《あきづき》さん。紹介させていただきます。彼女は私の婚約者で、藤波香純さんです」

「藤波？　その名字は聞いた覚えがないね。どちらのお嬢さんなのかな？」

「彼女は、ごく普通の家庭の娘さんです」

秀明の返事に、秋月が苦い表情を浮かべる。

でもそれを見越していたのか、秀明は秋月を説得するように香純の肩を抱いた。

「仰《おっしゃ》りたいことは重々承知しておりますよ。ですが、私にとって彼女はもはや欠かせない存在。出会って以降、もう彼女しか見えないんです」

これは、相手をだますための演技だ。秀明がこういう態度を取ることは、予想していた。なのに、彼の言葉は、まるで本当の想いを口にしているように聞こえてならなかった。

ああ、これこそ秀明の本当の気持ちだったら、どれほど嬉しいか……

香純は恋《こ》い焦がれる感情を隠せず、隣の秀明を見上げた。

「私はてっきり、蒲生家の詩織さんと結婚するかと思っていたよ。壬生会長が仰《おっしゃ》っていたから」

詩織さんって、わたしが仲を壊してしまったあの!? ——と思った瞬間、香純の肩を抱く秀明の手に力が込められた。痛みに顔をしかめてしまった香純を、彼が引き寄せる。

その態度とは裏腹に、秀明は表情を変えずに秋月を見ていた。

「勘違いさせてしまい申し訳ありません。私の婚約者は詩織さんではなく、ここにいる彼女……香純さんです。今後も、彼女を連れてパーティに出席しますので、その際はよろしくお願いします」

「そうか。では、東京でお会いするかもね。その時はどうぞよろしく」

香純の父より少し年上に見える秋月が、優しげに微笑んだ。

一見、秀明の言葉を理解したように感じなくもない。だが、そうではないのだろう。彼の様子を見る限り、おそらくここでは事を荒立てずにおこうとする大人の対応だ。

「こちらこそ、今後ともどうぞよろしくお願いいたします」

香純は気を引き締めて、秋月に丁寧に頭を下げた。しかし、自分のことをはっきり婚約者だと紹介する秀明の後々を思うと、胸の奥がざわついた。

今は別にいい。でも契約期間が終わって別れたあとは？　秀明の体面を傷つけてしまうのではないだろうか。

今更だがそのことに気付き、不安が募《つの》る。

その時、脇のドアが開いた。

「お待たせいたしました。どうぞお入りくださいませ」

お客を出迎えるグリーターが、パーティが開かれるバンケットルームへ客たちを案内し始める。ウェルカムスペースにいた人たちが、中へ入っていった。

香純も秀明のエスコートを受けて、会場に足を踏み入れる。その部屋も京都の町家をイメージした内装になっており、とても趣《おもむき》があった。

立食形式のため椅子は壁際に並べられ、後方にビュッフェのテーブルが設けられている。正面には、授与式が行《おこな》われる壇があった。

「香純、俺は向こうに行かないといけないから、式が終わったら合流する。待ってて」

香純が頷くと、秀明は壇の傍《そば》にある席へ向かった。

それからしばらくして、授与式が始まった。

財団を運営する秋月代表の挨拶《あいさつ》、役員たちの紹介が終わると、人材育成支援を受けて今夏より海外へ出発する学生たちへの授与へと進む。

学生といっても年齢は様々で、下は高校生から上は二十代後半の大学院生までいる。

彼らに書状を手渡したのが、秀明だった。

秀明が降壇したあとは、学生たちのスピーチが始まる。

どの学生からも、将来への希望や勉強への意気込みが伝わってくる。出席者たちは皆、若い彼らの言葉に笑顔で聞き入っていた。

メインとなる授与式が無事に終了すると、親睦《しんぼく》を深めるためのパーティへ移った。

途端、女性たちがここぞとばかりに秀明に群がっていく。しかし彼は、失礼のない態度で人の合間を縫って、香純のところへ来た。

「香純、皆に紹介しよう。さあ、おいで」

香純は秀明に連れられて、彼が紹介する人と挨拶《あいさつ》を重ねた。

相手の職業や肩書きなどを聞かされるだけで目が回り、頭の中がパンクしてしまいそうになる。

「必死に覚えなくていいよ」

その言葉に甘えた香純は、秀明の婚約者として相応《ふさわ》しいと思ってもらえるように、ひたすら人当たりのいい笑顔で彼の隣に立っていた。

途中、シャンパンをもらい、ビュッフェの料理を食べ、休憩する。でもすぐにまた、挨拶《あいさつ》回りを再開させた。

たくさんの人と挨拶《あいさつ》を続けていた時、バンケットルームに入ってきた老紳士の姿が視界に入った。

「あっ、あの人……」

「うん？　どうした？」

香純は男性から目を逸らして、秀明を見上げる。

「ほら、秀明さんがフロントに行っている間、わたしが少し離れていたでしょ？　落とし物を拾ったって。その方がそこに……」

「えっ？　どこ？」

「えっと……」

香純は先ほど目にした男性の姿を捜すが、ドアの付近にはもういない。

どこに行ったのかと見回して、ようやく老紳士の姿を確認できた。

「秀明さん、あの人よ」

秀明の袖を引っ張り、目で示す。ちょうど人の波が動き、男性の姿が真正面に現れた。

「……えっ⁉」

秀明が息を呑むような低い声を発した。そして、香純の手を握る手に、力を込める。

不思議に思って秀明を窺《うかが》うと、彼は真正面を向いたまま、表情を強張《こわば》らせていた。

「秀明――」

話しかけようとしたところで、秀明が香純の手を自分の腕に添えさせる。そして意味ありげにきつく握り締めた。

「何故いらしたんです？」

「来てはいけなかったのかね？」

自分たちに近付いてきた老紳士が目の前で立ち止まり、堂々とした態度で秀明と対峙《たいじ》した。

この状況を理解できずに、香純は秀明が緊張の面持ちで話しかける相手に目を向ける。

その雰囲気から、二人が顔見知りだというのはわかった。

男性は香純には目もくれず、秀明の顔を凝視している。

秀明は胸を張って向き合いつつも、どこかその姿勢から、男性に敬服している風にも見える。

その時、秀明の躯《からだ》がぴくっと動いた。

「ここへいらっしゃる予定はなかったはずです。また、独断で動かれたんですか?」

「お前にも教えているだろう。問題の根幹を知るためには、上がってきた予定をこなすのみではいけないと」

「ですが、身軽に動かれる時間など――」

「見かけに誤魔化されるな。相手の裏をかくなら見方を変える必要がある。そこから真実が明らかになる」

男性の威圧感たっぷりな言葉に、秀明が深いため息を吐いた。

「……なるほど、そういうことですか。それで近づいたんですね?」

秀明がそう言うと、男性が香純に意識を向けた。ロビーで会った折りに見せた朗《ほが》らかな表情は、そこにはない。彼は香純を、鋭い目で射貫く。

「正式な場を持つのは来月ぐらいにと思っていましたが、せっかくなので紹介させていただきます。彼女は私の恋人、藤波香純さんです。ご存知のように正式な結納はまだですが、私のプロポーズを受けてくれました。彼女は今、図書館司書として働いています。……香純、彼は俺の祖父、つまり壬生家の現当主だ」

秀明が静かな口調で紹介する。

この人が、秀明の祖父の、壬生会長……

秀明の婚約者が本物かどうか調べろと、匡臣と和臣に命令をした張本人。この人が、一番だまさなければならない親族なのだろう。

香純は壬生会長に頭を下げるが、帽子を拾った時とはまるで違う彼から発せられる圧に、身震いが止まらない。秀明も相手を引き寄せる覇気があるが、壬生会長のそれは秀明のものより強烈だった。

こんなのは初めてだ。

「ふ、藤波香純……と申します。秀明さんと、お付き合いを――」

香純は声を振り絞って自己紹介するが、壬生会長は香純に不穏な目を向けるのみ。そこから伝わるのは、〝お前は秀明には相応《ふさわ》しくない〟という感情だけだ。

財産目当てに孫を誑《たぶら》かす悪女とでも思っているのかもしれない。

冷淡な双眸《そうぼう》に、香純の喉の奥が締まり声が出なくなる。

この男性をだますことはできない！

偽《いつわ》りの婚約者だと見破られるのを恐れて、香純は、秀明の腕に触れる手を離してしまった。傍《そば》にいられないとばかりに、自然と足が一歩後ろに下がる。

「香純？」

秀明に名を呼ばれて、香純はハッと彼を仰ぎ見る。

「秀明、さん……。あの、わた、し……」

緊張のあまり吃《ども》る香純の肩を、秀明が抱いた。

温もりに包まれて、初めて自分の躯《からだ》が異様に冷たくなっていたと気付く。堪《たま》らず秀明に上体を傾けると、香純を抱く彼の手に力が込められた。

安堵《あんど》感に包まれるが、秀明の祖父の前だというのに彼に甘えてしまった事実に我に返り、慌てて彼を押しやった。

これでは、秀明の婚約者というより、女の武器を使って彼に取り入る悪い女ではないか。

焦って壬生会長に目をやるが、彼は顔を背《そむ》けていたため、何を考えているのか、その感情は読めなかった。

「秀明、お前のそういう様子は初めて見たよ……」

壬生会長は結局香純には一言も話しかけず、ただそう言い残して歩き去った。

その態度から、彼が香純を秀明の婚約者とは認めていないことが、ひしひしと伝わってくる。

それだけではない。もしかしたら、壬生会長は既に秀明の意図を見抜いている可能性すらある。その場を逃げ出しそうになった香純に、気付かないわけがない。

「こうなるとわかっていたから、幾十《いくそ》にも予防線を張る計画を立てたのに。これで何もかも台無しになった」

「あっ……、ごめんなさい！　わたし、秀明さんの婚約者としてきちんと――」

慌てて謝ろうとするが、秀明は最後まで香純の話を聞かずに、急に笑い出した。

「ああ、悪い。香純に怒ったんじゃない。計画を台無しにされて多少苛ついてしまったけさ。でも祖父の言い方から察するに、意外といい流れになったのかなと思って」

「……はい?」

先ほどのやり取りは、どう考えてもいい流れとは言えない。

秀明は何をどう解釈すれば、こんな楽観的になれるのだろう。

「秀明さんのお祖父《じい》さまは、わたしには話しかけもしなかったのに?」

戸惑う香純に、秀明が小さく頷く。

「確かに、香純に話しかけなかった。でも、俺が君の傍《そば》を離れている時、祖父に帽子を拾って渡したんだろう?」

「うん。だけどあの時は、わたしが誰か知らないのよ」

「いや、知っていたんだ。俺の心を射止めた女性、俺が結婚に踏み切るほどに惹かれた女性が、香純なんだとね」

「そんなはずは……」

頭を振る香純の頬を、秀明が軽く撫でた。

「香純、祖父の行動に偶然はあり得ない。祖父は情報収集を重ねて緻密《ちみつ》な分析を行《おこな》い、そして自身の行動を決める。その結果が、今回の出会いだよ。帽子を落としたのも、香純が追いかけざるを得なかったのも、最初から最後まで画策。そこで、祖父は香純の本音を聞き出し目的を果たしているはずだ」

「でも、別に特別なことは何も訊かれてない。お礼にラウンジでお茶を飲まないかって誘われただけよ」

秀明がゆったりした仕草で祖父の姿を目で追った。

「いや、何かあったはずだ。不意を装《よそお》った出会いで収穫を得た上で、今の行動を起こしてる。でも、まあ——」

秀明は表情を和《やわ》らげ、問題ないと肩をすくめた。

「もう気にしなくていい。あれで引き下がったのは、既になんらかの成果があったという意味だ。今日は、これ以上悩まされないだろう」

それが本当ならどれだけいいか……

香純のせいで偽《いつわ》りの婚約者だとバレて秀明が辛い思いをしないか、それだけが不安だった。

その後、香純は再び秀明の隣でにこやかな応対を続けた。そうしてパーティは無事に終わったが、ホテルを出ても、嵐山《あらしやま》の渡月橋《とげつきょう》付近にタクシーが停まっても、香純の心が晴れることはなかった。

「香純、着いたよ」

「うん……」

張りのない口調で返事をして、タクシーを降りる。

既に陽が落ちているため、ほんの少し風が吹くだけで冷気が肌を刺した。

ドレス姿の香純が剥《む》き出しの腕を擦《さす》りながら俯《うつむ》き加減で立っていると、精算を終えてタクシーを降りた秀明が、香純の肩にスーツの上着を掛けてくれた。

「寒い？　気付かなくて悪かった。さあ、早く旅館に入ろう」

「ありがとう」

上着に残る秀明の温もりに心を慰《なぐさ》められるのを感じながら、面《おもて》を上げる。そんな香純の目に飛びこんできたのは、暗闇に美しく浮かび上がる旅館の大門だった。

あまりの素晴らしさに、大きく息を呑む。

「なんて素敵なの！」

今まで沈んでいた気持ちを押しのける勢いで、歓喜が前面に出た。

そこは、どこかの武家屋敷の門かと見まごうほど、立派なものだった。大門の脇にはくぐり戸もある。塀《へい》の向こう側の大きな松の木が、さらに荘厳な雰囲気を演出していた。

「今夜は、ここに泊まる。さあ、おいで」

秀明に促《うなが》されて、香純は彼と一緒に大門を通って旅館の敷地に足を踏み入れた。

青々と茂る木々の間を縫うように歩道を進む。足元を照らす灯籠《とうろう》が、幻想的だ。

香純は風景にうっとりと見入っていたが、視線の先にある旅館を目にするなり、また違う驚きに襲われた。

威風堂々《いふうどうどう》とした建物の隣には日本庭園があり、その奥に開放的な和風のダイニングルームがある。そこで食事しながら、庭園を眺められるみたいだ。

既に宿泊客たちが夕食を楽しみつつ、灯籠《とうろう》に照らされた美しい日本庭園を観賞している。

格の高さが滲《にじ》み出るこの建物が、旅館なのだ。

「壬生さま、いらっしゃいませ」

旅館の入り口には、京都駅で会ったあの主人がいた。後ろには仲居《なかい》が数人いて、香純たちを出迎える。

「荷物は、お部屋へ運んでおります」

「いつもありがとう」

従業員たちに恭《うやうや》しく迎えられて、香純は秀明と旅館に入った。

もうこれ以上驚くことはないと思っていたのに、内装を目にした香純はまた感嘆の息を零《こぼ》した。

そこには、外観を損なわない、純和風の空間が広がっていた。

だからといって、古めかしいわけではない。古い梁《はり》を生かしつつも、畳は新しく、年代を感じさせない。また、濃い色で統一されたオーク材の家具は洋風の雰囲気で、大正ロマンや文明開化の香りが漂《ただよ》ってくるようだ。

香純がロビーに目を向けていると、宿泊カードに記入し終えた秀明が、香純の背に手を触れた。

「行こうか」

「お部屋へご案内させていただきます」

主人が先頭に立ち、客室がある廊下へ誘《いざな》う。ロビーと客室の空間を隔てるように造られた渡り廊下を通って別館に移り、さらに奥へ進む。

そして、主人が突き当たりの部屋のドアを開けた。

「こちらのお部屋です」

秀明に続いて部屋に入った瞬間、香純は目を輝かせた。

広々とした部屋はフローリング仕様だが、キングサイズのベッドの下には高床にする畳が敷かれている。

白いシーツに包まれた柔らかなベッドは雪原のようで、とても清潔感があった。

部屋の真正面にはライトアップされた坪庭《つぼにわ》があり、座り心地の良さそうなソファから観賞できるようになっている。

「どうぞごゆるりとお寛《くつろ》ぎください」

「ありがとうございます」

主人の言葉に頷き、香純は室内に再び目をやった。

香純は秀明に借りていた上着を脱ぎながら窓際まで歩き、それをソファに置く。坪庭《つぼにわ》には石造りの滝があり、水が流れ落ちていた。

「お食事はいかがされますか？」

「今夜はいいよ。あちらの会場で出されたビュッフェを食べて――」

秀明たちが何か話し始めたものの、香純は加わらない。部屋からの眺めを楽しんでいたが、ふと他はどうなっているのか気になり横を向く。

「まあ！」

視線の先には八畳ほどの部屋が広がり、高さを調節できる小さな施術用のベッドが置かれていた。どうやらここでエステを受けられるようだ。坪庭《つぼにわ》の真横にあたる位置には、ガラス張りのシャワーブースと檜《ひのき》造りの露天風呂がある。

「こういう部屋もあるのね……」

ベッドから露天風呂を覗ける構造にドキドキしながら、近くにあった籠《かご》の中に手を伸ばし、中からバラの花びらをすくう。

その時、不意に背後から抱きしめられた。

「……っ！」

正面の鏡に映る、秀明の姿。彼はいつの間にかネクタイを解き、黒いシャツ姿になっていた。

秀明は香純の頭に頬を寄せ、鏡越しに香純を見つめる。

「あ……っ、旅館のご主人は？」

「もう出ていったよ。ここからは、俺たちの時間だ」

意味ありげに言いながら、秀明が香純の首筋に唇を落とし、鏡に映るように舌で舐め上げた。

「ン……ぁ、ま、待って……」

秀明が香純に与えたあの単衣《ひとえ》を持参していないのに、これはいったいどういう意味？

躯《からだ》を襲う甘い疼《うず》きに身震いした時、ドレスが肩からするりと滑《すべ》り足元に落ちた。

「えっ？　ど、どうし……あっ、ヤダ……」

いつの間にか、秀明にドレスのボタンを外されていたらしい。

ビスチェ風のブラジャーから、あふれそうな乳房。

それを持ち上げては揺する行為を鏡越しに見せつけられ、香純の息が荒くなっていく。

「この部屋は、俺が指定したんだ。他にも素敵な部屋はある。趣《おもむき》のある純和風の部屋、もう少し広くてベッドルームが独立した部屋、大堰川《おおいがわ》と渡月橋を望める部屋とかね。だけど今回、俺はここを選んだ。理由は……わかるだろう？」

香純の腹部に片腕を回した秀明が、欲望に光る目を向けて首筋に口づけた。痛みが快感に変わるほど強く吸われて、香純は身を縮こまらせる。

「ここには、露天風呂があるからね」

「秀明、さんっ！　わたし、今……あの単衣《ひとえ》を着てない、っんぅ」

「あれがなくても、俺を受け入れられるはず。俺が触れれば、香純は蕩《とろ》けるようになったんだから」

秀明の囁《ささや》きが耳孔《じこう》をくすぐる。その吐息で、香純の下腹部の深奥に熱が集中していく。鏡越しに、下着姿で立つ香純に手を這《は》わせる秀明を目にするだけで、躯《からだ》が彼を受け入れる準備を始めていった。

直接的な愛撫を受けているのは乳房だけ。それもまだ生地越しだというのに、香純の息が浅くなる。すると、彼を誘うように柔らかな乳房が揺れた。

「あ……っ、……い、いらないって、どういう意味？」

秀明の本心が知りたくて、かすれ声で訊ねた。

しかし秀明は答えない。ただ行動で示すように、肩紐を歯で挟んでゆっくり腕の方へ滑《すべ》り落とす。

「あ、ぁ……っ」

紐が落ちるにつれて、ブラジャーのカップから乳房が零《こぼ》れた。触れてほしいとでもいうように、既に乳首はぷっくり膨《ふく》らんでいる。香純の頬が赤らんだ。

秀明はそんな香純を見つつ、柔らかな乳房を手のひらで覆った。そして指の腹で、頂《いただき》をきゅっと挟む。

「あ……、はぁ……、秀明さん！」

「今夜、香純を最後まで抱く。あの着物がなくても、もう俺を受け入れる準備はできているはずだ」

最後？　それって、もしかして⁉

秀明がようやく香純と結ばれてもいいと示してくれた。それだけで、香純の秘所が戦慄《わなな》く。蜜の量も尋常ではなく、くちゅっと音が響くのではないかと思うほど、愛液がパンティに浸潤《しんじゅん》していた。

「いいね？」

「わたしは、秀明さんのものよ。わざわざ断りを入れなくても、わたしを求めてくれたら……貴方を迎え入れる。閨《ねや》の作法で、そう教えられたもの」

期間限定であっても、今の香純は秀明の婚約者。それだけではない。秀明を愛している。愛する人に愛されるのだから本望だ。

秀明に香純への愛がなく、性欲のみでも構わなかった。ただ、彼にずっと愛されたかった自分の気持ちに正直になりたい。

秀明への想いを目に宿して、香純は彼を見つめ返す。

「香純がそう言ってくれるのを、待っていたよ」

秀明が香純の腹部に置いていた手を離し、大腿《だいたい》に触れた。内腿《うちもも》をかすめる指が、秘められた双脚の付け根に迫る。

ああ、もう感じているのがバレてしまう！

心臓が激しく高鳴り出した時、秀明の指が熱を放出しているそこに触れた。湿《しめ》り気を帯びるパンティの上をしつこく擦《こす》られ、淫靡《いんび》な音が立つ。

「あっ、あっ……はぁ、……っん……ふぁ」

「もうこんなに濡れてたんだ？　俺に抱かれると思って期待した？」

香純が肯定の意味を込めて頷くと、秀明が香純の肩にクスッと笑みを零《こぼ》した。

「脱いで」

秀明に言われ、パンティに指を引っ掛ける。そしてそれを、膝まで下げた。

蜜で濡れそぼるそこにひんやりとした空気が触れ、その冷たさに躯《からだ》がビクッとなる。

しかも鏡に映るパンティはいやらしく糸を引いている。香純がどれほど淫《みだ》らに乱れているのか、明らかになってしまう。

羞恥《しゅうち》に見舞われた香純は目をそっと閉じ、湧き起こった感情を振り払おうとした。

でも、そんな簡単にできるはずもない。

香純はこれまで、従順に振る舞うよう秀明の手で閨《ねや》の作法を教え込まれた。時には未来の夫をその気にさせる必要性を説《と》かれ、誘いをかけるのも大事だと躯《からだ》で示された。

それも一度や二度ではない。

その時の教えを思い出しながら、香純は素直に脚を動かして、パンティを脱ぎきった。

秀明が秘所に指を忍ばせ、いやらしい手つきで媚襞を上下に撫でる。冷えたそこが息を吹き返したように再び燃え上がった。

「どう、しよう……っんぁ！」

隠れた花芯を探り当てた秀明が、指を小刻みに動かして振動を送ってくる。躯《からだ》に放たれた小さな火は、勢いを増して大きな炎へと変わった。

「う……んぁ……、あ……っ、は……ぅ」

「香純、前を見て」

香純は喘《あえ》ぎながらエステ用のベッドに手をつき、言われるまま目線を上げる。

「あ……、は……っ、イ、ヤ……」

鏡に映る、香純のふしだらな姿態。

肌はほんのり赤みを帯び、ビスチェで持ち上げられた乳房はいやらしく揺れている。

腰は黒い茂みに伸びた秀明の指に合わせて、艶《なま》めかしく動いていた。

「んぅ……、ああ、は……っ！」

秀明が媚肉を左右に開き、媚口に指を挿入する。

香純の躯《からだ》の中軸に強烈な疼《うず》きが走り抜け、快楽のその先へと扇動《せんどう》される。愛戯《あいぎ》に下肢の力が抜けそうになるが、秀明はもっと感じろとばかりにスピードを上げて蜜壷を侵《おか》してきた。

「あっ、あっ……や……ぁ、んんっ」

小さな潮流が渦《うず》を巻き、香純の足元を攫《さら》おうとする。

押し寄せる情欲に我慢できず瞼《まぶた》をぎゅっと閉じた時、秀明が蜜戯の手を止めた。ずるりと指が引き抜かれる感触に、腰が抜けそうになる。

その場にへたり込みたくなるが、そうはならなかった。秀明が香純の腰を抱いて、施術用のベッドに浅く腰掛けさせたからだ。

香純の前に秀明が立つ。そして彼の手で、両脚を大きく開かされた。

あまりに淫《みだ》らな恰好に、香純の心臓が早鐘を打つ。それでもじっとしていると、秀明が自身のシャツのボタンを外していった。彼の鍛えられた見事な体躯《たいく》が露《あらわ》になるにつれて、呼吸がどんどん浅くなる。

秀明がシャツを放り投げると、香純は生唾を呑み込んだ。

これまでにも何度も、筋肉が盛り上がった秀明の腹筋を目にしてきた。そのたびに香純は、そこに指を走らせた。今もそこに触れて彼を感じたくて、むずむずする。

手に力を込めてその欲求を抑えていると、秀明がズボンとボクサーパンツを脱ぎ捨てるのが見えた。香純の意識が、彼の下肢に移る。

黒い茂みから頭をもたげるそれは、確かに香純を求めて漲《みなぎ》っていた。

香純の口腔《こうこう》がカラカラになる。何度も生唾を呑み込む間に、秀明が香純の股の間に躯《からだ》を収めた。膝をつき、粘液まみれの香純の秘められたところに顔を埋《うず》める。

「秀明……っ、あぁぁ、んっ……ぅ！」

秀明が黒い茂みを鼻で掻き分け、熱い息でなぶる。舌先で探し当てた蕾《つぼみ》を優しく攻め、同時にぴくぴくする蜜孔に指を挿入した。

香純は上半身を反らすように両腕を後ろにつき、ベッドの端をきつく掴んだ。快感に耐えようとするが、躯《からだ》をくねらせた時、意図せずして鏡に映る自分の艶《なま》めかしい姿を目にしてしまった。

秀明の愛戯《あいぎ》に潤《うる》む瞳、軽く開いた唇、そして胸を前に突き出す恥ずかしい姿態。それらに感覚を煽《あお》られる。

もっと淫らになりたいと……

「ぁっ！　あ、あぁ……んくぅ……」

体内で蓄積していく熱で、鼓動が激しくなる。

その時、秀明が指を曲げて敏感な箇所を擦《こす》った。さらに彼は、色付く花芯を舌で撫で上げる。強い刺激に、快《こころよ》いうねりが躯中《からだじゅう》を駆け巡っていく。

「んぁ、ああ……っ」

香純を押し上げる潮流に満たされながら、ベッドの端を強く握った。

秀明には、これまでに何度も熱情を与えられてきている。

なのに、今夜はいつもと違う。軽くイかされただけなのに、絶頂に達したあとのように半端なく下半身が怠《だる》い。

視覚と聴覚をフルに使って快楽を与えられたせい？

早鐘を打つ心音を感じながら喘《あえ》いだところで、秀明が花弁を舌の腹で舐め上げた。そして彼が立ち上がる。

目の前にある、完全に漲《みなぎ》る秀明自身。それは赤黒く充血し、切っ先はやや濡れていた。

「……ん」

秀明が問いかけるような声を出し、香純の頬に触れ、そこにかかる髪の毛を耳に引っ掛けた。そして後頭部を包み込み、彼の方へ引き寄せられる。

香純は促《うなが》されるまま上体を傾け、太く硬くなった昂《たかぶ》りに口づけをして、先端を咥《くわ》えた。

「ン……っ、ぅ……んふ……ぁ、ふぅ……は……ぅ」

香純にとって、男性の象徴的な部位を手や口で愛した相手は秀明が初めてだった。それを知った時、彼はとても喜び、彼が好む前戯をさらに丁寧に香純に教え込んだ。

そのとおりに愛撫するせいか、秀明のものがゆっくりだが確実に太く滾《たぎ》っていく。脈打つのさえわかるほどだ。

香純は片手を秀明の根元に添えて、さらに追い立てた。

「香純……っ！」

秀明の感情的にかすれた声が響いた。彼がどれほど興奮しているのか、声の調子と手の中にある硬茎から感じられる。

拙《つたな》い手戯なのに、秀明は我を忘れたように呻《うめ》いてくれる。そのことが、香純は幸せでならなかった。

秀明への行為を一段とねっとりしたものに変化させると、香純の後頭部に添えられた彼の手が首筋へ下り、背骨に沿って滑《すべ》っていった。

ぞくぞくした疼《うず》きに、香純の鼻から抜けるような声が零《こぼ》れる。もっと感じてもらいたくて、彼を愛する手に力を入れた。

「んふぅ、ん……っ、は……ぅ、ん………っ、ぁ……んんくっ！」

もっと、もっと感じて――と気持ちを込めて吸い上げた時、秀明がいきなり腰を引いた。

「あっ……」

中断されて驚くが、香純の視線は、目の前でしなる艶《つや》めいた怒張に釘付けになる。

そこは、香純が触れる以前よりも明らかに昂《たかぶ》っていた。喜びが湧き起こり、秀明を見上げようとした時、香純は胸の下の締め付けが失われていたことに気付いた。

いつの間にかビスチェのホックが外れ、かろうじて肩紐が腕に引っ掛かっているだけになっている。

その光景に唖然となっていると、秀明が紐を指に引っ掛けて滑《すべ》り落とした。

「さあ、おいで」

秀明が香純の躯《からだ》を横抱きにすくい上げた。

秀明の首に両腕を回し、至近距離で彼と目を合わせる。目を細めた彼が、香純の唇に視線を落とした。

それは、香純からキスをしてほしいという合図だ。

「秀明さん……」

香純は心持ち背筋を伸ばして、顔を近づける。二人の吐息がまじり合う寸前に一度止め、軽く唇を開いて秀明に口づけた。

秀明が歩き出しても、お互いに唇を貪《むさぼ》り合い、求め合う。秀明の舌が滑《すべ》り込んでくるのを迎え入れ、いやらしく絡め合った。

火照《ほて》った肌を、ひんやりとした風がなぶっていく。ぞくりとして、堪《たま》らず秀明の胸板に乳房を押し付けた。

ちょろちょろと流れる水音が耳に入る。

自分から顎《あご》を引いてキスを終わらせると同時に、爪先《つまさき》に湯が触れた。そこは檜《ひのき》造りの露天風呂だった。

ベッドじゃなくて、お風呂？

秀明が香純を最後まで抱くと宣言したので、ベッドに誘われると思っていた。

でもまさか、露天風呂へ連れて来るなんて……

そっと、秀明に湯の中に下ろされる。そして向かい合わせにされると、彼が香純の両脚の間に片脚を滑《すべ》り込ませてきた。

「あ……」

秀明のもので素肌を擦《こす》り上げられ、腰が砕けそうになるほどの甘い疼《うず》きが走る。

身を焦がす心地いい刺激に躯《からだ》が震え、香純はかすれた声を零《こぼ》す。秀明はそんな香純の頬を包み込み、振り仰ぐように促《うなが》した。

「君を抱くよ……」

香純は異論はないと小さく頷きかけて、一瞬動きを止める。

まさか、ここで？　初めて愛し合う場所が、この露天風呂⁉

「露天風呂で愛し合うのは初めて？　昔の男とはしてない？」

「したことない……あ、っんんぅ！」

秀明が不意に顔を傾け、香純の唇を塞いだ。

何度も角度を変えては舌を絡め、触れ合わせてくる。吸っては激しく貪《むさぼ》る、熱の籠《こ》もったキス。

「っんう、は……っ、んふ……」

香純の頭の芯がじんと痺《しび》れていく。秀明は片手を双丘から大腿《だいたい》へと滑《すべ》らせて、膝の裏に触れた。そして膝が香純の胸に触れるぐらいにまで持ち上げる。

秘められた襞《ひだ》がぱっくり割れて、花蕾が露《あらわ》になった。

秀明を受け入れようと内側から滴《したた》る蜜の感触に、香純の躯《からだ》の芯を燻《くすぶ》る火が燃え上がる。

「んんんっ！」

快《こころよ》いうねりにもっと浸《ひた》りたかったが、あまりにも辛い体勢に耐え切れなくなる。

「秀明さん、待って。どうしてこんな……あっ！」

唇を離すと、秀明がキスできそうな距離でふっと口角を上げる。

「どうして？　この先、香純が露天風呂に入る時、必ず思い出す相手が俺になるからだよ。初めて俺に抱かれたのが露天風呂だと、記憶の奥深いところに根付くからね。誰しも、初めての出来事は忘れ難いもの。そうだろう？」

香純の唇の上で囁《ささや》くと、秀明の先の部分が淫唇を分け入り、蜜蕾を押し広げて入ってきた。

襞《ひだ》を左右に引き伸ばしながら、硬くて太い彼の熱茎に穿《うが》たれる。ぬめりのある愛液が、彼を奥へとスムーズに誘った。

「っん……っ！」

愛する人に求められる幸せに、涙が込み上げてくる。

そこに愛があれば申し分ないが、そこまで高望みはしない。

こうして、秀明の偽《いつわ》りの婚約者として必要とされている間だけは、心を隠さず思いのまま愛を告げられるのだから……

「わかる？　俺のが、香純の中に入っているのが」

言葉のとおり、秀明の硬杭が柔らかい媚孔《びこう》を押し広げてねじ込まれていく。

どのくらいまで進められるのか、それを推し量るように、秀明は一度浅く腰を引いたと思ったら、さらに深く楔《くさび》を打ち込んだ。

これまでの蜜戯では決して届かなかった場所を擦《こす》られて、香純の躯《からだ》が弓のようにしなる。

久し振りに感じる膣壁を押し広げる圧迫に、背を反らして耐えた。けれど心は掻き乱されていく一方だ。

「あ……っ、んぁ……、は……ぅ、んんっ」

「これまで何度も指で解《ほぐ》してきたけど、久し振りに男を受け入れるせいか、とても狭く感じる。痛かったら言ってくれ」

まさかそこまで香純を気遣ってくれるとは、思ってもみなかった。

香純は秀明の首に手を回して、彼の胸に上体をぴったり合わせた。

「わたしの記憶に残るように抱いてくれるんでしょ？　乱暴でも構わない。わたしをめちゃくちゃに感じさせて。……秀明さんの色に染めて」

「君は本当に、俺を悦《よろこ》ばせるね。〝旧家のしきたり〟をその身に教え込むのはかなり骨が折れると思っていたのに、乾いた砂が水を吸うように、君は閨《ねや》の作法を覚えていった」

「それは、秀明さんが……っんぁ！」

秀明が香純の額《ひたい》に自分の額《ひたい》を擦《こす》りつけたかと思うと、緩《ゆる》やかに腰を突き上げ出した。

「わたし……っ、んぅ、そ、そこ……っ」

艶《なま》めかしく躯《からだ》をくねらせるたびに、甘い波紋《はもん》が香純を襲う。

秀明は感嘆の息を吐いては、抽送に抑揚《よくよう》をつける。香純の片脚をしっかり腕に抱えて、激しい突きを繰り返した。

秀明に教えられて以降、蕩《とろ》けるような高揚感を知った香純の躯《からだ》は、いとも簡単に燃え上がっていった。

「あん……は……っ、や……ぁ、……くっ」

香純の首筋に歯を立てて甘噛みした。

途端、狂熱が脳天へと走り抜け、躯《からだ》が硬直する。けれど秀明は、容赦なく腰を回すように律動して香純を攻め立てる。

「あぁ……っ」

恍惚感《こうこつかん》に、香純は歓喜の声を上げた。

「ああ、このままだと俺が耐えられそうもないよ」

言葉どおり、秀明の熱茎が脈打つのを感じた。

「そこを掴んで」

秀明に、背後にある湯口の部分に誘導された。

なんとかそこに手を伸ばす。次の瞬間、香純は秀明の手で躯《からだ》を半回転させられていた。

「や……ぁ、っんぅ！」

秀明のいきり勃《た》ったもので、蜜で潤《うるお》う壷をぐるりと掻き回される。初めて知る感覚に、香純の体内で燻《くすぶ》る愉悦が、勢いを増して広がっていった。

身震いする香純の背後から、秀明が腰を掴む。その体勢を意識するだけで、目も眩《くら》むような興奮に襲われた。

「ああ、香純……っ！」

湿《しめ》り気を帯びた吐息で、柔肌《やわはだ》を撫でられる。思わず顎《あご》を上げて喉を反らすと、秀明が体位が変わったせいで、先ほど触れていた箇所ではない蜜壁を擦《こす》られる。

「はぁ……、んぅ……っ、んふ……ぁ」

秀明は雄茎を奥深く埋《うず》めたり、浅いところで引いたりして、彼の形を意識させるかの如《ごと》く総身を揺する。

香純はここが外だというのも忘れて、喘《あえ》ぎ声を上げ続けた。

「香純、もっと感じて」

「んっ、んっ……あぁ、は……っ」

湯口から注がれる水音と協奏するように、秀明がくちゅくちゅと淫靡《いんび》な音を立て、雄々しい男剣を香純の鞘《さや》へ何度も埋《うず》めた。

「ツン、……あ……っ、あぁ……そこっ！」

縦横無尽《じゅうおうむじん》に激しく突き上げられる。

秀明の腰遣いは絶妙だった。香純の体内で生まれた熱が増幅されるにつれて、香純は自分の意識が消えていく感覚に襲われる。

こんなに淫《みだ》らに感じた経験は、一度もない！

「ひで、あき……さん！　あ……っ、もう……っんぅ……、は……ぁ！」

香純は甘えた声を零《こぼ》して、背後の秀明に目を向ける。彼の手が、乳房を包み込んだ。柔らかな膨《ふく》らみの形が変わるほど揉んでは、力を抜く行為を繰り返す。緩急をつけて揺すられ、硬く隆起した先端を手のひらで弄《いじ》られた。

「あっ、あっ……ん……ふぁ」

秀明の愛戯《あいぎ》は執拗《しつよう》で、香純をもう耐えられない境界まで押し上げていく。

もはや香純は、完全に秀明の色に染められている。けれどそれでも何かが物足りなく、呻《うめ》き声を上げた。

「秀明……さん、んぁ……、お願い……もっと、もっと……」

秀明さんとの結びつきがもっとほしい！　――そう心の中で叫んだのが伝わったのか、濡壷を穿《うが》つ彼のものが大きく滾《たぎ》った。淫唇を引き伸ばされる感触に息を呑むが、それは瞬《また》く間に悩ましい渦《うず》へと変化する。

躯《からだ》の奥底に届く圧迫感と、激しい疼痛《とうつう》。体内の熱が膨張するにつれて、湯口部分に手をつく香純の腕がぶるぶる震え始めた。

「ん、んぅっ！」

蠢《うごめ》く情火の潮流に呑み込まれそうになる。

香純は瀬戸際で踏ん張っていたが、その足を攫《さら》うように、秀明のリズムが勢いを増した。蜜壷に埋《うず》める速さがこれ以上ないほど激しくなる。

陶酔《とうすい》に浸《ひた》る香純の頬は紅潮し、キスで腫《は》れた唇からは熱をはらんだ甘い声が漏れ続ける。

「ああ、香純……っ！」

「もう……ダメ……い、イクッ！」

奥深い敏感な壁に、秀明の膨《ふく》れた切っ先が触れた。乳房を鷲掴《わしづか》みにしていた秀明の手が、腹部を滑《すべ》り下りる。

その手が黒い茂みを掻き分け、熟《う》れた花芽を強く擦《こす》った。

刹那《せつな》、香純の体内で渦《うず》巻いていた熱だまりが一気に弾け飛んだ。

「んぁあっ！　は……あ、あぁぁぁっ！」

先の快感を追い抜く勢いで、熱いものが全身の血管を駆け巡っていく。

香純は嬌声を上げながら背を弓なりに反らし、甘美な世界に舞い上がった。

香純の瞼《まぶた》の裏に眩《まばゆ》い閃光が放たれ、万華鏡のように色鮮やかな光が射す。

躯《からだ》を満たす心地いい奔流に身を任せる中、秀明が激しい収縮にも負けず、香純の深奥をさらに数回突いて精を放った。

まだ離れたくない。もっと秀明さんと繋がっていたい——そう思うが、瞼《まぶた》の裏で輝く光が徐々に薄れていくにつれて、現実が戻ってくる。

「香純……」

愛しげに香純の名を囁《ささや》いた秀明が、香純の背に焼き印を押すように唇を落とした。

身を震わせて肩越しに振り返ると、香純の腹部に片腕を回した秀明に上半身を起こされた。

未だ芯を失わない硬茎を香純の膣内に埋《うず》めたまま、秀明が顔を近づける。そして、余すところなく香純を食べ尽くしたいと伝えるような視線が、唇に落とされた。

香純がかすかに唇を開くと、秀明にそこを塞がれる。

「っんぅ……」

躯《からだ》を捻りながら片手を上げて、秀明の後頭部に手を回す。そして自分の方へ引き寄せ、さらに深いものを求めた。

香純の全てを奪うようなキス。その熱に、脳がくらくらしていく。

舌を絡め合っては柔らかな下唇を甘噛みし、香純は秀明への想いを示す。

好き、貴方が好き……！

腹部に触れる秀明の手を掴み、自分の乳房へと誘《いざな》う。彼の愛撫で大きくなったそこに触れてもらった。

「君は、本当に俺の予想の上をいくね。そんな君が――」

唇を離した秀明が思わせぶりに香純の唇の上で囁《ささや》くが、それ以上は言わなかった。香純の乳房を優しく揉みしだき、彼の手のひらの下で硬くなる乳首を転がす。

「一回では終わらせないよ。今夜は長くなりそうだ……」

含み笑いする秀明に、香純は受けて立つと伝えるように首を伸ばし、もう一度彼に口づけた。

残りの約二ヶ月、わたしは貴方のもの、貴方はわたしだけのものよ……

第六章

梅雨《つゆ》入りして以降肌寒い日が続いたが、今日は午前中に雨が止《や》み、雲間から陽射しが降り注いでいる。図書館の花壇に植えられた紫陽花《あじさい》も、輝いていた。

夏の兆《きざ》しも感じられる陽光に、子どもたちの夏休みがあと一ヶ月ほどで始まるんだと思いを馳せる。

図書館で宿題をする子どもの数も増えて、きっと賑《にぎ》やかになるだろう。

香純は、館内にあるキッズルームに向かいながら、窓の向こうに広がる青空を見上げた。

「夏まで、あともう少し……」

それはつまり、香純が秀明の生活から出ていく日が近づいているという意味でもある。

香純はまとわりつく気鬱《きうつ》を取り除くように、小さくため息を吐いた。

京都で躯《からだ》を重ねて以降、香純と秀明の関係はまるで本物の恋人みたいになっていた。

その日を境に、香純は秀明と幾度となく愛し合うようになっている。

それこそ、香純の本望だった。

「でも……」

香純は目の前に手を出し、何もない手のひらに視線を落とす。

「わたしは、何も手にせず、秀明さんの前からいなくなるのね」

掴みたくても掴めない、秀明の心。

好きな人に無償の愛を差し出したが、結局得られたのは、躯《からだ》を愛される悦《よろこ》びだけ。

最初は満たされるだけで幸せだったのに、最近では秀明と躯《からだ》を重ねるたびに欲が深くなるのを止められなくなってきていた。

「あっ、おねえちゃんがきた！」

可愛らしい男児と女児が、香純を見るなりぴょんぴょん飛び跳ねる。無垢《むく》な子どもたちを目にして、香純の曇った感情がゆっくり消えていく。自然に口元がほころんだ。

「待たせちゃったかな？　ごめんね。さあ、行きましょう」

児童書コーナーの一角に、キッズルームが設けられている。今日は、毎月開かれる幼児を対象にした読み聞かせの日だ。

香純は靴を脱ぎ、数人の子どもたちと輪になって座った。

「今日のお話は――」

天敵同士のウサギとキツネが友達になる絵本を見せると、皆大喜びで手を叩いた。

この絵本は、本当は仲良くしたいと思っているのに、仲間たちの目が気になるせいで、お互いに素直になれないウサギとキツネのお話だ。途中で繰り広げられるドタバタ劇が面白いようで、これを読むと、いつも子どもたちは笑っていた。

しかし、この絵本はただ楽しいだけではない。仲良くなりたいと思う心が大事だと伝えていた。

たとえ天敵同士であっても、仲が悪くても、根気よく接していけば、いつかは誰もが認める親友になれると……

香純は、子どもたちの心に話しかけるように抑揚《よくよう》をつけて読み始めた。子どもたちは、絵本に顔を近づけて真剣に聞いている。

その時、誰かに見られている気配を感じ、香純はページを捲《めく》るついでに視線を上げた。

すると、子どもたちの母親が立ち並ぶ後方に、腕を組んで壁に凭《もた》れる秀明の姿を見つけた。

どうして彼が!?

驚いて目を見開く香純に、秀明が口元に笑みをたたえて小さく頷き、顎《あご》で子どもたちを指す。

香純は我に返り、再び絵本に集中した。

最後まで読み終えると、次は紙芝居を強請《ねだ》られる。求められるまま、子どもたちが児童書コーナーから持ってきた日本の昔話やアンデルセン童話などの紙芝居を読んでいった。

一時間後、読み聞かせの時間は終わった。

「おねえちゃん、ありがとう！　とってもたのしかったよ」

「あたしも！」

「ありがとう。また図書館に遊びに来てね」

母親と手を繋いで去る子どもたちに手を振って見送ると、絵本を腕に抱えて、一人ぽつんと佇《たたず》む秀明に近づいた。

「どうしたの？　秀明さんがここに入ってくるなんて、初めて……」

「婚約者が働く姿を、一度きちんと見てみたくなってね」

「それなら、今朝……出る時に言ってくれたら良かったのに」

香純は児童書コーナーへ向かい、本を棚に戻していく。その間、秀明は大人しく後ろに続いた。ようやく仕事を終えると、今度は秀明が香純の手を取り歩き出す。秀明は香純を、専門書が並ぶ奥の書架へと先導した。そこは人気《ひとけ》がなく、シーンと静まり返っている。

「……あっ！」

唐突に、秀明が立ち止まり、香純を書棚を背にして立たせた。

二人の躯《からだ》が触れ合ってしまいそうなほどの距離に秀明が迫り、棚に片手を置く。

ゆっくり伝わる秀明の熱、嗅ぎ慣れた香り、そして息遣い。それらは一瞬にして、香純の心を虜《とりこ》にした。

「秀明さん？　お仕事はいいの？」

甘さを抑えられない声音で囁《ささや》いてしまう香純に、秀明が小さく頷いた。

「いくらか時間ができたから、香純の仕事ぶりを一度見ておこうと思ってね。というのは言い訳で……正直に言うと、君に会いたかったんだ」

「わたし、に？」

「そう、君に。昨夜もセックスしたのに、香純の大胆な行動が頭の中から消えないんだ。俺に乗っかって悶《もだ》える……艶《なま》めかしい香純がね。その姿態は、本当に色っぽかった。いい年齢なのに、性欲を持て余す学生みたいだよ」

秀明の生々しい告白に、香純の躯《からだ》は愛撫を受けたみたいに火照《ほて》っていく。

触れられてもいないのに、香純の素肌に彼の指が這《は》わされ、感じやすいところをくすぐられたような錯覚に陥《おちい》った。

香純が喘《あえ》ぐように息を吸うと、秀明の視線が意味ありげにそこに落ちる。

香純が焦がれて唇を開くと、秀明が顔を傾けてきた。

「君がほしくて堪《たま》らない……」

香純の唇の上で甘く囁《ささや》いて、秀明は唇を塞いだ。

「っん……」

秀明が唇を動かしながら甘噛みし、舌を挿入してくる。ぬちゅっと音を立てて絡められるだけで、香純は快《こころよ》い疼《うず》きに支配されていった。

いつしか秀明の手で頬を覆われ、深い口づけを求められる。

呼応するように香純は両腕を秀明の背に回すと、さらに上へと滑《すべ》らせて自ら抱きついた。乳房が彼の胸板に潰れてしまうが、構わずぴったり躯《からだ》を合わせる。

しかしそのせいで、敏感になった乳首が擦《こす》れて痛いほどに感じてしまった。

「んんんっ！」

香純は顎《あご》を引き、顔を少し離す。

「何、これ以上は嫌だと？」

「そうじゃなくて……」

「ならば、これで手を打とう」

そう言った秀明が、香純のワンピースのボタンを四つほど外した。

戸惑う香純を尻目に胸元を左右に開いた秀明は、キャミソールを捲《めく》り、ブラジャーから零《こぼ》れそうな乳房に顔を寄せて、そこを強く吸った。

こす。

「あぁ……、ダメ……んぁ」

秀明は一瞬顔を離すものの、また唇を寄せた。もう一度そこにキスをして、上体を起

香純の乳房に咲く、独占欲を示す赤い花。

「うん、これでいい」

満足げな表情を浮かべる秀明に見惚《みと》れていると、彼が手の甲で香純の乳房を撫でた。

敏感になった乳首もかすめられて、香純の躯《からだ》に甘い電流が走り抜ける。

「んぁ……」

声を抑えられない香純に、秀明が頬を緩《ゆる》める。

だが、不意に何かを思い出したように、秀明は腕時計に視線を落とした。

「そろそろ出ないと……。実は、これから祖父と一緒に宇都宮《うつのみや》に行くんだ」

「これから？」

香純も腕時計で、既に十六時を過ぎているのを確認する。

「今夜は帰りが遅くなると思う。先に寝てていいよ」

「うん、わかった」

そう返事をしながらも、香純は思わず秀明の肘《ひじ》を掴んでいた。

京都で壬生会長と会って以降、秀明は香純に祖父の話をしない。あのあと何回か訊ね

たが、彼はただ笑顔ではぐらかすばかりだった。

もしかして秀明は今、辛い立場に追い込まれているのではないだろうか。

香純の心にある不安をなだめるように、秀明は香純の胸元に触れ、自分が外したボタンをかけていった。

「俺の帰りが遅いからといって、夜遊びはしないように。真っすぐ家に帰ってゆっくり躯《からだ》を休めて。昨日の今日で、酷《ひど》い筋肉痛になってるはずだ」

昨夜はいつもと違う体位で自ら動いてくれたからね――そう伝えてくる秀明の目つきに、香純の全身がカーッと燃え出した。

「秀明さんっ！」

図書館では静かにしなければならないとわかっているのに、思わず声を荒らげる。

すると、秀明が楽しそうに肩を揺らして笑った。

「もう！」

羞恥《しゅうち》を隠すように秀明の胸を叩いた時、香純の携帯が振動した。カウンターからの呼び出しだ。

「もう戻らないと……」

「ああ。俺も行くよ。だけど香純は、戻る前に口紅を塗り直した方がいい。キスしてましたってわかるぐらい剥《は》げてるし、美味《おい》しそうにぷっくりしてる」

「えっ⁉」

さっと唇に触れる香純に、秀明がまた喜びを頬に浮かべる。

「じゃ、俺は行くよ。……また、家で」

秀明はスーツを直すと、颯爽《さっそう》と歩き出した。彼の姿はすぐに書架の向こう側に消えてしまったが、香純はしばらくその場から動けなかった。

秀明に翻弄《ほんろう》されっぱなしでいいのかと思う反面、そうされて嫌じゃない自分もいて、その気持ちに折り合いをつけられない。

「でも今は、早くカウンターに戻らないとね」

香純は化粧室へ行って乱れた服装などを直すと、急いでカウンターへ戻った。

「遅くなってすみません。呼び出しを受けたんですけど」

香純は、カウンターの奥で寄贈された書籍のチェックをしていた織田に声をかける。

彼女は香純を見るなり、脇に置いていたメモ用紙を取った。

「藤波さんに電話がかかってきたの。ほらっ、昔よく電話をかけてきた……倉内《くらうち》さん」

「……えっ？」

「あれ？　名前、違った？」

織田はメモ用紙に視線を落とし、改めて確認して頷く。

「間違いじゃないわ、倉内さんよ。ここ数年はかけてこなかったけど、彼の声はよく覚えてて。ほら、以前藤波さんが恋人だって紹介してくれたでしょ？」

「た、武人《たけと》？」

顔を青ざめさせながら細い声で呟《つぶや》く香純に気付かず、織田が続ける。彼女は何かを考えるように腕を組み、小首を傾げた。

「ただね、おかしなことを訊いてきたの。彼が〝藤波さんはまだそちらで働いてますか？〟って」

「彼は、他に何を言ってきたんですか？」

彼――倉内武人は、香純が結婚を望んだ料理人の元カレだ。独立資金が足りないと聞かされて連帯保証人になったが、彼は香純に借金だけを残して忽然《こつぜん》と姿を消した。

その武人が、なんで今になって電話をかけてきたのか。その理由がわからない。

香純が不安に苛《さいな》まれつつ織田を見ると、彼女は小さく頭を振った。

「何も。藤波さんが働いているかどうかだけ。だから、働いていると伝えて、藤波さんを呼ぶって言ったの。そうしたら電話が切れちゃって。それで携帯に連絡を入れたの。……あれ？　そうよ。携帯があるのに、どうして図書館に電話をかけて、藤波さんが働いているか訊いてきたのかしら」

「あの、武人……いえ、倉内とはもう数年前に別れたんです」

そう伝えると、織田があたふたし出した。

「えっ？　嘘！　やだ……ごめんなさい！　あたし、別れたって知らなかったの」

「気にしないでください。わたしも話しませんでしたし。それに、わたしがいるのかを訊かれただけですから……」

謝り続ける織田に、香純は大丈夫だと安心させるように微笑む。

織田を落ち着かせたあと、二人で仕事に戻るが、香純の心中は穏やかではなかった。

これまで連絡を絶っていた武人が、今更香純に電話をかけてきた理由はいったい？

香純の頭の中は、武人のことでいっぱいになる。それは、仕事を終え、品川駅で降りても続いていた。

そんな時、香純の胃を刺激するいい匂いに鼻腔《びこう》をくすぐられ、思わず顔を上げる。

「そうだった。今夜の晩ご飯は一人だった……」

家政婦の飯島は数日置きにマンションに来て、温めるだけで食べられるよう、色々と準備しておいてくれる。ただ、まとめて二人分が用意されていた。

しかし今夜は、香純一人きり。温めるにしても量が多過ぎる。

簡単なものを作っても良かったが、そういう気分にもならない。かといって、一人で店に入って食事したいという思いも湧かなかった。

だったら何かテイクアウトして、ＤＶＤでも観ながらのんびりと過ごそう。

確か反対側の出口のところに、本格的なタコスを売っているお店があったはず。それを思い出し、方向転換する。

その瞬間、後ろにいた人と思い切り衝突《しょうとつ》してしまった。

「きゃあ！」

よろめく香純を、ぶつかった相手が腕を掴んで支える。

「すみません！　ありがとうござ――」

すぐさま謝るが、男性を見るなり、香純の顔から血の気が引いた。

「香純……」

「た、たけ、と⁉　……は、離して！」

男性は、香純を捨てた元カレの、武人だった。記憶にある彼よりも、肩や腕には筋肉がつき、肌は陽に焼けて健康的な色をしていた。

香純は腕を掴む彼の手を振り払おうとしたが、そうすればするほど強く掴まれて、傍《そば》へ引き寄せられる。

「あっ！　……離して」

周囲の目を気にし、香純は極力声を殺して訴える。けれど武人は、香純の顔を食い入るように見つめていた。

武人と初めて出会ったのは、香純が大学生の時。友人たちと飲みに行った居酒屋で、偶然隣の席になったのが切っ掛けだった。

最初こそ武人は、友人たちのノリについていけなかったみたいだ。しかし彼と同じようにその場に馴染《なじ》めない香純に気付き、少しずつ話しかけてくれた。

武人の優しい人柄に次第に打ち解け、惹かれるのにそう時間はかからなかった。彼も同じ気持ちだったらしく、数日後には告白され、二人は付き合い始めたのだ。

武人は背が高く、やや彫りの深い顔立ちをしていた。そんなエキゾチックな雰囲気を持つ彼が微笑むと、女性たちは瞬《また》く間に魅了された。

だからといって、誰彼の区別なしに愛想を振りまくわけではない。恋人の香純だけを愛し、優しく包み込んでくれた。

正直、香純は武人と付き合える幸せに酔っていた。

借金だけを残して、香純の前から姿を消すまでは……

「武人……」

「香純、どうしてこんなところで電車を降りた？　君の家はここじゃない。あのアパートのはずだ」

武人の言葉に、香純は目を剥《む》いた。

「確認しに行ったの？　わたしが住んでるアパートに!?」

「香純がまだあそこに住んでるのか、知りたかったんだ」

「知る必要はない。わたしを裏切って借金だけを残して消えたのは武人よ。なのに、今になってわたしの前に現れるなんて」

「俺を待ち続けてくれたんだろう。香純の中では、まだ俺たちの仲は終わって――」

「止《や》めて！」

香純は武人の手を乱暴に振り払い、彼に背を向ける。しかし立ち去る間もなく、彼に捕まってしまう。

武人は香純の手を引っ張って、コンコースを突っ切った。

駅の外に出るなり、急な突風に煽《あお》られ、香純の髪やスカートが舞い上がる。

「武人！　待って！」

妙に生暖かい風に気持ち悪さを感じながらも、香純は必死に武人の背に呼びかけた。

しかし彼は立ち止まる気配を見せない。

危機感を覚え、香純は乱暴に手を引いた。肩が抜けそうなほど激痛が走ったが、それが功を奏して彼の手が離れる。

しかしすぐに武人は香純の肩を掴み、駅の灯《あか》りを遮《さえぎ》る近くの植え込みへ連れ込んだ。

「ねえ、武人ったら！」

しばらくして、ようやく武人は立ち止まった。けれども、香純が再び逃げ出すのを防ぐように壁際に追い詰め、手柵を作って見下ろしてくる。

香純は気圧《けお》されながらも顎《あご》を上げ、武人の出方を待った。

「香純、まず謝らせてほしい。君の前から勝手に姿を消し、おまけに俺を応援してくれた君に、多額の借金を背負わせてしまったことを。……本当に申し訳なかった」

香純はぷいとそっぽを向くが、武人に顎《あご》を掴まれた。

なのに香純が武人を直視すると、彼はその目を見ていられないとばかりに視線を落とす。彼は唇を引き結び、歯軋《はぎし》りしそうなほど頬を引き攣《つ》らせたのちに、大きく息を吸って顔を上げた。

「借りたお金だけど、親友に持ち逃げされたんだ。俺は彼を信頼していたのに、裏切られて。それに耐え切れなくなって……。俺の頭の中は真っ白になり、逃げ出してしまった」

「姿を消す前に、わたしに一言相談してほしかった。でももういい。あれは……過ぎ去ったこと」

「いや、過ぎ去っていない。俺は確かに逃げてしまったが、その後は必死に働いた。ようやく見通しが立ったから、君のもとへ戻って来られたんだ」

「戻って来られた？」

香純は呆れた表情を隠そうともせず、大きく息を吐いた。

武人はいったい何を言っているのか。まるで二人の関係は元通りになると言いたげな態度だ。香純は、正直頭がついていかなかった。

「借金はどうした？　たった二年で全額返済できるはずがないのに、どうしてなくなっている？」

武人の言葉に、香純は緊張した面持《おもも》ちで彼を凝視した。

全額返済したことを、武人は知っている。おそらく、調べたのだろう。

それは何故？

「わたしのために立て替えてくれた人がいるの」

「立て替えてくれた？　あの多額の借金を!?」

「そう。だから、もうわたしに構わないで。二人の縁は、あの時……武人がわたしを捨てた時点で切れた。もう会いたくないし、関わりたくもない」

言い捨てる香純の頬を、武人が手で覆った。そしてまるでキスするみたいに、顎《あご》を上げさせられる。

拒もうとするが、武人の目に痛みに似た感情が浮かんでいるのが見えて、気が削《そ》がれた。

「どうやって立て替えてもらった？　両親？　……いや、香純は家族に頼まない。俺が独立資金の話をした時、君は家族に頼るのは嫌だと言って、自分が連帯保証人になると告げたからだ。つまり、自分でどうにかしようと考えたはず。たとえ、自分の躯《からだ》を使ってでも——」

武人がさらに踏み込むような何かを口にする前に、香純は彼の胸を思い切り突き飛ばした。

ふらつきながらも数歩後ろに下がる武人を、無表情に見つめる。

「さようなら」

二度とわたしに近づかないで——そう伝えるように武人を睨《にら》むと、秀明のマンションに通じる道に向かって歩き出した。

背後を探るが、武人が追ってくる気配はない。

武人に常識が残っていたとわかって安堵《あんど》しつつも、彼が図書館から自分をつけていた事実に恐怖を感じた。

この二年間で、武人は変わってしまったのだろう。

またも武人のことを考えそうになって、香純は慌ててそれを押しのける。

もういい。過去を振り返りたくない。もう終わったのだ。

今は早く、秀明のマンションに戻りたい……

秀明への募《つの》る想いを抱きながら、マンションのエントランスに入り、セキュリティパネルの前で立ち止まる。暗証番号を打ち込もうとしたその瞬間、誰かに手首を強く掴まれた。

「武人!?」

先ほどの出来事があったせいで、その名が口をついて出る。

しかし、そこにいたのは武人ではなく、和臣だった。彼は凄みを利《き》かせるように、香純を見下ろしている。

その様子に戸惑うものの、初めて会った日以来の再会だったので、香純は自然と笑顔になった。しかし、和臣の表情は厳しいままだ。

和臣らしくない態度に、次第に香純の頬が強張《こわば》っていく。

「和臣さん？　どうしたの？　……えっと、秀明さんはお祖父《じい》さまと一緒に宇都宮に行ってて、今夜は帰宅が遅くなるって」

途端、和臣が鼻を鳴らし、皮肉を含んだ笑みを浮かべた。

「遅くなる？　それで、秀明を裏切って浮気してたんだ？」

「うわ、き？　何を言って……」

和臣は香純の腕を掴み、傍《そば》にある談話用のソファに引っ張っていった。そして乱暴に香純の手を振り払う。香純は尻餅《しりもち》をつくように、そこに座った。

和臣の心ない態度に困惑しながらも、誤解を解かなければと口を開きかける。しかし、彼の険のある目つきに何も言えなくなってしまった。

「秀明の帰宅が遅くなることぐらい、俺だって知ってる。だからここに来たんだ。香純さんの傍《そば》にはいつも秀明がいたけど、今夜は初めて一人での夕食だからね。寂しさがまぎれたらと思って来たのに、まさか駅で君の不貞を見せられる羽目になるとは！」

「駅？　ま、まさか――」

武人と言い争っているところを見られた⁉

顔面蒼白《がんめんそうはく》になる香純に、和臣が顔を寄せる。額《ひたい》を突き合わせるぐらいに近づけたその表情には、香純を咎《とが》める色しか浮かんでいない。

「俺は君に言った。秀明を裏切るなと。秀明に愛されるのがどれほど幸せなのかも伝えたはずだ。香純さん、俺は誓ったんだよ。壬生家の家長となる秀明を支える君を全力で守ると。だが君はそんな俺たちを踏みつけた。俺たちが尊敬して止《や》まない秀明を誑《たぶら》かした！」

唾を飛ばす勢いで吐き捨てた和臣が、香純を睨《にら》みつけたまま上体を起こす。

「秀明を大切にできないのなら、すぐに別れてくれ。秀明がいくら香純さんを好きでも、俺と兄さんは君を、一族の一員として迎え入れられない。早々に結論を出し、自分の身の振り方を考えるんだな。……来月末までに！」

そう言い捨てると、和臣は容赦ない視線を投げて去っていった。

一人になり我が身を両腕で抱くが、身震いが止まらない。

まさか、あそこまで憎しみに満ちた目を向けられるなんて……

誤解を解きたければ、はっきり真実を伝えれば良かったのに、どうして口籠《くちご》もってしまったのだろう。

和臣が見た光景は浮気ではない。香純が愛している人は秀明ただ一人だと誠意を持って話せば、きっとわかってもらえたに違いないのに。

でも来月末までにと言われて、秀明との契約期間が頭を過《よぎ》ったのだ。

結局のところ、香純が武人のことを説明してもしなくても、秀明と別れる日は必ず訪れる。

それならば、全て香純が悪いことにすれば、秀明は家族から責められずに香純と別れられるのでは？

そう考えてしまったため、香純は和臣に反論しなかった。

しかし、一方的に責められて、傷ついたのは事実。香純は和臣の言葉に打ちのめされていた。

どのくらいの間、そうしていただろうか。

そわそわするコンシェルジュの姿が目に入り、腕時計に視線を落とす。

あと十数分で日付が変わる時刻になっていた。

「帰らなきゃ……」

香純はバッグの持ち手を握り、重い腰を上げる。セキュリティを通ってエレベーターに乗り、玄関のドアを開けた。

リビングルームの電気も点《つ》けずにソファに向かい、力なく座る。

「疲れた……」

思わず本音を吐き出すと、香純はソファに深く沈み込み躯《からだ》を丸める。

「遅かったね」

暗闇に響いた声に、香純の心臓が跳ねた。ソファから飛び上がりそうになるが、のし掛かられて動けなくなる。

「秀明さん⁉」

「俺以外に、他に誰がいると思う？」

不機嫌そうな口調に、香純は小さくため息を零《こぼ》した。

一人目は武人、二人目は和臣、そして三人目が秀明だ。こうして引っ切りなしに問い詰められると、香純にもやり場のない苛立ちが湧いてくる。

秀明が悪いわけではない。ただ、今日はあまりにもいろいろなことが起こり過ぎたせいで、気持ちが追いつかないのだ。

「ごめんなさい。ただびっくりして……。今夜は少し疲れたみたい。早めに休むね」

そっと秀明の肩を押して躯《からだ》を起こそうとするが、彼は離れなかった。

「秀明――」

「真っすぐ帰れと言ったのに、こんな遅くまで出歩くからだ。俺の帰宅が遅いとわかってか?」

「ち、違う……」

「じゃ、こんな時間まで、いったい誰といた?」

「誰って……」

香純は口籠《くちご》もる。武人が二年ぶりに姿を現した件を話しても良かったが、秀明にとって彼は無関係な存在。武人の話など、秀明は聞きたいとも思わないに違いない。

また、和臣に会った話をすれば、芋づる式に武人が来た件を話さなければならなくなる。

和臣が、二人の間に口を挟んできたことも……

仲の良い従兄弟《いとこ》同士に、仲違《なかたが》いする原因を作りたくない。香純は、咄嗟《とっさ》に顔に愛想笑いを貼り付けて、秀明の話題をかわそうとした。

「一人だった。エントランスのソファに座ってたの」

和臣が帰ったあと、香純はしばらく一人きりでエントランスにいたので、それは嘘ではない。

さあ、今夜はもう休ませて——そう告げるように、もう一度秀明の肩を優しく押す。

今度は秀明は、簡単に香純の上から退《ど》いてくれた。けれど香純が立ち上がる直前に、腰に腕を回してきた。

声を上げる間もなく、秀明の膝に跨《また》がるように乗せられてしまう。

二人とも服を着ているとはいえ、あまりにも親密な体勢だ。香純はそわそわして、落ち着かなくなる。

「秀明さん？」

香純の呼びかけには応えず、秀明が何かに触れる気配がした。ピッと音が鳴った直後に間接照明が灯《とも》され、リビングルームは温かみのあるオレンジ色に包まれた。

その灯《あか》りに照らされて露《あらわ》になる秀明の表情に、香純は狼狽《ろうばい》した。

秀明は、怒りを漲《みなぎ》らせている。頬の筋肉は、感情の滾《たぎ》りを隠し切れず痙攣《けいれん》していた。

不安が胸に込み上げて呼吸が乱れる。すると、秀明が香純に手を伸ばした。

図書館で香純のワンピースのボタンに手をかけた時と同じく、ボタンを外していく。

胸元が開くと、ブラジャーの紐を掴んで、肩口から肘《ひじ》まで引き下げた。

無防備な姿に思わず身震いするが、秀明は気にしない。両手で乳房をすくい上げ、ふっくらした乳房を軽く揺すり、揉みしだいた。

「君はわかっていない」

「な、何が……ンぁ……はぁ」

秀明が指の腹で柔らかい乳首をこね回す。次第に頂《いただき》が硬くなる。興奮のあまり、香純の吐息が湿《しめ》り気を帯びてきた。

「待って、秀明さん……わたし、まだ……」

「香純の婚約者は誰だ？」

「秀明さんよ……」

交《か》わした契約が切れるまで、香純は秀明の婚約者。そしてそれ以上に、香純の心は彼だけのものだ。

秀明のもとを去ったあとも……

香純は秀明の首に両手を回して身を預けると、至近距離で彼を見つめた。

「わたしには、貴方だけ」

「そう言うなら、他の男に目を向けるな、心を許すな。俺だけを見つめていればいい」

「秀明……っんく！」

驚きのあまり目を丸くする香純の唇を、秀明が塞いだ。心を震わせる電流がびりっと走り、彼の手の中にある乳房の感度が上がっていく。

「君は俺のものだ。誰にも渡さない」

口づけの合間に、秀明がかすれ声で囁《ささや》く。

独占欲を示す言葉に合わせて、唇を貪《むさぼ》る秀明。そのキスに、香純の頭の芯がじんとなる。

「っん、は……ぁ、んふ……ぅ、んっ」

互いの舌を絡ませる。秀明は、香純の乳房の形が変わるほど揉み、指の間から色付く乳首が顔を覗かせれば、そこを執拗《しつよう》に擦《こす》り上げた。

下腹部の深奥が疼《うず》くにつれて蜜が滴《したた》り落ち、パンティを濡らし始める。花蕾が熟《う》れていき、鈍痛のような痺《しび》れに襲われる。

「は……っ、んっ」

かすかに腰を揺らした時、香純の秘所に秀明の硬くなったものが接触した。ビクッとなった香純の腰を、彼に持ち上げられる。

秀明は自身のズボンを下げると、香純を再び引き寄せ、二人の大事な部分を触れ合わせた。

「あ……っ、んぁ……」

蜜で浸潤《しんじゅん》している部分に、秀明の昂《たかぶ》りが触れた。硬い感触に、香純の下肢から一気に力が抜ける。

「香純、俺を見て」

おずおずと視線を上げて、興奮を目に宿す秀明に焦点を合わせる。

秀明は香純の意識を絡め取りながら、セックスを連想させるように腰を動かす。

息が詰まりそうな男の性欲。それが秀明の体内で膨張しているのが伝わり、香純の躯《からだ》は自然と火照《ほて》り、胸が弾んだ。

正気が徐々に失われ、鋭い性感に支配されていく。

「う、そ……、あっ、あっ……」

秀明のリズムに身をゆだねた香純は、上下にいやらしく揺すられる。

口からは絶え間なく喘《あえ》ぎが零《こぼ》れ、肌は上気してしっとり湿《しめ》り気を帯びていった。

あふれる花蜜が、秀明のボクサーパンツに浸潤《しんじゅん》していく。ぐちゅぐちゅと淫靡《いんび》な粘液音が部屋に響き渡るほどだ。

恥ずかしくて顔から火が出そうだというのに、秀明の愛戯《あいぎ》で生み出される刺激をもっと受け入れたくて、香純自ら彼の肩を強く掴む。

瞬《また》く間に快感に襲われて、香純は秀明に倒れ込んだ。二人の間に隙間《すきま》ができないほど抱きしめられる。

「お互いに擦《こす》り合わせているだけなのに、こんなにも淫《みだ》らに乱れて……。誰かに感じさせられたからか？　誰かを想って、躯《からだ》を熱くさせてるのか？」

激しい腰遣いで腫《は》れた花芯を擦《こす》る秀明が、香純の耳元で露骨な言葉を囁《ささや》いた。

香純は快楽の渦《うず》に包み込まれながら、潤《うる》んだ目で秀明を見つめる。

「秀明、さん……よ。秀明さんが……っぁ、んふ……は……、わたしをこんなにも……感じさせてるの。わかって……。わたしを淫《みだ》らにさせられるのは……ぁ、んっ、あ、貴方だけ！」

「それなら俺だけを見ろ。余所見《よそみ》をするんじゃない。香純が抱かれる相手は俺。他の誰でもない」

秀明はそう言い捨て、腰を回転させる動きをしながら突き上げた。

幾度となくそうやって突き上げられてきた香純は、まるで本当に彼の怒張を蜜筒に埋《うず》められているかのような錯覚に陥《おちい》った。

「あっ、あっ、あっ……そこ、あ……っ、んふぅ、ぁ……ん」

秀明が香純を激しく上下に揺らし、背に置いた手を双丘に向かって滑《すべ》らせる。感じやすい部分を撫でられ、電流に似た疼《うず》きが脳天へ突き抜けていった。

「ンぁ、ダメ……あ……イヤ、ぁん……い、イクっ！」

香純は躯《からだ》を反らせると、小さな潮流に乗って達した。

ビクンと躯《からだ》が跳ねるのに合わせて、秀明の硬茎も激しく脈打つ。生地越しなのに、触れ合わせたそこはびしょ濡れで、秀明も煽《あお》られていたのがわかった。

まさかこんな風に、いやらしく求められるなんて……

閨《ねや》の作法として幾度となく抱かれるようになって、香純は初めて体験する行為も多々教え込まれた。

それはいつも濃厚で、終わった時にはくたくたになる。

今夜もそうで、全身がぐったりして力が入らない。それほど彼の渇欲《かつよく》は激しかった。

呼吸が安定するまでの間、香純は秀明に凭《もた》れていたが、不意に彼が身動きした。間を置かずに、香純を抱き上げる。

「バスルームで綺麗にしてあげよう」

香純の耳元で甘く囁《ささや》いた秀明が、マスタールームのバスルームへ向かう。

香純は秀明の首に腕を回し、何も言わずに彼の肩に頬を寄せ、そっと目を閉じた。

第七章

梅雨《つゆ》真っ只中のはずなのに、なかなかまとまった雨が降らない。

湿気に悩まされなくて済むが、これでは例年より夏の訪れが早くなりそうだ。

今日は図書館の休館日。香純は一日中遊ぶつもりで出掛けたものの、午後にはもう帰宅していた。買い求めた食材をキッチンの台の上に広げて、買い忘れがないか一つずつ確認する。

「大丈夫よね……」

秀明に料理はしなくていいと言われているので、これまでずっと、家政婦の飯島に頼っていた。

でも、秀明と過ごせる期限が刻一刻と迫るのを実感して、とうとう今日、初めて夕食を作ろうと行動に移したのだ。

いつの日か秀明が、香純という偽《いつわ》りの婚約者が、自分のために料理を作ってくれたと思い返す日がくれば、彼に注いだ愛が報われるというもの。

だが、香純は料理が得意なわけではない。というかむしろ苦手で、凝《こ》ったものなど到底作れない。頑張って用意したとしても、普段から名の知れたレストランで食事をする秀明の口には合わないだろう。

「それでも、手料理を食べてほしいと思ってこれを使うのよね」

香純は、市販のハッシュドビーフの箱を見つめる。

「大丈夫。秀明さんに食べてもらいたいっていう気持ちが大事だし」

香純は鍋にバターを入れ、玉ねぎを炒め始めた。焦がさないように気を付けながら牛肉を投入し、火が通ったところで水を入れる。

その時、香純の携帯が鳴り響いた。表示された秀明の名前に、すぐさま通話ボタンを押す。

「もしもし！」

『香純？　今、どこ？　外？』

「家にいるわ。午前中にちょっと買い物に出掛けたけど」

『そうか。今日の用事は終わったんだな？』

「う、うん」

ちらっと鍋に視線を向けて返事をするが、どことなくはっきりしない応対になった。

続いた秀明の『それは本当か？』という口調が、問い詰めるものに変わる。

「本当です！」

『なら、出てこられるね？』

「えっ？」

『今日は、本社で書類の整理をしているんだが、ちょうどいいところで目処《めど》がつきそうなんだ。だからこっちにおいで。香純に会社の中を案内しよう』

「い、今から!?」

香純は壁掛け時計に目をやる。

既に十六時を回っていた。これから外出の用意をしたら、家を出るのは一時間後になりそうだ。作りかけのハッシュドビーフを完成させて出掛けるとなると、さらに時間がかかる。

「今日はもう止《や》めておかない？　そっちに着く頃には十七時過ぎてると思うし、終業時刻になるでしょう？」

『大丈夫。逆に就業中に来る方が、香純も気が引けるだろう？　それに、残業している社員たちも、その時間ならあまり緊張しないと思うし』

「でも――」

『今からだ、香純』

「……わかりました」

有無を言わせない語気に、香純は仕方なく答える。

『待ってるよ』

秀明の返事を受けて電話を切ると、香純はすぐに携帯を置いた。

コンロの前に立ち、鍋に浮いた灰汁《あく》を取ってルーを入れる。弱火で煮込む間にウォークインクローゼットへ行き、ボックススカートとフリル袖の半袖ブラウスに着替えた。

秀明の隣に立つことも考えて、ある程度お洒落《しゃれ》に装《よそお》う。長めのネックレスとフックピアスで自身を飾った。髪は背中に下ろすが、サイドの髪は捻《ひね》って、バレッタで留める。

これで顔回りはすっきり見えるだろう。最後に化粧を直し、バッグに貴重品を入れる。

出掛ける用意を終えると、再びキッチンに戻り鍋の火を止めた。

その時点で、もう十七時になろうとしている。

「早く出ないと！」

火の元を最終確認してから、玄関を出てエレベーターに飛び乗った。

マンションを出たあとは、秀明の働くオフィスへ大急ぎで向かう。

電車内で秀明にメールを打ち、もうすぐそちらに到着する旨を伝える。

最寄り駅で降り、帰宅する会社員たちとすれ違うように歩道を進むと、ようやく目的の複合ビルに到着した。

受付のところには、既に秀明が立っていた。

「香純！」

秀明が相好《そうごう》を崩して香純を出迎える。

「入館の手続きは俺がしたよ。さあ、おいで」

秀明の手が、香純の背に回る。こういうエスコートも普通になってきた香純は、彼と一緒にセキュリティゲートを通ってエレベーターに乗り、オフィスフロアへ上がった。

周囲にある他のビルより頭一つ飛び抜けた高さのそこは、眺望も素晴らしいが、何より目を引いたのは、オフィス内が広々としたワンフロアになっていることだった。

細かい仕切りのない部屋は、グループごとにデスクが並べてある。その席に座って仕事をする社員たちは、皆パソコンに向かっていた。

そんな光景を眺めていると、秀明の隣に立つ香純に気付いた彼らが、にこやかに挨拶《あいさつ》してくれた。社員たちに会釈《えしゃく》しながら歩く香純に、秀明が話し始める。

「うちは、主に大都市にあるタワーマンションの部屋を買い上げて賃貸に回したり、高級低層マンションの経営などをしたりして利益を上げている」

秀明の説明を神妙な面持《おもも》ちで聞きながら、空席の多い場所まで来た。香純はそこで、秀明に視線を投げる。

「ねえ、社員さんたちはどうしてあんな風にわたしを迎えてくれたの？」

秀明が目の前のドアを開けて、香純を部屋へ促《うなが》す。

そこは、個室になっていた。彼の執務室なのだろう。

「もちろん、君が俺の婚約者だからだよ。これで壬生家も安泰だと思ったんじゃないかな」

「でも、そんなことをしたら――」

二人が別れたあと、秀明の立場が悪くならないか心配する香純に、秀明が頬を緩《ゆる》める。

「これは、祖父の耳にも入る。いい傾向だ」

「あっ、そうね……」

それが一番大事だったと思い出し、香純は軽く俯《うつむ》いて唇を噛んだ。

そんな香純を、秀明が窓際に置かれたデスクへと誘《いざな》う。彼は大きな椅子に腰掛けると、香純の手を愛しげに引いた。

たったそれだけなのに、秀明の仕草から香純に対する想いが伝わり、陽のあたる場所に立ったみたいに躯《からだ》の中心がぽかぽかしてきた。

「俺の仕事部屋に香純を招く日が来るとは……出会った当初は思いもよらなかった」

「それを言うなら、こんな風に秀明さんと一緒にいること自体、不思議でならないけれど」

「全ては、あの日に始まった。君が俺にしな垂れかかり、キスした時から……」

その日を思い出すように、秀明のもう一方の手が香純の腰に回される。

香純は秀明の情熱的な双眸《そうぼう》に魅了されながらも頭を振った。

「ダメよ。ここは秀明さんの神聖な場なのよ」

言葉では拒みつつも、香純の胸に彼への慕情が湧き起こるのを防げない。

呼吸のリズムが弾んでかすかに唇が開くと、秀明がそこに視線を落とした。

ああ、もうどうしよう……！

秀明の誘惑に落ちそうになったその時、執務室にドアの開く音が響き渡った。

香純はまるで火傷《やけど》でもしたかのように秀明から手を引いて、さっとドアに目を向ける。

「秀明、この書類だけど――」

そこには、手にした書類を注視しながら室内に入ってくる和臣がいた。彼はおもむろに視線を上げ、足をぴたりと止めた。

秀明に腰を抱かれた香純を見て一瞬目を丸くするが、すぐにその顔から感情の色を消す。和臣は香純を一瞥《いちべつ》して、秀明に向き直った。

「まさか、香純さんを執務室へ招いていたとは思いもしなかったよ」

「香純を誘おうと決めたのは、一時間ほど前。和臣は外出していただろ？　知らなくて当然さ」

和臣が、もう一度香純に目を向ける。

いつまで秀明の傍《そば》に立っているつもりだ？　――そう言わんばかりの冷たい目つきに、香純はハッとなり、急いで秀明から離れた。すると、デスクを回る香純のあとを追うように、秀明が立ち上がる。

「頼まれていた土地の視察に行ってきた。ここは諦めた方がいいと思う。担当者とも話したけど、地歴が良くない。所有者もころころと変わっているし」

「そうか」

香純と入れ替わる形でデスクに近づいた和臣が、秀明に書類を渡す。

秀明はすぐにそれに目を通しながら「わかった、そう伝えよう」と告げ、デスクの上に放った。

「あともう一件。秀明に来客だよ」

「誰だ？」

「蒲生氏だと」

「蒲生氏!?」

秀明が声を荒らげた。

「なんでまた、今になって？」

「さあ？　とにかく秘書に応接室へ通すように命じたよ。秀明には俺から伝えると告げてね。ほら、用事があったし」

和臣は、デスクの上にある資料を目で示した。

「ありがとう、そうしてくれて助かったよ。これからすぐに行く。和臣はもう戻っていい。香純はここで待ってて。早々に終わらせて戻ってくるから」

秀明が香純の肩にポンと手を置く。香純は頷き、部屋を出ていく二人の後ろ姿を見送る。

執務室に一人きりになると、香純は躯《からだ》に入っていた力を抜いて、長く息を吐いた。

和臣の冷たい眼差しに、これほど心を掻き乱されるとは思っていなかった。

香純はしばらくその場に立ち尽くし、不規則に打つ心音をなだめるように胸に手を置く。それから、ゆっくりソファへ移動しようとした。その時、先ほど閉じたドアが再び勢いよく開いた。

「秀明さん？　忘れもの――」

香純の声が、途中で途切れる。立っていたのは秀明ではなく、和臣だった。

和臣はドアを閉めるとそこに凭《もた》れて、香純を威嚇《いかく》するように腕を組んだ。

その態度を目にして、再び香純の緊張が増していく。

何も言えずに固まる香純に痺《しび》れを切らしたのか、和臣が鼻を鳴らした。

「よくやるよ。会社にまで乗り込んでくるなんて。秀明を誑《たぶら》かして、執務室で色仕掛けか？」

和臣の乾いた笑い声が鋭い矢となって、香純の胸を刺した。あまりの痛みに、声すら出せない。

そんな香純の態度が、ますます和臣の癇《かん》に障ったのか、彼は腹立たしいとばかりに大息《たいそく》した。和臣の誤解を解きたいと思いつつも、彼に秀明と交《か》わした契約内容を話せるはずもない。

しかし、秀明を愛する気持ちだけは信じてほしい！

「わたし――」

「それとも、駅で会ってた男とはきっぱり縁を切って、秀明を選んだのかな？　財力目当てで」

和臣の酷《ひど》い言葉に、香純は愕然《がくぜん》となる。和臣のこちらを見る目には蔑《さげす》みの色が宿り、口元は歪んでいた。

香純は怯《ひる》みそうになるものの、腹部に力を込めて自分を奮い立たせる。そして、冷たい目を向けてくる和臣を直視した。

秀明への誠実な想いを告げるために……

「っ……た、確かに……わたしの態度はよくなかったと思います。それは反省しています。でも、わたしは秀明さんを誑《たぶら》かしていません！　彼を愛する気持ちは本物です」

「愛？　よく言うよ」

「本当です！　もしわたしが秀明さんを愛していなければ、彼ならすぐに見抜くはず。それとも和臣さんは、秀明さんがそれすら気付かないほど腑《ふ》抜《ぬ》けだと？」

「えっ？　いや、俺は……」

和臣がもごもごと言葉を濁《にご》らせる。

どちらを肯定しても、前者は香純の愛を、後者は秀明の人を見る目のなさを認めることになる。

和臣にとってはどちらも避けたいため、彼はかなり動揺しているようだ。

香純は今こそ自分の気持ちを伝えるチャンスだと踏み、和臣を真っすぐ見つめた。

「わたしは、壬生家のしきたりとして伝わっている着物をいただきました。わたしはそれを身に着けて……その、あの……必ず教えられる閨《ねや》の作法も全て受け入れて、秀明さんを愛しています。彼を拒んだことは一度もありません！　壬生家に入る嫁として、わたしは……」

閨《ねや》の作法として教えられた体位が頭を過《よぎ》り、香純の頬が上気してきた。思わず顔を背《そむ》けようとするが、和臣の呆気に取られた表情が目に入った。

和臣は口をぽかんと開け、何度も瞬《まばた》きしながら香純を見ている。茫然としたその様子に、香純の方が不安になってしまった。

「あの？」

「必ず教えられる、閨《ねや》の作法だと？　……それを全て受け入れる!?　いったい何を言って――」

その時、突然香純の携帯電話が鳴り響いた。

和臣が素っ気なく手を振り、電話に出るよう促《うなが》す。香純は「すみません」と告げ、バッグから携帯電話を取り出した。

表示されていたのは、香純が借りているアパートの管理人、佐藤の名前だった。

腕を組んで何かを考え始めた様子の和臣を横目で見つつ、電話に出る。

「佐藤さん？　いったいどうされたんですか？　わたしの携帯に連絡なんて今まで一度も――」

『ごめんなさいね。でも知らせておかないとと思って。その……アパートの住人から苦情が入ってて』

佐藤の焦り具合が、語気から伝わってくる。

香純は和臣を気にしつつも、なんとか佐藤に意識を集中した。

「苦情？　わたしにってことですよね？　いったい何があったんですか？」

『藤波さんがお付き合いされていた、あの男性。ほら、ずっと会っていないって言ってた……』

「えっ？　お付き合い？」

『二ヶ月前、藤波さんが説明してくれたあの人。もう別れたって教えてくれたでしょう？』

それって、武人？　どうして彼の話が出てくるのだろうか。

嫌な予感に、香純の躯《からだ》が震え上がった。

「はい……、確かにそう言いました。彼とはもうずっと会っていないって」

『その人が、藤波さんの部屋の前に座り込んでてね。しかもコンビニで買ってきたビールを飲みながら。もう何本も空き缶が廊下に転がっていると思う』

「えっ？　そこに、ですか!?」

『藤波さんが戻るまで動かないって。警察に電話しようかと思ったけど、まず先に藤波さんに連絡しようと……』

「す、すぐにそちらに行きます！」

香純は、バッグの持ち手をしっかり握った。

「乱暴な振る舞いをする人ではないはずなので大丈夫だと思いますが、もし……もし何か起こりそうになったら、構わず警察に電話してください。アパートの皆さんが怪我《けが》をされるのだけは避けたいので」

『わかった。こっちに来るのを待ってるね。どれぐらいで着く？』

「一時間くらいで……」

『じゃ、藤波さんが到着するまで、あの人を見張っておくわね』

「よろしくお願いします」

佐藤に頼み、香純は電話を切った。

血の気が引いて、眩暈《めまい》がする。だが香純は、深呼吸して四肢に力を込めると、ドアの前に立つ和臣の方へ歩き出した。

和臣は今もなお香純をじっと見ているものの、先ほど部屋に入ってきた時の失礼な態度はそこにはなかった。むしろ、何かを推し量るような目で香純を見ている。

「どこへ行く？　話していた内容から、何やら悪い予感がするけど」

「用事ができたので先にマンションに帰ります。秀明さんにそう伝えてもらえますか？」

香純が緊張した面持《おもも》ちで告げると、和臣は訝《いぶか》しげに目を眇《すが》めた。

「マンション？　それ、嘘だね。香純さんは明らかにアパートへ行く話をしていた。……ちょっと待って、アパート？　まさか秀明と同棲してるのに、以前住んでいたところを解約していないのか!?　つまり君は、秀明に隠れて――」

「お願いします」

香純が和臣の言葉を遮《さえぎ》って頭を下げる。彼は不本意だと言いたげな目を向けるが、結局は仕方なさそうな様子で、一歩脇へ退《ど》いてくれた。

しかし、香純が部屋を飛び出そうとした瞬間、手を掴んできた。

「言っておくけど、まだ話は終わってないよ。秀明を弄《もてあそ》んでいるとわかれば、即刻祖父に報告するつもりだから。君は、秀明の妻に相応《ふさわ》しくないとね」

「わたしは秀明さんを弄《もてあそ》んでなんかいません。彼を愛しているだけです」

「だから壬生家のしきたりに従っていると？　……秀明から、閨《ねや》の作法も受けているのと？」

香純が羞恥《しゅうち》を隠せずに小さく頷くと、和臣は香純の手に触れたままドアを開けた。

「とりあえず、香純さんの出方を見せてもらおう」

まだその声音は冷たかったが、和臣は手を離してくれた。

それを行ってもいいという合図として受け取り、香純は会釈《えしゃく》して部屋を出る。

アパートへ向かう香純の手のひらには汗が滲《にじ》み、胸には締め付けられるような焦りが生まれていた。

＊＊＊

帰宅ラッシュの人の波に揉まれつつ、電車を乗り継いで郊外へ向かう。

アパートの最寄り駅で降りると、香純はロータリーに停まるバスに乗った。アパートに到着した時には香純の肌は汗でじっとり湿っていたが、大急ぎで階段を駆け上がる。

その途中で、共用廊下を監視するように立つ、管理人の佐藤と会った。

「佐藤さん」

「ああ、藤波さん良かった！」

「武人……いえ、その男性は、まだ部屋の前に？」

「まだビールを飲んでるよ。酔ってはいそうだけど、暴れずに静かにしている。だけど、目が据わってるのが妙に怖くてね」

香純は頷き、労《いたわ》るように佐藤の手の甲に優しく触れた。

「ありがとうございます。彼はわたしの知る限り穏やかな人なので、暴れはしないと思います。彼がここにいるのは、わたしに用事があるため……。だから、きちんと話してきます」

「大丈夫かい？　あたしも一緒にいようか？」

「いいえ、二人で話した方がいいと思います」

佐藤の申し出をきっぱり断ると、バッグに入った部屋の鍵を取り出して、強く握り締めた。

「そもそも、彼が何しに来たのかはっきりしていないですし。もし危険になれば大声で叫んで外に逃げます。大丈夫ですよ」

香純は佐藤を安心させるように頷いたあと、自室の扉の前で座り込む武人の方へ歩き出した。

余裕を持っている風に見せてはいたが、正直なところ、緊張で躯《からだ》が強張《こわば》り、どうにかなりそうだった。

それを必死に隠しながら、視界に入る武人との距離を縮めていく。すると、武人がおもむろに顔を上げた。

目が合った瞬間、逃げ出したい衝動に駆られる。けれどなんとか感情を押し殺して、彼の傍《そば》で立ち止まった。

「香純……」

「いったい何をしてるの⁉　貴方らしくもない！」

香純は武人の足元に散らばった空き缶を目で確認し、彼に背を向けて部屋の鍵を開けた。

「それ、きちんと袋に入れて片付けて」

武人を見ずに言うと、香純はドアを開けて部屋に入った。

秀明と暮らすようになってからも、月に二回ほどアパートに戻っては空気を入れ替えている。とはいえここ数日は気温も高く、むわっとした熱気が部屋に充満していた。

急いで窓を開けて換気をしていると、ドアを閉める音に続いて鍵をかける音が響いた。

「ちょっと――」

文句を言おうと振り返るが、部屋に入ってきた武人が、白い布などで覆った家具を見回しているのを目にして言葉を呑み込んだ。

余計なことで話の腰を折るより、さっさと終わらせる方が断然いい。

「それで、何？　武人がこんな無遠慮な態度に出る――」

「香純、君は自分の躯《からだ》を売って借金を返済したんだね？」

「たけ、と？」

武人は真剣な面持《おもも》ちで香純を見ている。徐々に彼の眉間《みけん》の皺《しわ》が深くなり、顔を歪めた。

「俺にできる範囲で調べたんだ。君は、高級なタワーマンションで男と暮らしているね。その社長令息が、俺の借金を全額返済した。君は借金を肩代わりしてもらったお礼として、自分の躯《からだ》を男の好きにさせてる」

「違う！　……違うわ。そうじゃない」

「何が違うんだよ！」

武人が大声で言い放つと、香純の両肩を掴んだ。

「どう見ても身分違いじゃないか！　相手は俺たちが逆立ちしても住めない高級マン

ションに住み、家一軒買えるほどのスポーツカーを乗り回している。かたや香純の暮らしぶりはこれだ」

ワンルームのアパートに目をやり、再び香純を覗き込むように顔を近づけてきた。

アルコール臭が鼻について、思わず眉をひそめる。けれど武人を煽《あお》ってはいけないと、冷静さを心掛けて彼を仰ぎ見る。

「香純は……俺と付き合っていた頃と同じアパートを借り続けてる。ここを解約していない。つまり、二人の関係が長く続かないと知ってるからだ。……いや違う、決まってるんだな。香純が何ヶ月かあの男のものになる代わりに、借金を払うと」

「武人、そんなことはどうでもいい。どうしてここに来たの？　いったいなんの用があったの？　わたしたちの関係は、もう終わった——」

「終わってない！」

武人の語気が荒くなったことに驚き、香純は咄嗟《とっさ》に武人の手を払ってしまう。距離を取ろうとするが、そうする前に再び彼に肩を掴まれた。

その強い腕力に恐怖を感じ、思わず両手を振り回す。でもそのせいで、躯《からだ》のバランスを崩してしまった。

「きゃあぁ！」

そのままの流れで武人に押され、後方へ倒れる。

思い切り背中を打ち、息が止まるような衝撃を受けた。

「香純！　大丈夫か⁉」

香純は呻《うめ》き声を漏らしながら、薄《うっす》らと目を開ける。

「大丈夫。ど、退《ど》いて……」

目の前に迫る武人の顔に危険を感じて押し返そうとするが、手に力が入らない。声も気力が抜けたようなかすれ声になる。背中から胸に走った激痛のために、まだ躯《からだ》を動かせそうになかった。

そんな状態の香純に、武人がさらに体重をかけてくる。

「香純、俺とやり直そう。君の前に現れたのは、借金返済の目処《めど》が立ったからなんだ。遠洋漁業船に乗って働いて……。君があの男に立て替えてもらった俺の借金は、これからもきちんと働いて返していく。だからまた、俺と一緒になって。あの男の家を出てくれ。君が好きなんだよ！」

まるで何かに取り憑《つ》かれたような虚ろな目で、武人が迫ってくる。

そうすれば香純の心を取り戻せると思ったのかもしれないが、香純は恐怖しか感じられなかった。

それが事実だ。

武人との関係はもう終わったことだと、香純の中では整理がついているのだ。

二年ぶりに再会した時は動揺のあまり感情を揺さぶられたが、武人を思い返す余裕などまったくなかった。香純にとっては、秀明と過ごせる僅《わず》かな時間を大切にしたい、と望む想いの方がはるかに強かったからだ。

「ごめんなさい、もう無理なの。わたしはやり直せない。何も言わずに捨てられた時点で、武人への愛は消えたの」

「嘘だ！　嘘だ……。俺が逃げたあと、引っ越ししなかったのも、転職しなかったのも、俺が戻ってくるのを待っていたからだ。そうだろう？」

「そうじゃない。生活環境を変えるゆとりがなかったのよ。借金を返済するために、わたしは節約しながら頑張るしかなかった。そんなわたしの手を取ってくれたのが彼だった。彼に出会って……ようやく小さな幸せを見つけたの」

武人の目が、少しずつ潤《うる》んでいく。そこには愛を請う熱情が秘められていたが、香純の心はぴくりとも揺れない。

香純の気持ちが伝わったのだろう。武人が切なげに視線を逸らして目を閉じ、力なくため息を零《こぼ》した。

「あの男が好きなんだね。あいつに向ける目を見て、俺も気付いたよ。でもわかっているのか？　決して香純の愛は報われない。彼の愛など得られやしない」

「武人に言われなくてもわかってる。でもこれは、わたしが望んだことよ。わたしがどんな人生を歩もうとも、貴方にどうこう言われる筋合いはない」

「香純……俺はやっぱり、君が酷《ひど》い目に遭うと知っていてこの手を離せない。君を諦め切れない」

そう言うと、武人が香純に顔を近づけ、無理矢理唇を塞いだ。

「……っんんぅ！」

手足をばたつかせて抗《あらが》うが、身動きすらできない。力を入れれば入れるほど、体力が奪われていく。

とうとう力尽きて、動けなくなる。すると武人の力も弱まり、香純の下唇に舌を這《は》わせ始めた。

昔は、武人のこの行為が好きだったのに……！

「君が好き過ぎて堪《たま》らない。もう一度俺を受け入れてほしい！」

武人の大きな手が、香純の乳房を包み込んだ。嫌悪感でいっぱいになる。

必死になって顔を横に向けた時、武人が首筋の感じやすいところに口づけし、そこを強く吸った。

「……っ、や、やめ……て！」

最後の力を振り絞り、武人を突き飛ばそうとした瞬間、玄関の鍵を回す音が響き、ドアが乱暴に開かれた。

「香純！」

その声に、武人が弾かれたように立ち上がる。

香純はドアに目を向けるものの、逆光になってそこに立つ姿がよく見えない。でも、聞き慣れた声から、その人物が秀明だとわかった。

「秀明、さん……」

愛しい人の名前を囁《ささや》くと、武人に腕を強く掴まれた。

「……っ！」

香純が呻くと同時に、秀明が足音を立てて室内に入り、激しい勢いで武人を押しのけた。

「うわっ！」

武人が尻餅《しりもち》をつくのを横目に、秀明が香純の前で膝を折る。

「大丈夫か？　何もされて――」

香純の頬に触れて、顔から首へと目を走らせた彼の視線が、ぴたりと止まる。

頬の筋肉が痙攣《けいれん》するほど唇を噛み締めた秀明が、香純を見つめた。彼の双眸《そうぼう》には、相手を凍り付かせてしまいそうな冷酷《れいこく》な光が宿っている。

「あっ！」

腕を掴まれ、立たされる。ふらつく香純を支える秀明の腕は強張《こわば》り、どことなく震えていた。そっと窺《うかが》うと、彼の目は武人に向けられている。二人は、お互いに警戒し合う動物のように睨《にら》み合っていた。

「今すぐここから出ていけ。そして、二度と俺たちの前に現れるな。金持ちのお遊びに、香純を巻き込むな！」

武人が叫んだその瞬間、秀明の顔から怒りの感情が消え、能面をかぶったようになる。体躯《たいく》から滲《にじ》み出る凄みに、香純は身震いを抑えられなくなった。

「なるほど。俺に戦いを挑んだね。それならば、相手をしよう。但《ただ》し、容赦はしない。……本気で潰しにかからせてもらう」

武人は青ざめた顔で秀明を凝視していたが、やがて、苦々しげな表情を浮かべた。

「……くそっ」

武人の舌打ちが響く。彼は何かを言いたそうに香純に目を向けるが、結局声を発さず顔を歪める。そしてそのまま〝バイバイ〟と口だけを動かし、彼は部屋を出ていった。

これで武人との関係は終わった……

なんとも言えない気持ちで香純が口を引き結んだ時、秀明が不意に香純の腰から手を離した。

「あいつが……香純の元カレ？」

香純を追及するような冷たい声に、足がすくんだ。

「あ、あの――」

「何故、今更その男と密会した？　しかも、あの言い方……。まさか、俺たちの関係を話したのか⁉」

「い、いいえ！　わたしは何も話してない！　それに、彼とは隠れて会っていたわけでもないわ。彼がこのアパートの廊下でお酒を飲んで、周りに迷惑をかけていたの。それで管理人の佐藤さんが連絡してきてくれて、アパートに戻ってきただけよ」

秀明は無言で香純に背を向けて、窓を閉めていく。カーテンを引いたあと、やっと振り返った。

「香純の言い分が真実としよう」

「真実よ！」

「あいつが香純に会いたがった理由は？　よりを戻したいと？」

香純は秀明を見ていられなくなって顔を背《そむ》けるものの、小さく頷いた。

「でも、それは武人の一方的な想いよ。わたしは前も言ったとおり、もう……あっ！」

いつの間にか近づいた秀明に顎《あご》を掴まれ、顔を上げられる。

「俺の前で、昔の男を愛しげに呼ぶな」

そんなつもりはない！　――そう言いたいのに声が出なかった。秀明はまるで汚いものにでも触ったかのように、香純から手を離したからだ。

「いいか。今の君は、俺の婚約者だ。勝手な行動を取ってもらっては困る。男と会い、好き勝手に触らせるのもだ」

玄関へ歩き出す秀明を追って香純も外に出ると、彼がキーリングを取り出して鍵をかけた。

「あっ！」

それは香純の部屋の合い鍵だった。

どうして秀明が持っているのか訊ねようとするが、香純が彼のマンションに移る際に、彼に渡して、そのままだったことを思い出した。

秀明は、それを常に持ち歩いてくれていたのだ。

もし、秀明が持っていなかったら、香純はあのままどうなっていたか……

思い出すだけで躯《からだ》がぶるっと震えた。

香純はお礼を言おうと秀明を見上げるが、彼は顔を背《そむ》けて、一人で共用廊下の先へ向かってしまった。

「待って――」

香純が秀明を追いかけるべく足を踏み出した時、階段に通じる曲がり角から佐藤がひょこっと顔を出した。

佐藤は香純の姿を見ると大きく息を吐き、傍《そば》へ走り寄ってきた。

「無事で本当に良かった！　その人が凄い形相で廊下を進んでいった時はどうしようかと思ったけど、藤波さんの部屋の鍵を持っていたから大丈夫かなって。ああ、ホッとした」

「佐藤さん、いろいろとご迷惑をおかけしました。彼はもうここには来ません。だから——」

「ご心配をおかけして申し訳ありません。香純さんの言うとおり、あの男性はもう来ないでしょう。ですが、もし現れたら遠慮なく私にご連絡ください」

秀明が人当たりのいい顔で、佐藤に名刺を渡す。

「えっと、壬生さん？　藤波さんとは、どういう……？」

「香純さんの婚約者です。彼女を助けるのは、私の責務。ですので、何かありましたら、私に連絡をよろしくお願いします」

「あっ、はい」

佐藤はまだ事情を呑み込めていないようで、何度も瞬《まばた》きをしては秀明と香純を交互に見つめる。でも香純が何も言わないことに、この話が本当だと信じたのか、表情を和《やわ》らげた。

「素敵な人と出会えて良かったね、藤波さん」

「では、これで失礼します。……行くよ」

佐藤に一礼し、秀明が香純を急き立てる。

「すみません、またご連絡します！」

香純は佐藤に会釈《えしゃく》し、秀明の後ろに続いた。

二人きりになれば何か問われるかと思ったが、スポーツカーに乗り込んでも、秀明は一言も話さない。

それは、マンションの部屋に入ってからも続いた。

リビングルームのドアを開ける秀明の後ろ姿には、香純を拒絶する雰囲気が漂《ただよ》っている。それでも彼の傍《そば》にいたくて、香純はあとを追った。

上着を脱ぎ捨てた秀明がソファに座り、煩《わずら》わしげにネクタイを緩《ゆる》める。香純はそんな彼の前に回り込み、腰を落とした。

今は、秀明に話しかけるべきではないと頭ではわかっている。しかし、香純はどうしても彼の傍《そば》に寄り添って、話し合いたいという気持ちが強かった。

「秀明さん」

愛しい人の名を呼び、そっと秀明の膝に手を乗せる。

「ごめんなさい」

「何が悪いと思って、俺に謝ってる？」

「元カレと会った件を。他の男性と会うこと自体、最初に交《か》わした約束に反しているから。……ごめんなさい。わたしによくしてくれるアパートの管理人やそこに住む人たちに、迷惑をかけたくなかったの。それで仕方なく――」

「仕方なく!?」

秀明に強い力で二の腕を掴まれる。引っ張られて思わず腰を浮かし、彼と目線を合わせた。

秀明は苦虫を噛み潰したような表情を浮かべている。

「俺は言ったのに、ここで……この場所で!」

「えっ? 何を?」

秀明がゆっくり顔を近づけてきた。

距離が縮まるにつれて、秀明から伝わる苛立ちに似た感情に、身震いしてしまう。その一方で、彼の体温と力強さに、別の想いも揺さぶられた。

このソファで、秀明から悦《よろこ》びを与えられた時の記憶が甦《よみがえ》り、香純の頬が上気していく。

香純の二の腕を掴んでいた秀明の手が上へ滑《すべ》り、肩を撫でた。香純は彼に体重をかけようとしたが、その直後、秀明に乱暴に躯《からだ》を押し返された。

「ひ、で……あき、さん?」

これまでに受けたことのない拒絶に、香純は冷水を浴びせられたような恐怖に襲われる。

「俺に触らないでくれ。今日はいろいろなことが起こり過ぎた。……少し考えたい」

「えっ？」

秀明は立ち上がり、上着を手にしてリビングルームをあとにする。

「待って……」

慌てて秀明を追いかけるが、廊下に出た香純の耳に、玄関のドアの閉まる音が聞こえた。

「嘘……、出ていったの？」

いったいどうしてこんなことになってしまったのか。

今日、秀明の会社で、二人の心はより一層近づいたと思ったのに。今ではそれは幻《まぼろし》かと思うほど、すれ違っている。これまでに築き上げてきた信頼や幸せが、指の隙間《すきま》から零《こぼ》れ落ちていた。

「ううん、大丈夫。二人の仲はそんな風に壊れはしない……」

香純は秀明が帰ってくるまでずっと玄関先で待っていたが、結局香純の出勤時刻まで、彼が帰ってくることはなかった。

その日を境に、秀明は閨《ねや》の作法を香純に教えることも、親しみを込めたキスをすることもなくなった。

それどころか、マスタールームを出ていき、ゲストルームで躯《からだ》を休めるようになる。

秀明は、完全に香純を避けていた。

終章

本格的な夏を迎えた七月中旬。暑さも厳しくなり、ひとたび外を歩けば汗が噴き出すほどだ。

「子どもたちの夏休みが始まる……」

品川駅のコンコースを出た香純は目の上に手をかざし、夕方でも眩《まぶ》しい陽光に目を眇《すが》めた。

夏休みが始まるということは、香純が秀明と婚約破棄する日が目前に迫っているという意味だ。

秀明が香純を避け始めて、もう数週間……

「もしかして——」

香純は立ち止まり、胸に手を置いた。

こうやって香純を遠ざけるのは、二人が上手くいかなくなったと周囲に知らしめるため？　そして、婚約を破棄したという流れに持っていこうとしている？

胸にちりちりと痛みが走り、思わず服を強く掴んだ。

早くマンションに帰ろう。でも……

香純は秀明のマンションがある方向に目をやりながら、顔を歪める。

今日、香純の仕事は休み。ちょうど秀明も休みで、香純に合わせてくれたのかと思ったが、そうではなかった。彼は用事があると言って、お昼過ぎに一人で出掛けていったのだ。

最近の秀明は、香純を避けるだけでなく、単独行動を取ることが多い。外食も増えていた。

もしかして、今夜も……？

そう思うと、香純は一人でマンションにいることに耐えられず、秀明が外出してすぐに新宿に買い物に出たのだ。

仕事用の夏服を何着か購入するものの、その後どこかで時間を潰す気にもなれず、結局早々に家に向かっていた。

だけど、秀明がいないマンションには戻りたくない。一人きりであの部屋にいたら絶対に、彼がどこで誰と何をしているのか、それればかり考えてしまう。

やっぱり、もう少し時間を潰してから帰ろう。

香純が踵《きびす》を返したその時、コンコースへ通じる柱に凭《もた》れている男性と視線が交錯した。

彼は、手にした携帯電話にさっと視線を落とす。

男性の行動を見る限り、特にあやしいところはない。ジーンズに大きめのTシャツを着た、二十代ぐらいの普通の青年だ。

とはいえ、男性からは、どこか居心地の悪そうな雰囲気が感じ取れる。

男性は躯《からだ》を捻《ひね》ってコンコースに顔を向けたが、しばらくすると再び香純の方に視線を投げた。

もう一度香純と目が合うと、男性はそそくさと駅構内に姿を消した。

その妙な行動が引っ掛かった香純は、帽子を目深にかぶり、急いでマンションへと歩き出した。

どこかへ行くのは止《や》めよう。また何かが起こって、秀明の機嫌を損ねるのだけは絶対に嫌だ。

一度も振り返らずマンションに到着した香純は、玄関のドアを閉めてようやくホッと息を吐いた。

だが視線の先に秀明の靴があるのを見て、驚きに目を見開く。

帰ってる？　まさか……!?

香純はサンダルを脱ぎ捨てると、リビングルームのドアを乱暴に開けた。

そこでは、スーツの上着を脱いだ秀明が、ソファには座らずに歩き回っていた。彼は振り返り、香純を鋭い眼差しで射貫く。

「どこへ行っていた？」

「か、買い物へ……」

手にした紙袋を胸の前に掲げると、秀明が香純に近寄ってそれを奪い、傍《そば》に控える飯島に差し出した。

「飯島が言いましたでしょう？　香純さんは秀明さんが出掛けられたあと、買い物へ行かれたと」

飯島は紙袋を受け取りながら、秀明を窘《たしな》める。

でも秀明は飯島には目もくれず、無表情で香純の全身に視線を這《は》わせた。

「まるでデートに出掛けるようにお洒落《しゃれ》して？　携帯も持たずに!?」

「えっ、デートって？」

香純が困惑していると、横から飯島が割って入った。

「秀明さん、いい加減になさいませ。女は、お洒落《しゃれ》して気分転換することも必要なんです。何を心配しておいでなんですか。香純さんの愛がご自分にないと疑っておいでで？　そんなの馬鹿げてます。夫となる秀明さんをどれほど愛しておられるか、飯島の目からも――」

秀明が、もういいとばかりに手を振って退《しりぞ》ける。

飯島は一度言葉を呑み込むが、改めて秀明に詰め寄った。

「いいですか。それほど心配なら、香純さんに優しくなさいませ。ここ最近の秀明さんは心ここにあらずですよ。いつまでもそういう態度を取り続けていたら、いつか愛想を尽かされますからね。そうなって最後に苦しむのは、秀明さんですよ」

秀明がため息を吐き、額《ひたい》に手をあてて天を仰ぐ。

「飯島さん、これは貴女には関係ない——」

そこまで言って、秀明は言葉を途切らせ、目を見開いた。

「そうか、俺のこれまでの態度が違った意味に……なるほどね」

秀明は咀嚼《そしゃく》するように何度も頷き、正面にいる香純を見た。

「俺が香純に詰め寄ったのは、祖父に呼び出されてるのに、君と連絡が取れなかったせいだ」

「えっ？」

秀明さんのお祖父《じい》さま!?

香純が息を呑む前で、秀明が飯島に合図を送る。すると、彼女は静かにキッチンへ消えた。

秀明と二人きりになった途端空気が張り詰めて、香純の喉の奥が引き攣《つ》る。その強張《こわば》りを和《やわ》らげようと生唾を呑み、香純はこちらを凝視する秀明と目を合わせた。

「なのに、香純は携帯に出ない。家に電話をかけたら、飯島さんから香純は買い物に出掛けていて、部屋で携帯の着信音が響いていると知らされる。俺が焦ったのもわかるだろう？」

香純は苦いものが込み上げてくる感覚に襲われて、逃げるように視線を彼のネクタイの結び目に落とした。

「ごめんなさい。秀明さんが出掛けたあと、慌てて出たから」

「どうして慌てたか、その理由を知りたいが、今はいい」

秀明が腕時計を見る。時間を確認したあと軽く首を左右に振り、ソファにある上着を羽織った。

「祖父に言われた時間から、もう一時間以上経ってる」

「わたし、急いで着替えてくる」

身を翻《ひるがえ》そうとする香純の腕を、秀明が掴んだ。そして、小さく頭を振る。

「その時間はない。いいね、祖父に追及されるのを覚悟しておいてほしい。香純と連絡が取れない以上、遅れる旨を伝えなければならなかった。そうしたら、二人とも休みなのに別行動を取っているのはおかしい……と嫌みを言われたよ。そして、香純が戻ればすぐに連れて来いとね」

「だったら、尚更着替えた方がいいんじゃない？　これでは、余計に機嫌を損ねてしまう」

明らかに年配の方の前に出る服装ではない。今の香純は、裾にボタニカル柄のあしらわれたマキシ丈のシフォンワンピースを着ている。

しかし秀明は、香純を安心させるように手を握った。

「いや、そのままで構わない。着替えない方が急いで駆けつけたと伝わりやすい。行こう」

久し振りに秀明から触れられて、香純の躯《からだ》の芯が震えた。それほど自分が彼を欲していたことを、改めて知る。

香純が秀明に引っ張られながらもその横顔を見ていると、飯島が玄関に現れた。

二人が手を取り合っているのを見て、飯島は傍目にもわかるぐらいに安堵《あんど》の息を吐いた。

「良かった……。仲直りされたんですね」

そう思うのも当然だろう。飯島は、二人が寝室を別にしていたことを知っているのだから。

香純はひとまず問題ないと飯島に頷く。

「帰りはどうなるかわからないから、待たなくていいよ。夕食も外で取ってくる」

「わかりました。いってらっしゃいませ」

飯島に見送られて、玄関を出る。秀明に手を引かれてエレベーターに乗り、地下駐車場に下りた。

秀明はスポーツカーの助手席のドアを開けて香純を座らせたものの、掴んだ手を離そうとはしなかった。

香純が顔を上げると、秀明が腰を落とし、香純と目線の高さを合わせた。まるで長い間ずっと見ていなかったように見つめて、大きな手で香純の頬を包み込む。

この数週間はいったいなんだったのかと思うほど、秀明の仕草はあまりにも優しい。初めて彼にどぎまぎさせられた日を思い出すほどだ。同時に、秀明に抱いていたこれまで以上の想いがあふれて、抱きつきたい衝動に駆られる。

でも、その一歩を踏み出せない。秀明に拒まれ続けたせいで、香純はすっかり臆病になっていた。

前向きなところが香純の長所だったのに、今は恐れが先に立ち、秀明の一挙手一投足《いっきょしゅいっとうそく》が気になってしまう。

「あの、秀明さん？　早く行かないと……」

香純の囁《ささや》きに、秀明の手が離れる。

香純が黙って秀明の横顔を見ていると、彼は何も言わずに助手席のドアを閉めた。運転席に回って、車を発進させる。

マンションの地下駐車場を出たあとは車をしばらく走らせ、狭い路地に入ったところで、秀明はエンジンを止めた。

沈みかけていく夕日がフロントガラスに反射し、香純は眩《まぶ》しさのあまりさっと顔を背《そむ》ける。

その時、秀明がシートベルトを外すのが見えた。香純も倣《なら》ってベルトに手をかけるが、彼の手で遮《さえぎ》られる。

「秀明さん？」

そっと顔を上げると、香純の心を読もうとするかのような秀明の目で射貫かれる。

「香純、今から祖父に会う。そこで何を言われても、我慢してほしい。そして、俺の婚約者として幸せだというフリを演じ続けてほしい」

そう言うと秀明は香純のシートベルトを外した。車から出ようとする秀明の腕を、香純は思わず掴んだ。

「ま、待って！　わたしは、まだ秀明さんの……婚約者として振る舞っていいの？　もう、わたしと別れる準備をしていたんじゃ？」

「俺が⁉」

いつ、そんな話をした？　――と言わんばかりの表情を浮かべる秀明の胸に、香純は躊躇《ちゅうちょ》しつつ手を伸ばす。

「だって、わたしと距離を取っていたから……。部屋を別々にしていたのも、まずは飯島さんに気付いてもらうためよね？　別れる準備をしてるとしか思えなかった。秀明さんが最初に告げた約束の期限は、もう目前に迫っているし」

秀明と別れるその瞬間を想像するだけで、心の中で冷たい風が吹き荒れる。

その悲しみが、自然と香純の顔に出ていたのだろう。

秀明が表情を引き締め、小さく首を横に振った。

「いや、そうじゃない。さっきも話したとおり、香純は俺の婚約者として傍《そば》にいてくれ。祖父との話を終えたら、二人きりできちんと話をしよう。君に伝えたいことがたくさんある。いいね？」

秀明の言い方に胸騒ぎを覚えるが、今はその話をする場ではない。

香純が小さく頷くと、秀明は安堵の息を吐き爽《さわ》やかに微笑んだ。

その笑顔にドキッとする。

秀明が、香純の頭に手を伸ばして帽子を掴み、香純の顔に帽子をかざす。

「……何？」

戸惑いも露《あらわ》に秀明と目を合わせると、彼はゆっくり、顔を寄せて香純の唇を塞いだ。

「ンっ……ぅ」

香純の心臓がきゅっと縮み、下腹部の深奥に熱が集中した。

恋《こ》い焦がれていた秀明とのキスは、これまでしてきたような濃厚なものではなかったが、想いを伝えてくる優しい口づけだった。唇が離れ、身を震わせてうっとり見つめると、彼が満足げに頷く。

「それでいい。さあ行こう」

秀明が香純に帽子を渡して車外に出る。香純も彼に続くが、そこで初めて周囲に意識が向いた。

狭い路地に黒塗りの車が列をなし、運転手らしき人物が立っている。

その光景にどぎまぎしつつ、男性らの正面にある立派な店構えの料亭を眺めた。

これほど格式が高そうな料亭は、テレビドラマや、ニュース映像でしか見たことがない。どう考えても、自分は場違いだ。

胸の前で帽子をぎゅっと握った時、秀明の手が香純の腰に回った。そのまま、料亭に誘《いざな》われる。

店に足を踏み入れると、目の前に綺麗な着物姿の女将《おかみ》が現れた。所作もとても美しい。

そんな女将《おかみ》に香純が見惚《みと》れていると、彼女が膝をついた。

「壬生さま、いらっしゃいませ。お客さまが首を長くしてお待ちです。お部屋までご案内いたします」

「やはり、相当機嫌が悪いかな？」

「そうですわね。かなり……と、前もってお伝えしておきましょう。お酒も進まれていますから、覚悟された方がよろしいかと」

少し困惑したように、でも悪戯《いたずら》っぽく女将《おかみ》が言う。

女将《おかみ》の案内で廊下を進む中、秀明は親しげに彼女と話し続けた。

秀明と女将《おかみ》の関係を気にしながらも、香純の視線は料亭の内装に吸い寄せられる。

坪庭《つぼにわ》をぐるりと囲む板張りの廊下、大きな梁《はり》、そして彫り細工が施《ほどこ》された欄干《らんかん》など、どれもとても素敵だった。どことなく、京都で泊まった旅館を彷彿《ほうふつ》とさせる。

でも、京都で感じたわくわく感とは違い、これから秀明の祖父と対峙《たいじ》する不安で心臓が痛いほど早鐘を打っている。

「香純？」

秀明の声で我に返る。いつの間にか彼との距離が開いていたようだ。

「ごめんなさい」

秀明に追いつくと、女将《おかみ》が階段へと二人を促《うなが》した。彼の目が驚いたように丸くなる。

「階上の部屋を？　お祖父《じい》さんは泊まるつもりなのか……」

香純は秀明を窺《うかが》った。

泊まる!?　このお店は料亭ではなく旅館だったの？

香純はどぎまぎしながらも黙って秀明と一緒に最上階に上がり、先へ案内する女将《おかみ》に続く。

襖《ふすま》を開けると、五畳ほどの部屋があった。さらに奥の襖《ふすま》の手前まで進み、女将《おかみ》が膝をつく。

「壬生さま、お連れさまがいらっしゃいました」

「……ああ」

部屋の向こうから響く不機嫌そうな声。秀明が襖《ふすま》の前で膝を折る。香純も慌てて倣《なら》うと、女将《おかみ》が襖《ふすま》を開けた。

「遅れて申し訳ありません」

「本当だな。年長者を待たせるとは……。さっさと来い」

威厳に満ちた鋭い覇気にあてられて身動きできない香純とは違い、秀明はすっと立ち上がった。

香純も慌てて秀明に続こうとするが、あまりの緊張に、部屋に入ろうとした途端スカートの裾を踏んでしまった。

「あっ……！」

「香純!?」

転びそうになる香純を、秀明がすんでのところで支える。

「なんと落ち着きのない」

壬生会長が、容赦のない言葉を投げつける。

香純の顔が、羞恥《しゅうち》で真っ赤に染まった。

「も、申し訳ありません！」

香純は秀明の腕から躯《からだ》を離し、秀明の祖父に頭を下げた。

「香純、おいで」

秀明に促《うなが》されて、彼の祖父に対するようにテーブルを挟んで座る。

京都で会った時と変わらない印象の老紳士が、そこにいた。

壬生会長の前には、お銚子《ちょうし》とお猪口《ちょこ》、そして酒の肴《さかな》として、いろいろな小鉢が並んでいた。脇に、大きな封筒と、数枚の書類もある。

背後の襖《ふすま》が閉まる気配がした。ちらっと目を向けると、そこに女将《おかみ》はおらず、代わりに部屋の隅に一人の男性が座っている。

秀明よりも十歳ぐらい年上だろうか。

壬生家の誰かかとも思ったが、正座して控える姿から、壬生会長の秘書か何かなのかもしれない。

「お祖父《じい》さん、遅れてしまい申し訳ありませんでした」

秀明の声に、香純は居住まいを正して頭を下げる。

「わたしが出掛けていたために、こちらに伺うのが遅くなってしまいました。申し訳ありま――」

瞬間、壬生会長が手元にある封筒を香純の前に放り投げて、言葉を遮《さえぎ》った。そして、香純を見据える。

「率直に言おう。孫とは別れてもらう」

「お祖父《じい》さん!?」

躯《からだ》を固くする香純に対し、秀明が腰を浮かせて反論しようとする。

しかし、壬生会長が「お前は黙ってろ」と秀明を一喝した。

「秀明と話しても埒《らち》が明かん。だから、この女を連れて来いと言ったんだ。それなのに、どこに行ってるか心当たりがない、連絡も取れないだと？　付き合っていないから、ボロが出るんだ」

「何を言ってるんです？　お祖父《じい》さんは俺たちが本当の恋人同士だと知っているでしょう。俺がお祖父《じい》さんと蒲生氏の策略にはまり、詩織さんと会うことになった時、それを知った香純が乗り込んできたのをその目で見たんですから」

詩織さん？　……策略!?　いや、それより、壬生会長は香純が秀明と詩織の仲を壊した件を知っている？

この話の行き着く先がわからず、香純はただひたすら口を噤《つぐ》み、二人の会話に耳を傾けた。

「彼女が俺を愛しているのは、お祖父《じい》さんとて見てわかっているはずです」

「愛？　フン、何を言ってる」

壬生会長は香純に目線を移し、封筒の中を見ろと顎《あご》で示す。香純は恐る恐る手を伸ばし、目の前にある封筒から、Ａ４サイズの紙と写真を取り出した。

「……えっ？」

そこには、品川駅で香純と武人が見つめ合っている姿が写っていた。

二年ぶりに武人が香純の前に現れた時のもので、香純の頬に彼が手を触れている。

この写真はどう見ても、お互いを求め合う恋人同士だ。

「な、に!?」

愕然《がくぜん》となる香純の横で、秀明が息を詰めた声を漏らした。

おそらく秀明は、香純がまた秘密裏に武人と会ったと思っている。

香純が再び裏切ったと……

秀明の思い違いを正そうと、香純は頭を振る。

「ち、違う。そうじゃない――」

「何が違う？　そいつは、君の元恋人だろう？」

香純を追い詰める、秀明の祖父。香純は引き攣《つ》った顔で、資料を持つ手に力を込める。

そこには、香純の素性が箇条書きで記されているだけでなく、代役派遣サービスでバイトをしていた件と、借金についても書かれていた。ご丁寧に、アパートで武人に押し倒され、無理矢理キスされた時の写真も添付されている。

それらには、探偵事務所のサインが入っていた。香純は、秀明の祖父に素行調査をされていたのだ。

その時、数時間前に携帯電話を持って香純を見ていた人物を思い出した。

ひょっとして、あの人が探偵⁉

由緒正しき家柄であり、本家の跡継《あとつ》ぎでもある秀明。その彼が結婚したい女性がいると話せば、壬生家の家長が調査を行《おこな》っても不思議ではない。

ああ、どうして一度もその可能性を考えなかったのだろう。

「香純、君は……あの日以外にも、この男と会っていたのか？」

秀明の淡々とした言い方に、香純の心臓に、矢で射貫かれたような鋭い痛みが走る。

でも、それを堪《こら》えて、きちんと説明しなければと彼を見返した。

誤解され続けるのは、もう嫌だ。

「ごめんなさい。でも会っていたのではなく、この日はたまたま偶然に——」

「君は、京都のホテルで儂《わし》に言った。とても好きな人といると……幸せそうに。相手は秀明だと思ったが、実際はそうではなかった。まんまと儂《わし》を欺《あざむ》いたわけだ」

「いいえ、そうではありません」

秀明の祖父の香純に向ける眼差しは、冷たさを増していく。

香純の涙腺《るいせん》が緩《ゆる》み、視界がボヤけていった。

「泣き落としは通用せん。君が仕組んだ悪巧みは、一つ残らず明るみに出た。さっさと孫の前から消え去るがいい」

秀明の祖父は、再び秀明に意識を戻した。

「ここ数週間、秀明が詩織さんと頻繁《ひんぱん》に会っていたのは知っている。一緒に過ごしてみてわかったはずだ。まだ若いが、彼女の方が壬生家の嫁に相応《ふさわ》しいと。最初の予定どおり、彼女と結婚するんだ。いいね」

えっ？　詩織さんと会っていた？　――秀明を窺《うかが》うが、彼は祖父を見返すだけで何も言わない。

つまり、それは事実だということだ。

ここ最近、頻繁に秀明が外出していたが、ようやくその理由がわかった。

香純は愕然《がくぜん》となりながらも、激しい嫉妬《しっと》に駆られる。

でも、香純には秀明を責める権利などない。秀明の偽《いつわ》りの恋人でしかない香純は、ただ黙っている他ないのだ。

「お祖父《じい》さん。それを今、香純の前で言うのはどういう理由ですか？　……俺が何をしていたか、既にご存知でしょう？」

秀明が苛立ちを抑え込んだような低い声で反論する。彼の顔には、憤《いきどお》りに似たものが見え隠れしていた。

「……ごめんね、秀明さん」

感情を堪《こら》え切れなくなって、香純の口から謝罪の言葉が零《こぼ》れた。そんな香純に、秀明が訝《いぶか》しげに目を眇《すが》める。香純は彼から顔を背《そむ》けた。

探偵の手で素性を調べ上げられた以上、もう嘘は吐けない。

秀明には彼を想う婚約者を演じろと言われたのに……

ごめんね、本当にごめんなさい——何度も心の中で秀明に謝りながら、彼の祖父に目を向けた。

香純は、秀明の祖父をだました最低な女。そう思われても仕方がない。

何故なら、それはまぎれもない事実だからだ。

しかし、資料には示されていない香純を知ってほしい。偽《いつわ》りの上で成り立った関係だと勘違いされたまま、全てを終わらせたくない。

「壬生さん」

秀明の祖父と目を合わせるだけで、香純は尻込みしそうになった。

でもここで退《ひ》いては前に進めない。何を言っても信じてもらえないかもしれないが、今伝えなければ全てが終わってしまう。

香純は手にした資料をテーブルに置き、お腹に力を入れて声を振り絞る。

「この資料に書かれてあることは、全て事実です」

「香純……!?」

秀明が香純の手を掴み、強く握り締める。香純はその手を優しく解き、今度は自ら彼と指を絡めた。

「わたしが秀明さんと知り合ったのは四月、ホテルのラウンジでした。代役派遣サービスのバイトをしていたのは、借金を返すためです。そこでわたしは依頼人を間違えてしまい、秀明さんと恋人の詩織さんとの仲を壊してしまったんです」

秀明の祖父の視線が、一瞬秀明に向けられる。秀明の躯《からだ》が強張《こわば》るのが香純にも伝わったが、香純はそちらには目を向けず、彼の手を握る指に力を込めた。

「詩織さんとの仲を壊してしまった償《つぐな》いとして、わたしは秀明さんの偽《いつわ》りの婚約者になりました。期間は三ヶ月。何故三ヶ月なのか、理由は聞いていません。それは、知る必要がなかったからです。わたしがするべきなのはただ一つ。彼の役に立つ行動を取るだけ」

「だったら、何を言い訳している？　資料に書かれてあることは真実なのだろう？　こうして儂《わし》に全て知られたのだから、さっさとここを立ち去ればいいのではないのか？」

「ですが、資料には一番大事な……わたしの胸の内が記されてはいません」

「香純、黙るんだ」

「いいえ！　黙ってなんかいられない……」

止めようとする秀明に、香純は語気を強めて抗《あらが》った。

「わたしたちの関係は不純な動機の上に成り立っていたもの。契約が終わればわたしは秀明さんのもとを去り、普通の生活に戻るという約束から始まった。わかってたのに、わたし、本当に――」

感情の制御ができなくなり、薄《うっす》らと涙が浮かぶ。

この先を口にすれば〝俺はそんな意味で君に触れたわけじゃない！〟と秀明に怒鳴られるに違いない。

でも、もう気持ちを偽《いつわ》れない。

秀明の祖父に本当の婚約者ではないと知られてしまった以上、二人の契約はもう終わりだ。この先は、別々の道を進むことになるだろう。

そうなれば、もう二度と、秀明に会えなくなる。本当の想いを伝えるには、この場所しかないのだ。

秀明は感情の色を失った表情で、香純を見つめている。

いつもの秀明とはまったく違うその様子から拒絶を感じ、香純の心が折れそうになる。

けれど勇気を持って、彼の目を見返した。

「秀明さんを好きになってしまった」

香純の告白に秀明が何かを言おうとしたが、最後まで言い切っていない香純は、「聞いて」と懇願《こんがん》した。

「秀明さんから好意を抱かれる日は、絶対にこない。なのに、惹かれていく気持ちを止められなかった。だけどね、それでも幸せだった。わたしは心を偽《いつわ》らず貴方を愛せたし、たとえ想いがなくても、秀明さんに愛される幸せを得られたから」

香純を拒否する秀明の顔を見たくなくて、先ほどから一切口を挟まない彼の祖父に意識を移す。

秀明の祖父の目に宿っていた冷酷な光は消え、代わりに、香純が何を言いたいのかその真意を問う姿勢でこちらを見る。

好意的というわけではないが、確かに秀明の祖父は今、香純の話に耳を傾けてくれている。

香純は嘘を言うつもりは一切ないと伝えるように、真摯《しんし》な目を秀明の祖父に向けた。

「その言葉に偽《いつわ》りはありません。確かに好きな人に愛されない苦しみはありましたが、それよりも……好きな人と一緒に過ごす時間を大切にしたいと思ったんです。だから、秀明さんと築いた関係が全部偽《いつわ》りだったと決めつけるのは止《や》めてください」

「仮に貴女の話が真実だとしよう。それならば、この男との逢瀬はどう説明する？ 孫を第一に考えていないという証拠ではないか」

秀明の祖父の言葉に、香純の躯《からだ》がビクンと跳ねた。

「会っていたのは事実です。ですが――」

「不義を働く娘など、壬生家には必要ない」

秀明の祖父はそう言うと、おもむろに立ち上がった。すぐさま秀明が反応して、口を開く。

「必要か必要でないか、それはお祖父《じい》さんが決めるものではありません。妻を迎える、俺自身が決めること。匡臣もそうしたでしょう？」

「匡臣は分家だ、本家を継ぐお前とは違う！」

「そう、本家を継ぐのは俺です。その俺が、自分で決めた女性を迎えるんです。そういう女性とめぐり会ったと、京都できちんと紹介したでしょう？」

「それが偽《いつわ》りの婚約者を立てて、儂《わし》を欺《あざむ》こうとした行動だがな」

力なくため息を吐く秀明を無視し、秀明の祖父は少し屈んで、テーブルの上にある封筒を取り上げた。そこから何かを抜いて、秀明の前に置く。

薄紫色の表紙に花模様のエンボス加工がされたそれには、金箔で〝御写真〟と箔押しされていた。

もしかして、これって……

香純は台紙から目を上げ、秀明と彼の祖父を交互に凝視する。

「秀明が三十三歳になる、七月二十九日。その日までに結婚相手を決めろと言ったのは、まだ有効だ。そこに写る相手のお嬢さんとどうなりたいのか、はっきり儂《わし》に伝えに来い。いいな？」

これで話は終わりだとばかりに、秀明の祖父は、香純が拾ったあのセンタークリースハットをかぶった。帽子の下から何か言いたげに、ちらっと香純を見る。どんなことを言われても受け止めようと身構えるが、彼はそれ以上口を開かない。ただ香純に向かって不意に目を細め、口角を上げた。

これまでとは全然違う優しげな顔つきに、香純は思わず息を呑む。

秀明の祖父はさらに頬を緩《ゆる》めるが、それを隠すように少し顎《あご》を引いて帽子をかぶり直し、部屋を出ていった。

「失礼いたします」

部屋の隅に待機していた男性もあとに続き、襖《ふすま》を閉めた。

部屋に秀明と二人きりになる。

秀明の祖父が香純に見せた不可解な笑顔に戸惑いつつ、香純は隣の秀明を横目で窺《うかが》った。

部屋に漂《ただよ》う張り詰めた空気に躯《からだ》を強張《こわば》らせながら、秀明が口を開くのを待つ。しかし彼は言葉を発しない。その頑《かたく》なな様子に、香純の心臓が痛いほど強く打ち始める。

〝閨《ねや》の手ほどきをしたのは、立ち居振る舞いから偽《いつわ》りの婚約者だとバレないようにするためだった。それを本物の愛情と勘違いするとは、呆れてものが言えない〟とでも思っているのだろうか。

その時、香純は秀明とまだ手を繋いでいることに気付いた。

咄嗟《とっさ》に手を引こうとするが、そうする前に、秀明に彼の方へ引き寄せられる。

「あっ！」

重心を失い、畳に手をつく。

「俺を好きになってしまった……と香純は言った。それは真実か？」

「ご、ごめんなさい、わたし――」

「謝罪を聞きたいんじゃない。君の心を知りたいんだ」

何故か必死な口調で訊いてくる。秀明の態度に驚くものの、既に気持ちを伝えた以上、ここで口籠《くちご》もることはない。

どうなろうとも、香純は秀明を愛していると口にしたのだから……。

香純は至近距離で秀明と視線を合わせた。

「最初は、償《つぐな》いの気持ちが大きかった。でもね、秀明さんと過ごしていくうちにどんどん心が満たされて、同棲を始める前には、もう愛していた。貴方のお祖父《じい》さまに言ったとおり、わたしはずっと、ずっと……秀明さんが本当の恋人だと思いながら付き合ってきた。その心に偽《いつわ》りはないわ」

香純の目にはいつの間にか涙があふれ、同時に秀明の輪郭がじわじわとボヤけていく。溜《た》まった涙が頬を伝い落ちても、この想いは本物だと訴えるべく、彼を見つめ続けた。

「秀明さんを愛しています」

「前の男でもなく、和臣でもない。この……俺をか？」

「他の誰でもない、貴方だけを」

何故和臣の名を出したのか見当もつかないが、香純はそこには触れず、降り積もった想いだけを告白した。

刹那《せつな》、秀明が香純の手を離し、両腕を背中に回して強く抱きしめてきた。

香純の首筋に、秀明が顔を埋《うず》める。思わず肩をすくめてしまうほどの愉悦が背筋を這《は》った。

秀明が頬で香純の髪を掻き分けて、耳殻《じかく》に唇を寄せる。香純の口から甘えるような息が零《こぼ》れると、そこに口づける。

「あ……っ」

「香純、好きだよ」

秀明の言葉に、香純は目を見張る。

えっ？　好き？　まさか……!?

なかなか受け止められず、何も反応できない香純に痺《しび》れを切らしたのか、秀明が躯《からだ》を離した。

「聞こえた？　もう一度言うよ。俺は、君を愛してる」

「愛して？……本当に？」

確かめるように囁《ささや》く香純に、秀明が瞳を輝かせる。

「ああ、本当だ」

秀明の言葉が心に浸透するにつれてお互いの距離が近づき、吐息がまじり合う。彼から発せられる温もりと芳《かぐわ》しい香りに心がざわめき、香純は思わず彼の腕を掴んだ。

すると、僅《わず》かな隙間《すきま》もなくなるぐらいに秀明が躯《からだ》を寄せ、香純にキスを求めた。

一度だけではない。二度、三度と柔らかさを確かめては唇を重ねる。

濃厚なものではないが、その優しくついばむ行為には、相手を慈《いつく》しむ愛情が込められていた。

あまりにも素敵な口づけに、香純の胸はいっぱいになる。やがて、どちらからともなく顎《あご》を引き、見つめ合った。

秀明は香純への愛を瞳にたたえているものの、口元には自嘲《じちょう》の笑みが浮かんでいた。

「正直、最初は香純を利用するつもりだった。もう、わかってるはずだ。詩織さんは俺の恋人でもなんでもないというのを。彼女は祖父が見合いをセッティングし、俺にあてがおうとした女性だ」

「恋人ではなかったの!?」

「気付いてなかったのか？」

驚愕する香純に、秀明がふっと笑うが、触れずにはいられないとばかりに、香純の頬に指を滑《すべ》らせた。

「あの日、俺は祖父たちの策略にはまって、あの場にいたんだ。どうやって相手を傷つけずに縁談を断ろうかと考えていた時、香純が現れた。俺は香純が人違いをしていると気付き、その言動に乗っかることにした。そして事情がわかったあとは、罪を感じた君の心に付け込んだんだ。俺たちから少し離れた席に、祖父と詩織さんの祖父の蒲生氏もいたからね。二人に見られたのも、俺にとっては好都合だった」

不意に、秀明が親指で香純の唇を撫でた。淫《みだ》らな閨《ねや》へ誘う時みたいに、愛しげにそこをたどる。

香純の息遣いが速くなり、彼の指がしっとり濡れてきた。

「香純とは持ちつ持たれつの関係で付き合おうと、最初はそう考えていた。俺にとって、それで充分だった。契約が終了すれば香純を自由にするつもりだったしね。ひとまず、俺が三十三歳を迎える日までに婚約者がいれば、俺は誰とも結婚しないで済むと思っていた」

「どうして三十三歳なの？」

香純は偽《いつわ》りの婚約者になると決めた時、償《つぐな》いこそが第一なので期間限定の理由など知らなくていいという気持ちでいた。だから今まで、その理由を問うたことはなかった。

なのに香純が今になって訊いてきたせいか、秀明がおかしそうに口角を上げる。

「一応思い当たる節はある。祖父の叔父《おじ》が病気で亡くなったのが、その年齢なんだ。未婚でね。とはいえ、本当のところは俺にもわからない。ただ、俺が三十三歳になっても未婚なら、詩織さんと結婚させると祖父は蒲生氏に約束していた。でも俺にその気はない。だから、婚約者が必要だった」

何故期間限定の婚約者を必要としたのか、何故〝お祖父《じい》さんと蒲生氏の策略にはまり……〟と言ったのか、香純はようやくその意味がわかった。

でもこれで終わったわけではない。秀明の祖父は、詩織が駄目なら他の令嬢を彼にあてがうだろう。それほど、彼を結婚させたがっている。

香純はテーブルに置かれた見合い写真と思《おぼ》しき台紙に目をやる。しかしそれを、秀明が手で払った。台紙がテーブルの上を滑って下に落ちる。

「これは必要ない。確かに、祖父は俺を結婚させたがっている。本家の跡《あと》継《つ》ぎとして、いろいろと自覚を持たせようとしてね。だが、祖父の望む女とは一緒にならない。どんな困難が待ち受けていても、俺は香純を自由にしてやれない！」

「本当に？　お祖父《じい》さんに反対されても、わたしを想ってくれるの？」

二人の視線が、まるで蜂蜜《はちみつ》みたいに甘く絡まり合った。

秀明が香純の髪を愛しげに指で弄《もてあそ》ぶ。感じやすい首筋に秀明の指が触れて、躯《からだ》がビクッとなる。彼は香純をなだめるように、髪を耳に掛けた。

「香純を意識し始めたのは、同棲する直前。愛しいと感じたのは、初めて香純をベッドで悦《よろこ》ばせた時だ。出会いは確かに、あまりいいとは言えない。でも、俺たちは新しい関係を築いていけるんじゃないかと思ったんだ。だが――」

秀明が言葉を濁《にご》し、言いにくそうにする。視線を落としてばつの悪そうな表情をするが、しばらくすると顔を上げて、香純の目を真っすぐに見つめた。

「翌朝、まるで本物の恋人同士みたいに和臣と笑い合う姿を見て、嫉妬《しっと》でどうにかなりそうだった」

「えっ、和臣さん？　……嫉妬《しっと》？」

きょとんとする香純に、秀明が情けなさそうに苦笑した。

「今ならわかる。香純は和臣をなんとも思っていなくて、俺の従弟《いとこ》だから仲良くしていただけだと。でもあの時は、余裕がなかった。俺はね、香純の心が和臣に傾くのを恐れて、君に無茶を求めたんだ。旧家のしきたりで閨《ねや》の作法を教え込むと称して、俺から離れられなくしようと思うほどに」

「ま、待って……。じゃ、壬生家のしきたりは？　閨《ねや》の作法は？」

「そんなものはないよ。ただ、あの着物が壬生家の伝統であることは事実だ。妻に迎える相手に贈り、ベッドで着てもらうこともね。そう考えると、あの単衣《ひとえ》は一種のしきたりになるのかな。きっと匡臣の妻もあれを着て、夫を悦《よろこ》ばせているだろう」

「まあ！」

香純の頬が羞恥《しゅうち》で真っ赤になるのを見ながら、秀明が柔らかい笑みを浮かべる。

「これからも俺のために、あれを着てほしい。そう望むほど、俺の香純への想いは本物だ」

先ほどの説明口調とは打って変わって、情熱的にかすれる秀明の声。そこにある想いに感極まり、香純は彼の頬を手で覆った。

「いくら罪の意識に駆られていても、普通なら絶対に躯《からだ》は開かない。わたしが秀明さんを受け入れたのは、好きだからよ。好きな人に……愛されたかったの」

「ああ、香純」

秀明がワンピースの紐に指を掛ける。香純が両腕を下げると、紐がずれ落ち胸元が露《あらわ》になった。

続いて、秀明はレース仕立ての胸元部分に指を引っ掛ける。

「この数週間、香純と触れ合っていない。抱いていいか？　好きな女性と一つになりたい」

「待って！」

香純は乳房に触れる秀明の手に自分の手を重ねた。

秀明の香純を好きだという想いを疑うつもりはない。彼の告白は真実だと信じている。でも一つだけ、彼に訊きたいことがあった。

しかし、香純に遮《さえぎ》られて不安を感じ取ったのか、秀明が香純の手をぎゅっと握る。

「俺が信じられない？　祖父の薦《すす》める女性ではなく、君を選んだ俺を？」

「違う！　そうではなくて……どうしてこの数週間、わたしを避けていたの？　どうして詩織さんと会っていたの？」

「香純は？　どうしてあの男と何度も会っていた？」

「何度もって……、二回だけよ。それに、会いたくて会ったわけじゃない！」

武人の話をされ、つい動揺してしまう。それに自分に非がある自覚もあり、狼狽《ろうばい》の色を隠せない。

すると、秀明が香純の手の甲にキスを落とした。

「俺も同じだよ。蒲生氏が孫の詩織さんを俺に嫁がせたくて、会社に乗り込んできた。……覚えてる？　香純を会社に呼んだ日を」

そうして秀明は、この数週間に起こったことを話してくれた。

いくら縁談を断っても諦めてくれない蒲生家に、秀明は自分なりに決着をつけようと考え、詩織と会っていたようだ。

彼女と会う以上、問題が収束するまで香純には触れないと決めて取り組むが、そのせいで鬱憤《うっぷん》が溜《た》まり、知らず知らずに態度に出てしまっていたという。

「そうだったのね。何故わたしを避けていたのか、何故態度も冷たかったのか、その理由がやっとわかった」

「悪かった。香純に言われるまで、俺もそう取られるとは思いもしなかったよ」

秀明は苦笑いしながら一息つき、そして再び口を開いた。

「まぁ、そんな理由で苛立っていたが、今日で、ようやく詩織さんとの縁に終止符を打てた。これで、思う存分香純に触れられると期待して帰宅したのに、香純がいない。俺がどれほどやきもきしたか……」

「ごめんなさい」

香純は素直に謝るが、それでも秀明は腹の虫が治まらないのか、香純の手をきつく握った。

「言っておくけど、昔の男につけられたキスマークには腹が立っている。事情は理解してるつもりだが、俺の気持ちは別問題。他の男には触れさせたくない。……君は俺のものだ」

それは、香純がアパートで転んだ時、上に乗った武人に付けられた痕《あと》のことだ。

「あれには理由があるの。わたし、背中を打って武人が――」

途端、秀明が香純の口を手で覆い、顔を寄せてきた。

「その名前は二度と口にしてほしくない」

秀明の切実な想いが伝わってくる。

香純は秀明の手を掴み、はにかみながら自身の乳房へと誘《いざな》った。

「言わせないようにして。わたしが秀明さんのことしか考えられないように、愛して」

秀明が顔を傾けて、香純の唇を塞いだ。

「好き、好きなの……」

香純は口づけの合間にも想いを告げ続ける。そして腰を軽く浮かせて背伸びをし、秀明の肩に手を置いた。

何度も角度を変えてはキスを交《か》わし、秀明と舌を絡め合う。

「香純、君は俺のものだ。誰にも……渡さない」

秀明の囁《ささや》きは、香純の鼓膜だけでなく、躯中《からだじゅう》の細胞を甘く蕩《とろ》けさせていく。

快感に身震いした時、秀明に下着の胸元部分をずらされた。乳房が空気に触れて、頂《いただき》が硬く尖る。

躯《からだ》を離すと、秀明が乳房を手のひらで包み込んだ。彼の手から零《こぼ》れてしまうほど豊かなそれは、揉みしだかれるたびに変形する。色付いた乳首を、彼は弾き、摘《つ》まみ、指の腹で転がした。

その刺激に香純の躯《からだ》が跳ね、燻《くすぶ》る火が燃え上がっていく。

「ン……う、はぁ……ん」

これまで秀明に愛され尽くした躯《からだ》は熟《う》れ、ほんの少しの愛撫でも彼を受け入れる準備をし始める。スカートの下に隠れる双脚の付け根では蜜が滴《したた》り、パンティが濡れる。

今すぐにでも秀明がほしいと、秘所が痛いほど疼《うず》いた。

香純は愛しげに触れる秀明の手つきに胸を高鳴らせて、自ら肩紐を腕から抜く。

「君は本当に……、俺の心を揺り動かし、欲望を煽《あお》る」

「こんなわたしを見られるのは秀明さんだけよ……」

香純の囁《ささや》きに、秀明が興奮したような息を吐いた。

秀明の手でワンピースを足元へ引き下ろされ、一緒にパンティも脱がされる。

「もう待てない」

秀明が香純を両腕にすくい上げた。

香純は片腕を秀明の首に回し、空いた手で彼のネクタイを解き始める。

秀明が、見事な彫り細工が施《ほどこ》された装飾欄間《らんま》の方に歩き出したので、そちらに続き間があることが香純にもわかった。

秀明に抱き上げられたまま、香純は引き抜いたネクタイを畳に落とし、シャツのボタンに指を掛ける。

その時だった。

「壬生さま、お食事をお持ちいたしましょうか？」

突如聞こえた仲居の声に、香純は躰《からだ》を強張《こわば》らせる。秀明に躰《からだ》を寄せて胸を隠すが、彼は動じず、続き間へ続く襖《ふすま》に手をかけた。

「結構だ。今夜は、このまま泊まらせてもらう」

仲居にも聞こえるように、秀明が少し声を張る。すると、女性は「ごゆっくりお寛《くつろ》ぎくださいませ」と告げ、室内には入らずにそのまま下がっていった。

秀明が襖《ふすま》を開け、続き間に入る。

そこは、現代風にアレンジされた純和風の寝室だった。

和室の中央には、座敷より一段高くしたマットレスの上に布団が敷かれ、枕元にある和紙造りのランプシェードが室内をあやしく照らしている。

「秀明さん、わたしたち、ここに泊まるの？」

「部屋を取ってくれた祖父に感謝しよう」

秀明は香純を布団に横たわらせると、背後の襖《ふすま》を閉めた。

柔らかな光に照らされる香純の裸体《らたい》を見ながら、秀明が上着を脱ぎ、シャツを乱暴に放り投げる。

香純は、何度見ても見事な秀明の体躯《たいく》に目を走らせる。早く秀明に触れたくて、香純の躯《からだ》が疼《うず》き始めた。

秀明への想いが高まるにつれて、香純の肌が彼を求めてしっとりしてくる。腿《もも》を擦《こす》り合わせるだけで、くちゅっと音が聞こえてしまうほど濡れていた。

まだ触れられてもいないのに、もうこんなにも秀明と愛を交《か》わしたくなるなんて……

香純は、求められる前に自分から秀明を愛したい衝動に駆られた。これまでと違い、もう彼を愛する想いを隠さなくていいのだ。

香純は手をついて上体を起こし、ベルトを外そうとする彼の手にかける。

「香純？」

「手伝いたいの。いい？」

秀明のズボンのファスナーに触れて上目遣いで見ると、彼が香純の頬に触れて頷いた。

「俺を悦《よろこ》ばせてくれ」

期待が籠《こ》もった、秀明の眼差し。香純はそこにある誘惑にドキドキしながら、彼のズボンを脱がせた。

「……ぁ」

ボクサーパンツに包まれた、秀明の股間。

一秒でも早く解放されたいと意思表示する彼のものは、形がくっきり浮き出るほど生地を押し上げていた。

香純は喉の渇きを覚えつつも秀明の腰骨に触れ、ボクサーパンツに指を掛けて引き下ろす。

鍛えられた腹筋の下にある黒い茂みから、赤黒い昂《たかぶ》りが勢いよく反り返る。秀明の象徴はしなりつつも、決して頭を垂れなかった。

「さあ……」

秀明が香純の感じやすい首筋と耳殻《じかく》の裏を指で撫で、長い髪を耳にかける。そして、その先を促《うなが》した。

応えるように、秀明の硬茎に手を添える。顔を近づけると、香純はぷっくり膨《ふく》らむそこを口腔《こうこう》に含んだ。

頭上から聞こえる、秀明の弾む息遣い。

香純はその声に合わせて舌を柔らかくしたり、硬くさせたりして、漲《みなぎ》ったものに刺激を与える。

もっと、もっと感じてほしい……！

「うっんぅ……ふぁ……、くっ」

スピードを上げて雄々しいものに圧力をかけた時、秀明が呻《うめ》き声を上げて腰を強く引いた。

秀明自身が口腔《こうこう》から跳ねて逃げる。

「あっ！」

そっと窺《うかが》うと、秀明は引き締まった腹筋を波打たせながら、肩で息をしていた。その瞳は、欲望で滾《たぎ》っているようにも見える。

「これ以上されたら持たない」

いつの間に手にしていたのか、秀明が小さな包みを破ってコンドームを取り出し、唾液で光るシンボルにかぶせた。

もうすぐあの熱くて硬い秀明の剣が、香純の鞘《さや》に収められる……。

秀明に何度も満たされた記憶が瞬時に甦《よみがえ》り、香純の躯《からだ》が期待してぶるっと震えた。

「どういう風に愛し合いたい？　香純の好きにしていいよ。但《ただ》し、最後は俺が主導権を握らせてもらうけどね」

一方的に愛するのではなく、一緒に想いを紡ごうとしてくれる気持ちが嬉しくて堪《たま》らない。

香純は秀明の手を取り、彼を布団の上に誘《いざな》った。彼に仰向けに寝てもらい、大胆にも彼の腹部を跨《また》いで、膝立ちする。

秀明は香純の意図を知ると、嬉しそうに目を輝かせた。

香純は秀明の腹部に片手を置いて、彼の昂《たかぶ》りを受け入れようとそこに手を伸ばす。不意に彼が、香純の腰に片手を添えて、濡れた秘所に指を忍ばせてきた。

「嘘、ぁん……っ！」

秀明が花弁を上下に擦《こす》る。彼を欲するそこは、既に蜜にまみれていた。滑《すべ》りの良いそこに、彼の愛戯《あいぎ》で刺激がもたらされる。

「あっ、あっ……っんぁ」

「凄く濡れてる。幾度となく閨《ねや》の作法を教え込んだせいか、すっかり俺の手で生まれ変わったね」

「秀明さんの傍《そば》にいる間は、恋人として愛し愛されたかった。だから、わたしは秀明さん好みの女性になりたくて……それで身も心も……っ、んぁ！」

淫襞を左右に開かれ、色付く花芯を擦《こす》られる。腰が引けそうな刺激に筋肉が引き攣《つ》るのに、一気に血が沸騰《ふっとう》したかのように熱くなるのも感じた。

秀明が香純の蜜孔に指を挿入して、さらに追い打ちをかける。

「んんぁ、あんっ、ダメ……んっ、わたしが……！」

香純が秀明を悦《よろこ》ばせるはずが、いつの間にか彼の容赦ない攻めが始まった。指を曲げては柔肉を擦《こす》り、あふれる愛液を掻き出しては回転をかけ、規則的な間隔で香純を乱す。

秀明の蜜戯に、腰がガくがくしていく。

秀明の腹部に両手を置いて耐えていたが、膝立ちを続けるのがもう辛い。

「ひぅ……ん……、あ……んっ！」

秀明が律動を激しくすると、蜜に空気がまじってぐちゅぐちゅと淫靡《いんび》な音が響いた。

快《ここち》いうねりに背を弓なりに反らした時、心地いい疼痛《とうつう》が尾てい骨から背筋へと走り抜けていった。

「っんぅ……！」

香純は艶《つや》のあるふしだらな声を上げて、打ち寄せる陶酔《とうすい》の波間に漂《ただよ》った。

快楽に躯《からだ》を震わせる香純を、秀明がうっとり見上げている。

「大好きよ。わたしがこんな風に乱れながらも、求める相手は秀明さんだけ……」

雄々しく頭をもたげる硬杭に片手を添えて、濡れそぼる蜜口へと導く。先端が触れると、じわじわと腰を落とした。

蜜壁を四方八方に押し広げる感触に、背筋に甘美な電流が走り抜けていく。

「あっ……、んあ、はぁ……っぁ！」

香純は目を閉じると背を反らし、躯《からだ》を上下に動かし始めた。秀明自身を根元まで深く迎え入れ、軽く引き、また奥深くへ進ませる。自分のリズムで腰を回転させて、敏感な粘壁を擦《こす》った。

身を焦がす刺激を受けて蜜壷が激しく収縮し始めると、秀明の怒張を強弱をつけてしごく。

「香純、君はとても素晴らしい！」

これまで香純に自由にさせていた秀明だったが、急に香純の腰を支えていた手に力を込め、彼が自ら拍子を取り始めた。

「嘘……！　あっ、ダメ……、すぐに……イッちゃう、っん！」

秀明はより一層肢体を揺すって、香純を煽《あお》った。それは香純が刻んだ緩《ゆる》やかなリズムとはまったく違い、理性をかなぐり捨てたような激しい突きを繰り返す。

「い……ぅ、んっ、は……ぁ……はぁ！」

香純は、秀明に誘導されて身を預ける。押し寄せる快感は強烈で、香純の喘《あえ》ぎはすすり泣きに変わっていた。

秀明の作り出す甘い激流に攫《さら》われそうになった時、突如彼が勢いよく起き上がった。体位が変わったせいで、結合が深くなる。

「っんぅ！」

間近で見つめ合う秀明の目は、悦《よろこ》びに輝いていた。

「ここからは、俺が主導権を握る」

秀明が香純の唇の上で囁《ささや》き、顔を傾けて深く口づける。

次の瞬間、香純は秀明に押し倒されていた。両脚を左右に大きく押し広げられ、膝が乳房に触れるほどの苦しい体位になる。

秀明が小刻みなテンポで香純を攻める。香純は、新たに生み出された疼痛《とうつう》に包み込まれた。

巧みに香純の総身を揺らす秀明。挿入の角度を変えては、ずるりと引き抜き、内壁を切っ先で擦《こす》り上げる。そうして、香純を最上の高みへと駆り立てていく。

「あっ、あっ……っ、ふ……ぁ」

顔をくしゃくしゃにさせ、香純は躯《からだ》にまとわりつく愉悦に身をゆだねた。

白い頬は赤く染まり、唇から漏れる吐息は熱をはらんでいく。

次第に喘《あえ》ぎが遠ざかり、代わって早鐘を打つ拍動音が耳の奥で大きく鳴り響き始めた。

これ以上は、もうダメッ！

香純が引き攣《つ》った声を上げた時、秀明が二人の繋がった部分に手を忍ばせて花芽を強く擦《こす》った。

刹那《せつな》、熱だまりが一気に飛び散った。

「あぁ……っ！」

香純は胸を突き出し、背を弓なりにして嬌声を上げる。周囲の音が一瞬で掻き消えてしまうほどの情火に攫《さら》われると、意識をも凌駕《りょうが》する艶美《えんび》な世界へと舞い上がり、気が遠くなる絶頂に身を投じた。

秀明は激しい収縮に呻《うめ》きつつも、負けじと数回激しく律動して、香純の深奥で熱い精を迸《ほとばし》らせる。

そうして秀明は躯《からだ》を数回痙攣《けいれん》させたあと、詰めていた息を長く吐き、香純に体重をかけた。何にも代え難い宝物であるかのように香純を抱きしめて、弾む息遣いを肩口に零《こぼ》す。

愛し合った熱が収まるまで、二人は互いにしっかり躯《からだ》を寄せ合った。

鋭敏になった感覚が次第に鈍くなってきた頃、秀明が躯《からだ》を離してコンドームの処理をする。

秀明の温もりが消えたのが妙に寂しくて、香純は思わず肘《ひじ》をついて躯《からだ》を捻《ひね》った。寝転がったまま彼の腰に片腕を回し、腰骨あたりに口づける。

「何？　……寂しかった？」

穏やかに囁《ささや》いた秀明が、戯《たわむ》れる子犬を可愛がるような手つきで香純の頭を撫でた。

「風呂に入ろう。ここの内風呂は檜《ひのき》造りでとても気持ちいいんだ。どこか郊外の旅館に泊まった雰囲気を楽しめるし。待ってて。湯が張ってあるか見てくる」

枕元に置いてある浴衣《ゆかた》を羽織った秀明は、襖《ふすま》を開けて出ていった。

身も心も愛された幸せに酔っていいはずなのに、どこか途方に暮れてしまいそうな焦燥感が湧き起こる。

何故そうなるのかわからず、香純は秀明の姿を求めて隣室に目をやった。

その時、畳の上に落ちたままの薄紫色の台紙が視界に入る。

「あっ、あれは……！」

胸騒ぎの正体に、ようやく気付いた。

香純は素肌の上に浴衣《ゆかた》を引っ掛けると、気怠《けだる》い躯《からだ》に力を入れて隣室に足を踏み入れる。

テーブルに手をついて腰を落とし、お見合い写真を拾い上げた。

〝御写真〟と箔押しされたそれを開けば、秀明の祖父が孫に望む結婚相手が現れる。

忍び寄る不安に、香純の顔から血の気が引いていく。愛された名残で躯《からだ》は未だ火照《ほて》っているにもかかわらず、手の先は冷たくなっていた。そんな状態でありながらも、勇気を出して開こうとする。

その時、不意に肩越しに伸びてきた手で台紙を押さえ付けられた。

振り返ると、いつの間にか部屋へ戻っていたらしく、秀明が香純の背後にいた。

眼差しで窘《たしな》める秀明に、香純は首を横に振って再び台紙に視線を落とす。

「秀明さんと一緒にいたいのなら、見なければいけないと思う。愛し愛されるだけじゃいけないの」

「俺はどんなことがあろうとも、祖父と対立することになっても、絶対に香純を離さない。こんなもの見る必要はないんだ」

「わたしだって、秀明さんと離れるつもりはこれっぽっちもない。でも反発だけしていては、決してお祖父《じい》さまに認めてもらえない」

幸せな未来を夢見てはいたが、香純はわかっていた。

秀明の祖父は、絶対に香純を認めないと……

だからといって、自分はなんの努力もせず、秀明の愛にだけ頼る真似《まね》だけはしたくない。

「今のわたしが秀明さんには相応《ふさわ》しくないって、わかってる。それでも貴方の隣に立てるように頑張りたいの」

「君は……どうしてそんなに一生懸命になって、困難なものに立ち向かおうとするんだ？　俺が偽《いつわ》りの婚約者になってほしいと言った時も、そうやって前だけを見ていた」

「これがわたしなの。何もせずに悩むより、一歩前に足を踏み出したい……」

秀明が諦めに似たため息を吐くが、その表情はどこか清々《すがすが》しさも感じられるほど明るかった。

「そうだな。俺はそういう香純を好きになったんだった。俺の人生を変えるほど、新しい世界を見せてくれる君を……。よし、一緒に立ち向かおう。香純が傍《そば》にいてくれるなら、俺はどんな困難が待ち受けようとも正面からぶつかる」

香純は肩越しに振り返り、秀明に感謝を込めて微笑んだ。そしてもう一度、台紙に視線を戻す。

秀明の祖父が〝そこに写る相手のお嬢さんとどうなりたいのか、はっきり儂《わし》に伝えに来い〟と言っていた言葉を噛み締めながら、香純は表紙と薄紙を捲《めく》る。

「……えっ？　な、何？　これ……。お見合い写真じゃ、ない？」

目に飛び込んできたのは、京都の渡月橋で腕を組んで歩く、香純と秀明の写真だった。

それは、秀明と一緒に朝の散歩をしていた時のものだ。

朝陽を背にして微笑み合う姿は、本物の恋人同士にしか見えない。

いったいいつ撮られたのだろう。

これも、探偵が撮ったものなのだろうか。

だとしても、何故それが、ここにお見合い写真の台紙に載っているのか理解できない。

すると、秀明が部屋中に響き渡るほどの陽気な笑い声を上げた。きょとんとする香純の腹部に腕を回し、台紙に挟んであった和紙を手にする。

それを香純にも見えるように秀明が開くと、そこには達筆な字で〝秀明の過去の恋人たちは、誰一人こんな顔をさせられなかった。お前はそれをわかっているのか？　真実こそ、光射す〟とあった。

読み終えた香純は、どう反応すればいいのかわからず黙る。

その横で、秀明が嬉しそうに香純の頬に唇を落とした。

「なるほど、そうきたか……。あんな言い方をしたのは、俺にその心構えがあるのかどうか試すため。実際は、俺よりも香純の方が度胸があったわけだが」

「試す？」

「ああ。覚えてる？　祖父が〝そこに写る相手のお嬢さんとどうなりたいのか〟と言ったのを」

香純が頷くと、秀明がさらに香純を抱く腕に力を込めた。

「俺にそれを見る気概があるのか試したんだろう。祖父は甘くないからね。だから素直に〝お前が心を許せる女性に出会えて嬉しい〟とは言わず、こうやって手の込んだ仕掛けをした。そして最後の一文。祖父の口癖だ。困難に立ち向かった先にあるのは、開かれた未来だと」

「開かれた未来……」

そう口にした瞬間、秀明の祖父が部屋を出ていく際、香純と目を合わせて浮かべた笑みが頭を過《よぎ》った。

あの時はわからなかったが、もしかして秀明の祖父は既に、香純が秀明を本当に愛していると感付いていた？　だから、香純を認めるように優しげに頬を緩《ゆる》めたのだろうか。

二人の真実の愛は見せてもらったと……

香純は徐々に高まっていく想いに胸を熱くし、腹部に回された秀明の腕に手を置いた。

でも、ここで安堵《あんど》してはいけない。

今は香純と秀明の関係を認めてもらえたかもしれないが、これからはそれでは済まないはず。気持ち以外の部分でも、香純はもっと成長していかなければならないだろう。

秀明は普通のサラリーマンではない。将来壬生家を継ぎ、旧家の一員としていろいろな事業を担う人だ。

そんな秀明の傍《そば》にいて彼をいつまでも愛していきたいと思うのなら、何事に対しても努力を怠《おこた》らず、苦難を乗り越えていく覚悟を持つべきだ。

香純が子どもたちに読み聞かせた絵本と同じように……

「秀明さんのお祖父《じい》さまと心を通わせたい。わたしは至らないところばかりだから怒らせてしまうかもしれないけど、接することでわたし自身をもっと知ってほしい……」

「ありがとう、香純。君のそうやって前を向く姿勢は、きっと祖父も気に入るだろう。これからも変わらず、俺と共に……」

どんなことがあっても、香純と一緒にいる——そんな想いが、秀明から伝わってくる。

香純も秀明を愛し続けると誓うように、背後にいる彼を振り仰いだ。

どちらからともなく距離を縮め、惹かれ合うまま口づける。

しっとりと濃密なキスを受けるたびに、歓喜と期待が躯《からだ》の奥に広がった。得も言われぬ感覚が躯中《からだじゅう》を駆け抜ける。

香純はずっとほしかった秀明からの贈り物を胸に秘めて、彼をうっとりと見つめる。

「好きよ……、大好き。ずっとわたしの傍《そば》にいてね」

秀明の胸に身をゆだねる香純を、彼が愛しげに抱きしめる。

匂い立つような甘美な幸せに包まれながら、二人は見つめ合っていた。

After days

大きな窓から夕日が射し込む中、香純は飯島と一緒にアイランドキッチンに立っていた。

コンロにかけた鍋の湯が沸騰《ふっとう》すると火を止めて、削った鰹節《かつおぶし》を投入する。

「基本をしっかり頭に入れたら、大丈夫ですからね」

「はい！」

今日は家政婦の飯島に、出汁《だし》の取り方を教えてもらっていた。

「次は鰹節《かつおぶし》をこします。そこのざると布巾《ふきん》を使いますよ」

飯島の指示を受けてざると布巾《ふきん》をセットし、鍋を持って、中身を布巾《ふきん》の上に注いだ。

「一番出汁《だし》は、豊かな味と香り、そして澄んだ琥珀《こはく》色をしているのが特徴なんです。お吸い物や、お味噌《みそ》汁、蕎麦《そば》やうどんのつゆなどに合うことを覚えていてください」

「お味噌《みそ》汁は、この一番出汁《だし》を使うんですね」

飯島の味を自分も出せる日がくるのを信じて、しっかり頭に叩き込む。

こうして前向きに料理を習うには、当然理由があった。

香純は秀明と心を通わせられたが、これから先のことはまだわからない。だからといって、何もせずに空いた時間を過ごすのは嫌だった。自分に足りない部分を、一つずつ埋めていけるように頑張っていきたい。

それで飯島が夕食の準備を始める頃合いを見計らい、料理を教えてほしいと願い出たのだ。

「本当に琥珀《こはく》色なんですね。濁《にご》りがまったくないなんて驚きです」

ボウルに溜《た》まった一番出汁《だし》を見る香純に、飯島が微笑みかける。

「さあ、次は二番出汁《だし》ですよ。一番出汁《だし》で使った削り節を、もう一度使うんです」

一番出汁《だし》とは違い、今度は最初に出汁《だし》がらと水を入れて沸騰《ふっとう》させた。弱火で煮出したあとに火を止め、新たな削り節を少量だけ投入して数分置き、一番出汁《だし》同様に削り節をこす。

「香りは弱いですけど、濃い旨味《うまみ》があります。煮物や炊き込みご飯にいいですね。次の機会に、鰹《かつお》と昆布の合わせ出汁《だし》をお教えしますね」

「ありがとうございます！　……それで、今夜は何を作ります？」

飯島が出来上がった一番出汁《だし》と二番出汁《だし》を見て、にっこりした。

「秀明さんのお好きなニシンの甘露煮《かんろに》があるので、お蕎麦《そば》にしましょう。そして二番出《だ》汁《し》で炊き込みご飯を。いかがですか？」

「ええ！」

香純は飯島に教えてもらいながら野菜を切る。彼女の手際の良さに見惚《みと》れつつ、頑張って作業を続けた。

時計の針が十八時を過ぎた頃、玄関の鍵が開く音が響く。

香純は飯島と顔を見合わせ、笑顔で頷く彼女に見送られて玄関へ走った。

「秀明さん！　お帰りなさ――」

そこで香純の言葉尻が小さくなる。

玄関には、秀明だけではなく和臣もいたからだ。

「香純」

秀明が嬉しそうに香純を両腕に抱く。でもそんな香純を無表情に見つめる和臣と視線がぶつかった。

「今日は何をしていた？」

「えっ？　あっ……ずっと家にいて、飯島さんと話を」

抱擁《ほうよう》を解いた秀明に説明しつつも、香純は和臣から目を離せない。彼は今も、香純が浮気をしていると疑っているのだ。

せっかくこうして顔を合わせたのだから、もう一度誤解を解きたい。

「連絡もせずに、和臣を連れてきて悪い。俺に何か訊きたい素振りを見せるのに、言おうとしないんだよ。それならと思い、家に誘ってみたんだ」

秀明が和臣に入れと促《うなが》したその時、秀明の携帯電話が鳴り響いた。

「悪い、祖父の秘書からだ。先に行ってて。……もしもし」

秀明は応対しながらベッドルームへ続く廊下を歩き出し、奥の角を曲がる。彼の姿が視界から消えてドアの開閉音が響くと、彼の声はまったく聞こえなくなった。

玄関に和臣と二人きりになる。

異様に張り詰めていく空気から伝わるのは、和臣の香純に対する不信感だ。

「和臣さ――」

「出方を見させてもらうとは言ったけど、どうやらこのままの状態で済まそうと思ってるみたいだね。いくら秀明と仲睦《なかむつ》まじい姿を見せつけても、俺はだまされない」

説明する前に口を挟まれてしまう。

でも、秀明との関係を守るためには、自分が頑張らねば……

躯《からだ》の脇で握り拳を作って身震いを抑えると、香純は和臣を見つめ返した。

「秀明さんはもう知っています。わたしが元カレと会っていたのを。何故会う必要があったのかも」

「……それなら、何故俺が問い詰めた時に理由を言わなかった？」

香純は、和臣とのやり取りを思い出しながら、視線をそっと彼の胸元に落とした。

「真実はどうであれ、わたしが悪者になれば……秀明さんに迷惑をかけないで済むと思ったんです。最終的にわたしが浮気したせいで、秀明さんに捨てられたというシナリオになればいいなって」

「は？　捨てられ？　……シナリオ？」

「わたしは――」

「俺が無理を強《し》いて契約させたからだ」

突然響いた声に、二人でハッと振り返る。廊下の先には、上着を脱ぎ、ネクタイを外した秀明が立っていた。

秀明は静かに二人を見、何を思ったのかふっと頬を緩《ゆる》ませてこちらに歩いてきた。そして香純の肩をしっかり抱き寄せる。

「和臣を悩ませていたのは、俺たちのことだったのか……」

「お、俺は……その……香純さんが、秀明を裏切ってるのが許せなくて」

「責めるべき相手は香純ではなく俺だよ、和臣。俺が最初に香純の罪の意識に付け入り、無理強《じ》いしたんだ。確かに元カレと会った件に関しては、心穏やかではいられなかった。でもそれは、俺たちの間で起こったこと。お互いにきちんと話して理解し合ったから、もう問題はない。そもそも和臣には関係のない話だ。そして俺たちは――」

秀明の思わせぶりな言い方に、香純は思わず彼を窺《うかが》う。

料亭で愛を囁《ささや》いた時みたいに、秀明は香純への想いを目にたたえて見下ろしていた。

「心を通わせた。お互いに余計な詮索《せんさく》は無用だとわかったんだ」

「秀明さん……」

香純の愛を信じる秀明の言葉に、胸が熱くなる。自然と彼に躯《からだ》が傾いた。

途端、和臣の咳払いが響く。

「えっと……、俺としては、香純さんが秀明を裏切っていないんならいいんだ」

和臣はまだ複雑そうな表情を浮かべつつも、秀明と目を合わせ、再び香純に視線を移す。

「とにかく、本当に秀明が好きなら、きちんと支えてほしい……」

「ええ、秀明さんを裏切らないわ」

力強く誓いながら香純が何度も頷くと、和臣が意味ありげににやりと口角を上げた。

「まあ、そうでないと困る。秀明が謀《はか》って、やれ壬生家のしきたりだの、やれ閨《ねや》の作法だの……香純さんを留めておこうとするぐらいに愛してるんだから」

「は？　……えっ!?」

秀明が素《す》っ頓狂《とんきょう》な声を漏らすと、和臣がおかしそうに笑い出した。

「秀明もよくやるよ……。でもそれほど大切にしたいという想いは、伝わってきた。これからは、俺たち従兄弟《いとこ》を悩ませないでくれよ。さあ、飯島さんの夕食で仲直りの宴《うたげ》といこう！」

急に吹っ切れた声を発し、和臣はキッチンのドアを開けた。

玄関に残された二人の間に、不穏な空気が流れる。香純が恐る恐る秀明を窺《うかが》うと、彼はじろりと香純を見ていた。

「どうして〝閨《ねや》の作法〟なんて言葉が和臣の口から出るのかな？　いつ、そんな踏み込んだ話をする仲に？」

「ち、違うの！　秀明さんを愛してるって気持ちを信じてもらいたくて、それできちんと教えを受けていると言ってしまったの」

秀明はため息を吐くものの怒った様子はなく、仕方ないというように頬を緩《ゆる》めた。

「バレたからには、これから弄《いじ》られるな。でも香純を得られた幸せに比べたら、なんでもない」

香純を見つめながら頬を撫で、顔を近づけてくる。二人の吐息が唇の近くでまじり合ったその時、和臣の大きな声が聞こえてきた。

二人で目を合わせ、すぐさまキッチンに飛び込む。

そこで飯島の声が耳に入ってきた。

「そんなに驚かれますか？　……あっ、秀明さん！　今、和臣さんにも伝えていたんです。夕食はお蕎麦《そば》と炊き込みご飯なんですが、それらを香純さんと一緒に作ったんだと」

秀明が香純に目をやる。

香純は照れながらも、和臣同様に驚いた表情を浮かべる秀明を見上げた。

「何？　わたしが飯島さんにお料理を教えてもらったらおかしい？」

「いや、どうしてなのかなと思って……。家事は手伝わなくていいって言ったのに」

「秀明さんも知ってのとおり、わたしは料理が下手。でも、好きな人に美味《おい》しいご飯を作ってあげたいなと思って、それで飯島さんにお願いしたの。料理を教えてくださいって」

「俺のために？」

香純が頷くと、秀明の目が嬉しそうに輝いた。

「香純――」

「あ～はいはい、ご馳走《ちそう》さま！　とりあえず、食べ終わってからイチャイチャしてくれるかな」

何かを言いかけた秀明を遮《さえぎ》るように、和臣が口を挟む。

その場が笑いに包み込まれる中、香純の傍《そば》を離れた秀明が和臣を小突いた。

じゃれ合う二人の様子があまりにも微笑ましくて、香純はずっと笑っていた。

これからも、仲のいい従兄弟《いとこ》同士を間近で見られたらいいな——そんなことを思いながら、香純は飯島と微笑み合った。

書き下ろし番外編

Engage —— side：秀明

秀明が香純に初めて愛を告げたのは、一週間前。

その夜に激しく愛しすぎたため、それ以降は香純の負担にならないよう自分を制御した。学生みたいな清い関係だったが、彼女と過ごす日々はとても楽しかった。

充実感さえあったと言っていい。

しかし、次第にキスするだけではだんだん物足りなくなり、香純と笑い合って得る幸せ以上のものがほしくなってしまった。

そうして今夜、秀明は行動しようと決めた。香純と一緒に夕食を楽しんでリビングルームで寛《くつろ》いだのち、彼女の手を引いて薄暗いベッドルームに誘ったのだ。

香純は恥ずかしそうに頬を染めつつも、しっかり秀明の手を握り返して寄り添ってくれた。

俺への愛があるからだよな？　――と問いかけるように、秀明に組み敷かれた香純を見下ろす。

二回戦に突入した今も、香純は艶《なま》めかしい姿態を露《あらわ》にして快感に打ち震えていた。

「香純、ここは？　感じる？」

「や……ぁ、っん、あ……っ、んふぁ」

再び絶頂の波が押し寄せてきたのだろう。

香純は先ほどよりも淫《みだ》らに上半身をくねらせた。

「ああ、なんて素晴らしいんだ」

秀明は感極まった声を漏らしては、何度も潤《うるお》った蜜壷に昂《たかぶ》りを滑らせる。

そうすればするほど、香純は悦に入ったかのように顔をくしゃくしゃにした。

「ンっ……ぁ、あっ、あっ……は……ぁ」

「もっと感じさせてあげる」

秀明が微妙な腰つきで擦《こす》り上げると、香純の上半身がビクッと跳ね上がった。

「あんっ、そこ、ダメ……っ！」

恍惚《こうこつ》に浸る香純の湿った肌、艶《つや》っぽい喘《あえ》ぎ声、そして秀明を締め付ける心地いい圧迫感。

それら全てに魅了されつつも、秀明はさらに激しい動きで香純を引き上げていく。

そんな秀明に呼応し、香純が両腕を伸ばして躯《からだ》を擦《す》り寄せてきた。交《まじ》わりがさらに親密になり、彼女の柔らかな乳房が胸板に押し付けられる。

香純に求められるだけで、秀明の胸の奥が熱くなる。さらに彼女に対しての愛しさがどんどん膨《ふく》れ上がった。

ああ、香純をいつまでも守ってやりたい、ずっと……

「いや……ぁ、はぁ……ん、ん、んっ！」

「気持ちいい？」

秀明の問いに、香純が唇を噛みながら何度も頷く。

その可愛い仕草に、秀明は心をくすぐられる。

ああ、もう我慢できない！

手を突いて上体を起こすと、秀明は香純の脚を抱えて自分の方へ引き寄せた。

「あ……っ」

香純の乳白色の乳房が揺れ、色付く頂《いただき》が目に入る。硬くなったそこを口に含みたいと思いながらも、そうはしなかった。

既に楽園へ駆け上がろうとしている香純を、このまま飛翔させてあげたい。

「香純、俺を見て」

懇願すると、香純が瞼《まぶた》を開けて情熱に潤《うる》んだ瞳で秀明を見上げる。

そこに宿る愛情に胸を高鳴らせながら、秀明はさらに抽送のリズムを速めた。

「あっ、あっ……、や……ぁ、はぁ……いや！」

ベッドのスプリング音が部屋に響き渡る。秀明の荒々しい息遣いと香純の熱っぽい喘《あえ》ぎも協奏し、室内は濃厚な空気に包み込まれていった。

秀明が休むことなく攻め立てると、香純の啼《な》き声が変わる。

「ああ、お願い……ダメっ、あん……やぁ、あっ、もう……い、イっちゃう！」

香純が顔を歪《ゆが》めた瞬間、躯《からだ》をビクンとさせて仰《の》け反った。

昂《たかぶ》りを強くしごかれて腰が抜けそうになるが、秀明は絶頂に達した香純の蜜壷に自身を深く埋《うず》めた。

「あぁん……！」

「……くっ！」

快感という名の潮流が、秀明を足元から攫《さら》おうとする。しかし必死に奥歯を噛み締めて、香純が達する様子を見守っていた。

香純の躯《からだ》に入った力が徐々に抜けるにつれて、秀明はゆっくりと上体を倒して彼女に覆い被《かぶ》さった。

そうしてセックスの余韻に浸っていたが、次第に彼女が何も言わないのが気になり始める。

「香純……？」

名前を呼んで様子を探る。

香純は息を弾ませていたが身動きしなかった。

快《こころよ》い絶頂に疲れたのだろう。深い眠りへと誘われたのが、秀明の肌を通して伝わってくる。

「そんなにも感じてくれたんだ？」

香純の湿った肌に張り付く髪の毛を手で払いのけ、白絹のようにきめ細かい頬を撫でる。それでも、香純の瞼《まぶた》はぴくりともしなかった。

自然と秀明の頬が緩《ゆる》まる。

素肌を通して伝わってくる香純の体温と、激しくリズムを打つ心音をずっと感じていたかったが、しばらくして秀明は自身を引き抜いた。

「ぁ……っ、ンぅ」

香純の喘《あえ》ぎが秀明の素肌をなぶる。

起こしてしまったのかとじっとするが、香純は吐息まじりの声を出すだけで目を覚まさない。

秀明は安心して香純の傍《そば》を離れて、素早くコンドームの処理をする。その後、枕を並べたヘッドボードにもたれて香純を自分の躯《からだ》の上に引き寄せた。すると、彼女は秀明に全体重をかけてきた。

先ほどまで弾んでいた香純の息遣いは、既に落ち着きを取り戻している。

秀明は香純の顔を見ながらふっと口元を緩《ゆる》ませて、彼女の額《ひたい》にキスを落とした。

まさか、ここまで一人の女性に夢中になるとは思ってもみなかった。

「わかってる？　最初は俺が香純を自由に操るつもりだったのを。祖父にミスを指摘されてからは特に……。なのに、今ではこんなにも俺の心を占めてる」

秀明は香純の耳に届かないとわかっていながら囁《ささや》き、ゆっくりと瞼《まぶた》を閉じた。

香純と初めて出会った日を振り返るように……

＊＊＊

「今日はもう香純を解放しよう。下まで送るよ」

秀明は香純をエレベーターへ促《うなが》し、ホテルの外へ出る。

「帰りは電車？　もしタクシーに――」

と言いかけた秀明の目に飛び込んできたのは、エントランスの柱の傍《そば》に立つ祖父の姿だった。

もしや、香純が本当に秀明の恋人なのかどうかを探っている？

香純との会話を続けながら祖父の行動の意味を考えていた時、ここですんなり香純を帰すのは得策ではないと気付く。

秀明は電車で帰ろうとする香純の肩に腕を回し、無理やりタクシーに乗せた。

困惑する香純に甘いキスを落とし、まごつく彼女をなだめながら唇を味わう。そうしてから、ゆっくりと顔を離した。

「気を付けて帰るんだよ。再来週、連絡する」

秀明は香純に告げ、前を向いたままの運転手に「出してくれ」と声をかけた。

一歩下がるとドアが閉まり、そのまま発進した。

タクシーがロータリーを出てしまう前に踵《きびす》を返し、今もまだ柱の傍《そば》に立つ祖父の方へ歩き出す。

祖父は澄んだ眼差しを秀明に向け、孫が近づくのを待っていた。

「お祖父《じい》さん」

秀明は壬生家当主の前で立ち止まるとすかさず手を後ろで組み、祖父に軽く頭を下げる。

「私を咎《とが》めるために、わざわざ外にまで出てこられたのですか？」

「何故、そう思う？」

毎回自分では答えず、あえて相手の考えを引き出そうとする策士なやり方に、秀明はかすかに口角を上げる。

こういうやり方は好きではないが、これもまた祖父なりの教えなのだ。

秀明は真っすぐ祖父の目を見つめながら口を開いた。

「私を欺《あざむ》いてまで詩織さんとの席を設けたのに、香純が……私の恋人が現れて席を壊してしまったので。あの時、お祖父《じい》さんは蒲生氏と一緒に離れた席でそれを目にされた。きっとお祖父《じい》さんの面目を潰して――」

「儂《わし》の面目を潰した!? 秀明がそれを口にするとはな」

祖父を軽んじた孫を叱咤《しった》するかと思いきや、なんと楽しそうに笑い出した。

「そんなもの、今に限った話じゃない。とうに潰されておるわ！　わかってないなら、一つずつ列挙するか？」

祖父は秀明に言い聞かせるように、顔の前で人差し指を立てた。

「お前は壬生家の後継ぎとしての自覚がない、三十歳を過ぎても独り身で家庭を築こうとしない、分家の匡臣が先に結婚したのに危機感すらない、儂《わし》に直系のひ孫を抱かせない。さらに――」

まだ続きそうな勢いに、秀明は小さくため息を吐いた。

家系の話をし出すと、祖父の思いは過去へと飛んでいく。系統を紡いでいくことこそ大義だと説き始めるだろう。

祖父には申し訳ないが、まだその望みを叶えてあげられない。

「お祖父《じい》――」

秀明は口を挟もうとするが、祖父が片手を上げたため仕方なく口を閉じた。

「恋人が現れたと言ったな？　それなら聞かせてもらおうか。あの女性を妻に迎えたいと望んでいるのか？　それとも、これまでと同じで女遊びをしているだけか？」

秀明はここが正念場だと悟り、背筋を伸ばして顔を上げる。

「彼女を妻に迎えたいと思ってます。既にプロポーズし、彼女は私を受け入れてくれました。ただ、もう少し彼女と過ごす時間を大切にしたいので、お祖父《じい》さんに紹介するのは数ヶ月後にと考えていたんです」

「プロポーズを受け入れた、ね……」

意味ありげに呟《つぶや》いた祖父が歩き出し、秀明の真横で立ち止まる。

そうされるだけで祖父の覇気に反応してしまい、秀明の肌がピリピリし始めた。

秀明が背後に回した手に力を込めて躯《からだ》を強張《こわば》らせた時、祖父がふっと笑みを零《こぼ》す。

「お前は、エンゲージリングも渡さずにプロポーズしたのか？」

鋭い言葉に、秀明はハッと息を呑む。

祖父は孫を横目で見つつも、何も言わない。ただ秀明の傍《そば》を離れるように歩き出した。

直後、ロータリーに入ってきた黒塗りの車が祖父の前で停車する。運転手が降りて後部座席のドアを開けると、祖父は焦る様子もなく身を滑《すべ》り込ませた。

運転手は秀明に一礼してから運転席に戻り、車を発進させた。

秀明は祖父を見送るが、車のテールランプが見えなくなるや否や、手で額《ひたい》を覆った。

「忘れてた！」

祖父の言うとおり、相手の女性が秀明のプロポーズを受け入れたのなら、彼女は秀明が贈った指輪をしていると考えるのが普通だ。

急いでカモフラージュの指輪を作らないと！

「だが今は、まず——」

秀明はすぐさま携帯電話を取り出し、個人的に付き合いのある探偵事務所の社長に電話をかけた。

正直、代役派遣サービスで働く香純であれば、こちらの都合のいい恋人を演じてくれるだろう。

だからといって、何も調べずに香純を自分の懐に入れるわけにはいかない。

香純がどういった人物なのか、壬生家の内情を知らせても大丈夫なのか、徹底的に調べる必要がある。

携帯電話を強く握り締めた時、呼び出し音が切れた。

『もしもし』

「内山《うちやま》社長？　お世話になっております、壬生です。急で申し訳ないんですが、ある女性の素性を調べてほしいんです。できれば来週の水曜までに——」

秀明は内山と話しながらエントランスを通り抜け、エレベーターに乗り込んだ。

＊　＊　＊

あの日、確かに香純の素性を調べさせたが、実際のところ最初から彼女の素直な性格に好意を抱いていた。

今ならわかる。香純の全てが、秀明の心を揺さぶったのを……。

「気にならないわけないよな。あんな風に近寄って来られたら」

恋人みたいに振る舞ってきた香純の行動を思い出し、秀明はクスッと笑って瞼《まぶた》を開けた。

その時、ナイトテーブルに置いた携帯電話の通知ランプが目に入る。香純を起こさないように気を付けてそれを掴んだ。

留守番電話を再生させると、女性が馴染《なじ》みのある店名を名乗った。

『ご注文を受けておりましたエンゲージリングですが――』

秀明の口元が、自然とほころぶ。

香純を誰にも渡したくないと強く実感したのは、彼女を初めて抱いた日。その後の秀明の行動は素早かった。

翌日には宝石店へ赴《おもむ》き、エンゲージリングを作る手配をしたのだ。

あれから数ヶ月経ち、ようやく仕上がった。

香純への愛を込めて作ったエンゲージリングを、彼女に手渡せる！

秀明は携帯電話をベッドの端に放り投げると、自分の胸に置く香純の左手を取り指に口づけた。

「あともう少し、待っててくれ……」

そうされても香純はまだ起きない。

少し物足りなさもあったが、相手に信頼を寄せる香純の寝顔に、いつしか秀明の胸は幸せな気持ちに満たされていった。

EB エタニティ文庫 ～大人のための恋愛小説～

Yuka & Akira

すれ違いのエロきゅんラブ

片恋スウィートギミック

綾瀬麻結　装丁イラスト／一成二志

学生時代の実らなかった恋を忘れられずにいる優花。そんな彼女の前に片思いの相手、小鳥遊が現れた！　再会した彼は、なぜか優花に、大人の関係を求めてくる。躯だけでも彼と繋がれるなら……と彼を受け入れた優花だけど、あまくて卑猥な責めに、心も躯も乱されて……!?

赤

定価：704円 （10%税込）

Aiko & Minato

天才ハッカーに迫られて!?

辣腕上司の甘やかな恋罠

綾瀬麻結　装丁イラスト／ひのき

IT企業で秘書をしている32歳の藍子は、秘書室内では行き遅れのお局状態。そんな彼女がある日、若き天才プログラマー・黒瀬の専属秘書に抜擢された。頭脳明晰で外見も素敵な彼は、何故か藍子に執着し始める。どうやら、藍子の心の鍵をこじ開けたいようで……!?

赤

定価：704円 （10%税込）

※エタニティブックスは大人の女性のための恋愛小説レーベルです。ロゴマークの色で性描写の有無を判断することができます（赤・一定以上の性描写あり、ロゼ・性描写あり、白・性描写なし）。

詳しくは公式サイトにてご確認下さい

https://eternity.alphapolis.co.jp

携帯サイトはこちらから！

EB エタニティ文庫 ～大人のための恋愛小説～

Miu & Tomoaki

赤

初恋の彼と二度目の恋!?

初恋ノオト。

綾瀬麻結　　装丁イラスト／森嶋ペコ

初恋の人を忘れられない美羽は、ある日友達に合コンパーティへ連れて行かれる。そこで声を掛けてきた男性は、なんと初恋の彼そっくり！だけど優しかった彼とは違って、目の前の彼はイジワルばかり。戸惑いながらも彼に心奪われた美羽は、誘われるまま一夜を共にするが——

定価：704円（10%税込）

Sui & Kanata

赤

拉致からはじまる恋もアリ!?

傲慢紳士とキスの契りを

綾瀬麻結　　装丁イラスト／アキハル。

突然の結婚話に動揺し、夜の公園へ逃げ出した翠《すい》。そこで彼女は見知らぬ男性に、ヘアサロンへ拉致されてしまう。彼は強引だが、それとは裏腹にどこまでも甘く優しい手付きで、翠に触れていく。そんな彼に、翠はいつしか心惹かれていった。後日、彼と思わぬ形で再会し——!?

定価：704円（10%税込）

※エタニティブックスは大人の女性のための恋愛小説レーベルです。ロゴマークの色で性描写の有無を判断することができます（赤・一定以上の性描写あり、ロゼ・性描写あり、白・性描写なし）。

詳しくは公式サイトにてご確認下さい
https://eternity.alphapolis.co.jp

携帯サイトはこちらから！

エタニティ人気の12作品
アニメ好評配信中!
ALPHAPOLIS アルファポリス
Eternity
エタニティ
深夜の濡恋ちゃんねる
NUREKOI
Sweet Love Story
エタニティ公式サイトにて
通常版
デラックス♥版
配信中です!
アニメ公式サイト:https://eternity-nurechan.com/
アニメ公式ツイッター:@Eternity_Anime
DVD & Blu-ray
好評発売中!
© エタニティブックス原作者・アルファポリス
エタニティ濡れちゃん♡製作委員会

本書は、2017年12月当社より単行本として刊行されたものに、書き下ろしを加えて文庫化したものです。


この作品に対する皆様のご意見・ご感想をお待ちしております。

おハガキ・お手紙は以下の宛先にお送りください。

【宛先】

〒150-6008 東京都渋谷区恵比寿4-20-3 恵比寿ｶﾞｰﾃﾞﾝﾌﾟﾚｲｽﾀﾜｰ 8F
（株）アルファポリス　書籍感想係

メールフォームでのご意見・ご感想は右のＱＲコードから、
あるいは以下のワードで検索をかけてください。

アルファポリス　書籍の感想　検索

ご感想はこちらから

エタニティ文庫

LOVE GIFT《ラブギフト》　不純愛誓約《ふじゅんあいせいやく》を謀《はか》られまして

綾瀬麻結《あやせまゆ》

2021年5月15日初版発行

文庫編集－熊澤菜々子・倉持真理
編集長－塙綾子
発行者－梶本雄介
発行所－株式会社アルファポリス
〒150-6008 東京都渋谷区恵比寿4-20-3 恵比寿ｶﾞｰﾃﾞﾝﾌﾟﾚｲｽﾀﾜｰ8F
TEL 03-6277-1601（営業）　03-6277-1602（編集）
URL https://www.alphapolis.co.jp/
発売元－株式会社星雲社（共同出版社・流通責任出版社）
〒112-0005 東京都文京区水道1-3-30
TEL 03-3868-3275
装丁イラスト－駒城ミチヲ
装丁デザイン－ansyyqdesign
印刷－中央精版印刷株式会社

価格はカバーに表示されてあります。

落丁乱丁の場合はアルファポリスまでご連絡ください。

送料は小社負担でお取り替えします。


ISBN978-4-434-28855-5 C0193